CHRONIQUE DE PIERRE

石头城纪事

Ismail Kadaré

[阿尔巴尼亚] 伊斯梅尔·卡达莱 / 著

李玉民 / 译

修订版

南方出版传媒
花城出版社
中国·广州

图书在版编目（CIP）数据

石头城纪事 /（阿尔巴）伊斯梅尔·卡达莱著；李玉民译. ―― 2版. ―― 广州：花城出版社，2018.9
（2019.11重印）
（蓝色东欧 / 高兴主编. 第1辑）
ISBN 978-7-5360-8046-1

Ⅰ. ①石… Ⅱ. ①伊… ②李… Ⅲ. ①长篇小说―阿尔巴尼亚―现代 Ⅳ. ①I541.45

中国版本图书馆CIP数据核字(2018)第022751号

合同版权登记号：图字19-2017-110号
CHRONIQUE DE PIERRE
Copyright 1988，Librairie Arthème Fayard
All rights reserved

出 版 人：肖延兵
丛书策划：朱燕玲　孙虹
出版统筹：李倩倩　夏显夫　欧阳佳子
责任编辑：夏显夫
技术编辑：薛伟民　凌春梅
装帧设计：棱角视觉
封面供图：子夏

书　　名	石头城纪事　SHI TOU CHENG JI SHI	
出版发行	花城出版社　（广州市环市东路水荫路11号）	
经　　销	全国新华书店	
印　　刷	恒美印务（广州）有限公司　（广州南沙经济技术开发区环市大道南路334号）	
开　　本	880毫米×1230毫米　32开	
印　　张	8　2插页	
字　　数	210,000字	
版　　次	2012年1月第1版　2018年9月第2版　2019年11月第2版第2次印刷	
定　　价	38.00元	

本书中文专有出版权归花城出版社独家所有，非经本社同意不得连载、摘编或复制。
如发现印装质量问题，请直接与印刷厂联系调换。
购书热线：020-37604658　37602954
欢迎登陆花城出版社网站：http://www.fcph.com.cn

石头城纪事

目　录
CONTENTS

记忆，阅读，另一种目光（总序）／高兴　／　1
一座石头城，一些魔幻事（中译本前言）／李玉民　／　1
法文版导言／[法] 埃里克·法伊　／　1

第一章　／　1
第二章　／　8
第三章　／　21
第四章　／　34
第五章　／　45
第六章　／　59
第七章　／　73
第八章　／　91
第九章　／　103
第十章　／　117
第十一章　／　127
第十二章　／　143
第十三章　／　152
第十四章　／　162

1

第十五章　/　171

第十六章　/　180

第十七章　/　192

第十八章　/　208

记忆，阅读，另一种目光

（总序）

高兴

昆德拉说过："人的一生注定扎根于前十年中。"我想稍稍修改一下他的说法："人的一生注定扎根于童年和少年中。"童年和少年确定内心的基调，影响一生的基本走向。

不得不承认，二十世纪五六十年代出生的人都有着不同程度的俄罗斯情结和东欧情结。这与我们的成长有关，与我们的童年、少年和青春岁月有关。而那段岁月中，电影，尤其是露天电影又有着怎样重要的影响。那时，少有的几部外国电影便是最最好看的电影，它们大多来自东欧国家，几乎吸引了所有人的目光，是我们童年的节日。在某种意义上，甚至可以说，它们还是我们的艺术启蒙和人生启蒙，构成童年最温馨、最美好和最结实的部分。

还有电影中的台词和暗号。你怎能忘记那些台词和暗号。它们已成为我们青春的经典。最难忘的是《瓦尔特保卫萨拉热窝》。"'空气在颤抖,仿佛天空在燃烧。''是啊,暴风雨来了。'""看,这座城市,它就是瓦尔特。"简直就是诗歌。是我们接触到的最初的诗歌。那么悲壮有力的诗歌。真正有震撼力的诗歌。诗歌,就这样和英雄主义和浪漫主义,紧紧地连接在了一道。

还有那些柔情的诗歌。裴多菲,爱明内斯库,密茨凯维奇。要知道,在二十世纪七八十年代,读到他们的诗句,绝对会有触电般的感觉。而所有这一切,似乎就浓缩成了几粒种子,在内心深处生根,发芽,成长为东欧情结之树。

然而,时过境迁,我们需要重新打量"东欧"以及"东欧文学"这一概念。严格来说,"东欧"是个政治概念,也是个历史概念。过去,它主要指波兰、捷克斯洛伐克、匈牙利、罗马尼亚、保加利亚、南斯拉夫、阿尔巴尼亚七个国家。因此,在当时,"东欧文学"也就是指上述七个国家的文学。这七个国家,加上原先的东德,都曾经是以苏联为首的华沙条约组织的成员。

一九八九年底,东欧发生剧变。此后,苏联解体,华沙条约组织解散,捷克和斯洛伐克分离,南斯拉夫各共和国相继独立,所有这些都在不断改变着"东欧"这一概念。而实际情况是,波兰、捷克、匈牙利、罗马尼亚等国家甚至都不再愿意被称为东欧国家,它们更愿意被称为中欧或中南欧国家。同样,不少上述国家的作家也竭力抵制和否定这一概念。在他们看来,东欧是个高度政治化、笼统化的概念,对文学定位和评判,不太有利。这是一种微妙的姿态。在这种姿态中,民族自尊心也发挥着不可估量的作用。

但在中国,"东欧"和"东欧文学"这一概念早已深入人心,有广泛的群众和读者基础,有一定的号召力和亲和力。因此,继续使用"东欧"和"东欧文学"这一概念,我觉得无可厚非,有利于研究、译介和推广这些特定国家的文学作品。事实上,欧美一些大学、研究中心也还在继续使用这一概念。只不过，今日，当我们提到这一概念，涉及的就不仅仅是七个国家，而应该包含更多的国家：立陶宛、摩尔多瓦等独联体国家，还有波黑、克罗地亚、斯洛文尼亚、塞尔维亚、黑山等从南斯拉夫联盟独立出来的国家。我们之所以还能把它们作为一个整体来谈论，是因为它们有着太多的共同点：都是欧洲弱小国家，历史上都曾不断遭受侵略、瓜分、吞并和异族统治，都曾把民族复兴当作最高目标，都是到了十九世纪末二十世纪初才相继获得独立，或得到统一，第二次世界大战后都走过一段相同或相似的社会主义道路，一九八九年后又相继推翻了共产党政权，走上了资本主义发展道路。之后，又几乎都把加入北约、进入欧盟当作国家政策的重中之重。这二十年来，发展得都不太顺当，作家和文学都陷入不同程度的困境。用饱经风雨、饱经磨难来形容这些国家，十分恰当。

换一个角度，侵略，瓜分，异族统治，动荡，迁徙，这一切同时也意味着方方面面的影响和交融。甚至可以说，影响和交融，是东欧文化和文学的两个关键词。看一看布拉格吧。生长在布拉格的捷克著名小说家伊凡·克里玛，在谈到自己的城市时，有一种掩饰不住的骄傲："这是一个神秘的和令人兴奋的城市，有着数十年甚至几个世纪生活在一起的三种文化优异的和富有刺激性的混合，从而创造了一种激发人们创造的空气，即捷克、德国和犹太文化。"[1]

克里玛又借用被他称作"说德语的布拉格人"乌兹迪尔的笔为我们描绘了一个形象的、感性的、有声有色的布拉格。这是一个具有超民族性的神秘的世界。在这里，你很容易成为一个世界主义者。这里有幽静的小巷、热闹的夜总会、露天舞台、剧院和形形色色的小餐馆、小店铺、小咖啡屋和小酒店。还有无数学生社团和文艺沙龙。自然也有五花八门的妓院和赌场。布拉格是敞开的，是包容的，是休闲的，是艺术的，是世俗的，有时还是颓废的。

---

[1] 见伊凡·克里玛《布拉格精神》第44页，崔卫平译，作家出版社1998年版。

布拉格也是一个有着无数伤口的城市。战争、暴力、流亡、占领、起义、颠覆、出卖和解放充满了这个城市的历史。饱经磨难和沧桑，却依然存在，且魅力不减，用克里玛的话说，那是因为它非常结实，有罕见的从灾难中重新恢复的能力，有不屈不挠同时又灵活善变的精神。如果要用一个词来形容布拉格的话，克里玛觉得就是：悖谬。悖谬是布拉格的精神。

或许悖谬恰恰是艺术的福音，是艺术的全部深刻所在。要不然从这里怎会走出如此众多的杰出人物：德沃夏克，雅那切克，斯美塔那，哈谢克，卡夫卡，布洛德，里尔克，塞弗尔特，等等。这一大串的名字就足以让我们对这座中欧古城表示敬意。

布拉格如此，萨拉热窝、华沙、布加勒斯特、克拉科夫、布达佩斯等众多东欧城市，均如此。走进这些城市，你都会看到一道道影响和交融的影子。

在影响和交融中，确立并发出自己的声音，十分重要。不少东欧作家为此做出了开拓性和创造性的贡献。我们不妨将哈谢克和贡布罗维奇当作两个案例，稍加分析。

说到捷克作家哈谢克，我们会想起他的代表作《好兵帅克》。以往，谈论这部作品，人们往往仅仅停留于政治性评价。这不够全面，也容易流于庸俗。《好兵帅克》几乎没有什么中心情节，有的只是一堆零碎的琐事，有的只是帅克闹出的一个又一个的乱子，有的只是幽默和讽刺。可以说，幽默和讽刺是哈谢克的基本语调。正是在幽默和讽刺中，战争变成了一个喜剧大舞台，帅克变成了一个喜剧大明星，一个典型的"反英雄"。看得出，哈谢克在写帅克的时候，并没有考虑什么文学的严肃性。很大程度上，他恰恰要打破文学的严肃性和神圣感。他就想让大家哈哈一笑。至于笑过之后的感悟，那就是读者自己的事情了。这种轻松的姿态反而让他彻底放开了。借用帅克这一人物，哈谢克把皇帝、奥匈帝国、密探、将军、走狗等等统统给骂了。他骂得很过瘾，很解气，很痛快。读者，尤其是捷克读者，读得也很过瘾，很解气，很痛快。幽默和讽刺于是又变成了一件有力的武器，特别适用于捷克这么一个弱小的民族。哈谢克最大的贡献也正在于此：为捷克民族和捷克文学找到了一种声音，确立了一种传统。

而波兰作家贡布罗维奇与哈谢克不同，恰恰是以反传统而引起世人瞩目的。他坚决主张让文学独立自主。在二十世纪三四十年代，贡布罗维奇的作品在波兰文坛显得格外怪异离谱，他的文字往往夸张扭曲，人物常常是漫画式的，他们随时都受到外界的侵扰和威胁，内心充满了不安和恐惧，像一群长不大的孩子。作家并不依靠完整的故事情节，而是主要通过人物荒诞怪僻的行为，表现社会的混乱、荒谬和丑恶，表现外部世界对人性的影响和摧残，表现人类的无奈和异化以及人际关系的异常和紧张。长篇小说《费尔迪杜凯》就充分体现出了他的艺术个性和创作特色。

捷克的赫拉巴尔、昆德拉、克里玛、霍朗，波兰的米沃什、赫贝特、希姆博尔斯卡，罗马尼亚的埃里亚德、索雷斯库、齐奥朗，匈牙利的凯尔泰斯、艾什特哈兹，塞尔维亚的帕维奇、波帕，阿尔巴尼亚的卡达莱……如此具有独特风格和魅力的当代东欧作家实在是不胜枚举。

某种程度上，东欧曾经高度政治化的现实，以及多灾多难的痛苦经历，恰好为文学和文学家提供了特别的土壤。没有捷克经历，昆德拉不可能成为现在的昆德拉，不可能写出《可笑的爱》《玩笑》《不朽》和《难以承受的存在之轻》这样独特的杰作。没有波兰经历，米沃什也不可能成为我们所熟悉的将道德感同诗意紧密融合的诗歌大师。但另一方面，需要注意的是，由于语言的局限以及话语权的控制，东欧文学也极易被涂上浓郁的意识形态色彩。应该承认，恰恰是意识形态色彩成全了不少作家的声名。昆德拉如此。卡达莱如此。马内阿如此。赫尔塔·米勒亦如此。我们在阅读和研究这些作家时，需要格外地警惕。过分地强调政治性，有可能会忽略他们的艺术性和丰富性。而过分地强调艺术性，又有可能会看不到他们的政治性和复杂性。如何客观地、准确地认识和评价他们,同样需要我们的敏感和平衡。

一个美国作家,一个英国作家,或一个法国作家,在写出一部作品时,就已自然而然地拥有了世界各地广大的读者,因而,不管自觉与否,他,或她,很容易获得一种语言和心理上的优越感和骄傲感。这种感觉东欧作家难以体会。有抱负的东欧作家往往会生出一种紧迫感和危机感。他们要用尽全力将弱势转化为优势。昆德拉就反复强调,身处小国,你"要么做一个可怜的、眼光狭窄的人",要么成为一个广闻博识的"世界性的人"。别无选择,有时,恰恰是最好的选择。因此,东欧作家大多会自觉地"同其他诗人,其他世界,和其他传统相遇"(萨拉蒙语)。昆德拉、米沃什、齐奥朗、贡布罗维奇、赫贝特、卡达莱、萨拉蒙等等东欧作家都最终成为"世界性的人"。

关注东欧文学,我们会发现,不少作家,基本上,都在出走后,都在定居那些发达国家后,才获得一定的国际声誉。贡布罗维奇、昆德拉、齐奥朗、埃里亚德、扎加耶夫斯基、米沃什、马内阿、史克沃莱茨基等等都属于这样的情形。各种各样的原因,让他们选择了出走。生活和写作环境、意识形态原因、文学抱负、机缘等,都有。再说,东欧国家都是小国,读者有限,天地有限。

在走和留之间,这基本上是所有东欧作家都会面临的问题。因此,我们谈论东欧文学,实际上,也就是在谈论两部分东欧文学:海外东欧文学和本土东欧文学。它们缺一不可,已成为一种事实。

在我国,东欧文学译介一直处于某种"非正常状态"。正是由于这种"非正常状态",在很长一段岁月里,东欧文学被染上了太多的艺术之外的色彩。直至今日,东欧文学还依然更多地让人想到那些红色经典。阿尔巴尼亚的反法西斯电影,捷克作家伏契克的《绞刑架下的报告》,保加利亚的革命文学,都是典型的例子。红色经典当然是东欧文学的组成部分,这毫无疑义。我个人阅读某些红色经典作品时,曾深受感动。但需要指出的是,红色经典并不是东欧文学的全部。若认为红色经典就能代表东欧文学，那实在是种误解和误导，是对东欧文学的狭隘理解和片面认识。因此，用艺术目光重新打量、重新梳理东欧文学已成为一种必须。为了更加客观、全面地翻译和介绍东欧文学，突出东欧文学的艺术性，有必要颠覆一下这一概念。蓝色是流经东欧不少国家的多瑙河的颜色，也是大海和天空的颜色，有广阔和博大的意味。"蓝色东欧"正是旨在让读者看到另一种色彩的东欧文学，看到更加广阔和博大的东欧文学。

二〇一三年十月三十一日定稿于北京

主编简介：高兴，诗人、翻译家，一九六三年出生于江苏省吴江市。中国作家协会会员。现为中国社会科学院外国文学研究所研究员，《世界文学》主编。曾以作家、翻译家、外交官和访问学者身份游历过欧美数十个国家。出版过《米兰·昆德拉传》《东欧文学大花园》《布拉格，那蓝雨中的石子路》等专著和随笔集；主编过《二十世纪外国短篇小说编年·美国卷》（上、下册）、《伊凡·克里玛作品系列》（5卷）、《水怎样开始演奏》、《诗歌中的诗歌》、《小说中的小说》（2卷）等大型图书。主要译著有《梵高》《黛西·米勒》《雅克和他的主人》《可笑的爱》《安娜·布兰迪亚娜诗选》《我的初恋》《索雷斯库诗选》《梦幻宫殿》《托马斯·温茨洛瓦诗选》等。

一座石头城，一些魔幻事

——

（中译本前言）

李玉民

"平川、大路、三圣山、无名的一片片雾气，就连高山本身，从此都沉没在黑暗中，都像史前的庞大动物一样，开始搔自己的身躯，笨拙地打鼻息（我们真难以相信是走向一座高山，因为山的轮廓十分模糊，让人以为前面是一片夜色，只不过更为幽暗一点儿罢了）。我逐渐丧失了任何现实感的概念。我们的行进变成了一种完全盲目的迁徙，一种纯粹的漫步，一种在黑夜腹心的游荡。我感到自己丧失了思索的能力。我思考事情，过分习惯于在一座城市的墙壁之间，在十字街头，或者躲进一间屋里，这些熟悉的地点本身，似乎就能给我的思想理出头绪来，可是现在，远离熟悉的地点，一切变得不仅把握不住了，而且十分残酷了。后面的大山整个山体，这不几乎压在三圣山上，不慌不忙地咬噬它的脖颈儿。三圣山灵魂出壳了。"

这正是《石头城纪事》所营造的氛围。卡达莱带领读者回到那黑暗的年代，进入他童年——"我"的记忆中的吉诺卡斯特城，给人的第一印象，就是黑夜走在魔幻王国里。

说"魔幻王国"，一点儿也不夸张。"我"的眼睛，连他自己都觉得是团谜，而透过这谜团所见的世间万物，无不具有生命而变幻，丧失了现实感，甚至化为妖魔鬼怪，不时在石头城为非作歹。

首先，这是一座要怎么奇特就怎么奇特的城市，仿佛是在史前，冬天一夜之间出现的。它爬上半山腰，"叫板了建筑学和城市规划的所有规则"，恐怕是世间倾斜度最大的城市。城里从街道到蓄水池，一切都那么古老，全是石头造的，就连房顶都铺着灰石板，犹如巨大的鳞片。梦一般的城市，永恒存在，锚定在现实中。尤其令人称奇的是，"在这无比强大的甲壳下面，居然还有鲜嫩的生命存在并且繁衍"。

不容易，在这样的甲壳下度过童年，况且又遭逢战乱，实在不容易。好在"我"这双孩子的眼睛，就像两台大功率的水泵，能同时吸入五花八门的形象，而这些形形色色的人和物、事件，通过记忆的秘密走廊而魔幻化，构成这个奇妙的"我"的世界。

"我"的世界大不过石头城及周围地区，但是好像有一种强大的磁极，从四面八方吸引来古代和现代版的神话、传说、童话、巫术、魔法、各路神仙、各种魔怪、各色传奇人物，甚至吸引来十字军、跛足独行客、意大利飞机、德国坦克……在石头城这个舞台上轮番登场，一幕幕演绎着"我"八载童年生活的经历。

纪德在一八八九年的《日记》中写道："真正有趣的是作家看世界的特殊幻象、现实通过作家的眼睛所发生的变异。"

《石头城纪事》的最大特点，正是"我"所看到的世界的特殊幻象，童年经历通过"我"的眼睛所发生的变异。因此，这本书读来很有趣。

卡达莱所经历的童年，从大背景来说，正是第二次世界大战从预演到爆发，直到收场的八年。石头城处于多事之秋，人心惶惶，城头上变幻着意大利、希腊、德国等占领军的国旗，全城居民前途未卜，生活在大轰炸和妖术横行的惊恐之中。这样的大气候，特别有利于回忆的魔幻化（或者神话化、童话化）：战争与儿戏、历史与现实、幻想与认识，以及传说、谣言、传统习俗等等，全搅在一起；城里发生的事件，无不带有神秘的色彩，城里一些人行为怪异，又都像传奇人物。

这些传奇人物和神秘事件，组成了本书的大脉络。把这些脉络梳理清楚，大体上也就能掌握"我"童年的那些事了。然而，作者在讲述过程中，多条线索齐头并进，反复间断地再现，总保持神秘的气氛。每个事件都以不同的形式出现，每个传奇式人物都以不同的姿态上场，但是神龙见首不见尾，每个事件都留下种种悬疑，每个人物都引起种种猜测，差不多直到最后，神秘色彩渐渐淡去，才逐步交代清楚这些事件和这些人物究竟有什么关联。

有一些人物贯穿全书，在文中不时出现，并且带有悬念性，在阅读中应予以特别关注。首先是相当于石头城的记忆和眼睛的老妇人，以"我"的祖母，信息传播者杰乔，专门给全城新娘化妆、总把"全完了"挂在口头的皮诺大妈为代表。最活跃的要数杰乔，她几乎每次出现，都要宣布一个重大事件，她人未到先闻其声：粗哑的喘息。她身上裹着黑色大方围巾，一副躁动不安、忧心忡忡的样子，神秘可怕的事情经她那张嘴讲出来，就活灵活现了，总在身后播种惊慌和不安，让人怀疑她本人就装神弄鬼，用邪术害人。

像沙诺那样的老婆婆，都是传奇式人物。德军开着坦克进城时发出魔鬼一般的隆隆声响，杰莫大婶和沙诺老婆婆在自家窗口，有这样一段机智幽默的对话：

"他们干吗弄出这么大响动呢？没有这样震耳欲聋的闹腾，他们照样可以进城嘛。"杰莫大婶抗议道。而老婆婆则回答：

"他们全都一样，进来的时候，总是大张旗鼓，离开的时候，就一点动静也听不到了!"

他们,指罗马人、诺曼人、拜占庭人、土耳其人、希腊人、意大利人,最后是黄毛德国人,先后占领过这座城市。在意大利和德国法西斯占领期间,阿尔巴尼亚人民,由恩维尔·霍查带头,组织了游击战争,当地的一些男女青年,包括"我"的小姨,上山打游击去了。消息灵通的杰乔说,恩维尔·霍查正在打一场"新型的战争",叫作"阶级斗争或者阶级之间的斗争"。祖母谢尔菲杰便大发议论:"应当相信,这个世界离不开战争。我活到这么大年岁了,还从未看到哪怕一天真正的和平。"

作者通过老妇人的口,间接地表达了他对自己的同乡恩维尔·霍查的基本看法,并不完全正面,而本书于一九七〇年在地拉那出版,还是霍查领导的阿尔巴尼亚共产党当政,透露出这样的观点实属不易。杰乔这样断言:"这肯定是一场战争。不过,又不像其他战争。兄弟之间相互残杀,儿子打倒父亲。而这种事,就发生在他家里,在饭桌上。儿子盯着父亲的眼睛,凝视了一会儿,然后对他说,不再认他这个父亲了,就冲他脑袋开了一枪。"

为了证明所言不虚,书中又直接描述了几出"兄弟相残"的悲剧。游击队进城,有一个三人小组按名单惩处"人民的敌人",他们来到皮匠马克·卡尔拉什的家,以"人民法庭"的名义,宣布处决马克·卡尔拉什父子。卡尔拉什申辩:"我不是人民的敌人,我是个普通的皮匠,为老百姓制作皮鞋。"他女儿也护住他,但是领队的独臂游击队员端着的冲锋枪一梭子打出,三个人都倒下了。恰巧这时来了巡逻队,一行三人,检查了判决书,发现多打死了一名少女,便逮捕了独臂游击队员塔尔,由塔尔的两名同志看守;随后又来了三人,负责审判塔尔。塔尔承认误杀了一名少女:"我只有一只手,右手被人民的敌人剁掉了。我用左手射击把握不住,我未能避开她……"负责审判的人说:"我们理解。游击队员塔尔·邦雅库,你要被处死,因为滥用革命暴力,你要被枪毙。"于是,塔尔高呼"共产主义万岁",倒在自己同志的枪下。

雅维尔打死阿奸组织的头子——他的叔父阿泽姆·库尔提,第二天,意大利占领军"斗牛狗"式飞机从空中撒下花花绿绿的传单,只见传单上印着:"共党分子雅维尔·库尔提,在家庭餐桌上杀害了他叔父。父亲母亲们,你们自己判断一下共党分子是什么东西!"当天晚上,市中心广场上堆了六具尸体,是在狱堡里枪毙的人,尸堆上的白布条写了一行大字:"我们就是这样回答红色恐怖。"到了次日拂晓,广场上另一头又出现一堆尸体,白布条上也写了一行大字:"这就是我们如何回敬白色恐怖。"

下午,二十九年足不出户,已经一百三十二岁的汉科老婆婆,忽然来到市中心广场,分别察看了两堆尸体。有个哭泣的女人问她:"为什么要流这么多血,你什么也不能告诉我们吗?"老婆婆茫然的目光没有注视任何事物,却似乎什么都看得见,她明确地说:"这世界在换血。人每四五年换一遍血,世界每四五百年换一遍血。这是换血的冬天。"

"我"和伊利尔在一片房舍的废墟上玩耍,看到一张用阿尔巴尼亚语和意大利语两种语言打印的公告:

现正在搜捕危险的共产党人物恩维尔·霍查:三十岁左右,高个头儿,戴一副太阳镜。提供消息协助抓捕他的有功者,可获一万五千列克赏金。谁能亲手抓住他,可获三万赏金。

本地驻军司令官:布鲁诺·阿尔西沃卡尔

这些事件的描述,多了史实性,少了魔幻色彩,在本书中算是例外,但是增添了现实感,同全书的气氛也相得益彰。

像沙诺、汉科这样一些老婆婆,已经跟石头城同化了,身躯没有一点多余的脂肪和肌肉,没有什么敏感的部分了,同时也摈弃了多余的欲望,如好奇、恐惧、激动,乃至对美食的喜好,只剩下那么一副恒久的石头城精神。她们对普遍性事物的认识，对"我"了解世界大有裨益。她们往往语出惊人，偶有行动，也锐不可当。沙诺老婆婆隐居了三十一年，有一天突然走出家门，要揍总纠缠她重孙女的意大利军官。别看她浑身皮包骨，青筋暴露，双手却十分有力，一把揪住那军官。意大利军官猝不及防，疼得尖叫一声，怎么用力也挣脱不开，便拔出手枪，用枪柄猛击老太太的手。沙诺老婆婆松开手，又紧紧握住，给那军官一顿老拳，打得他狼狈逃窜。老妇人也有身遭不幸的，皮诺大妈去给一个新娘化妆打扮，在大街上被德军巡逻队逮捕，从她口袋里搜出化妆的器具和铁夹子，判定与游击队炸坦克的地雷有关，便被吊死了。她那纤细的身子在风中摆动，胸口挂着一块长方形白布，上面用日耳曼化的阿尔巴尼亚文写着："破坏分子。"这些场景，都给"我"的幼小心灵留下深深的烙印。

阿尔巴尼亚是男性主导的社会，话语不多的男人的行为，则引起"我"和伊利尔两个小伙伴更大的兴趣。伊利尔的哥哥伊萨和雅维尔这两个传奇式人物，在本书中占有特殊地位，他们因进行地下抗敌活动，说话吞吞吐吐，行为十分诡秘，甚至引起伊利尔和小卡达莱的误解和猜疑。他们藏有手枪，时常密谈杀人的名单，但迟迟不见行动，伊利尔就认为他们说大话。正巧传来一些青年上山打游击的消息，伊利尔突然质问他们为什么不上山，结果挨了哥哥一记耳光。两个小伙伴很气愤，来到院子，就冲窗口高喊："打倒叛徒！""打倒骨肉相残的战争！"

殊不知伊萨和雅维尔刚刚完成一个壮举：焚烧了市政厅，但是他们不露声色。市政厅里保存的产权证书等文件全焚毁了，这就要了富人的命。伊萨指出："有人触碰财产权的祸根！"富婆玛依努尔太太发疯似的骂街："这些穷鬼……对，就是这些欠债的人，放火烧了财产证书……是共产主义分子……"

"我"还不完全懂伊萨他们的解释，他的脸贴在玻璃窗上，眼睛凝望乱哄哄的街头，脑海里浮现这样的景象："土地和房屋，都脱离了证书的支配,开始逃逸,失去控制,分散瓦解了。墙壁倾向于离开地基:下面固定墙壁的百年挂钩,已经断裂了。石头房舍在移动中,往往相互靠拢,发生危险。时刻有可能相互撞击,像发生地震那样坍毁。"每次看到一种现象,或者经历一个事件,"我"因为一时认不清,就会产生奇奇怪怪的反应,以魔幻式的、童话式的奇思异想,来补充他缺失的认识,把他的所见所闻在幻想中重新排演一番。这不仅给全书增添了特殊的魅力,也更真实地反映了从感性认识到理性判断,从个人好恶到是非辨别,是童年成长的一个漫长过程。卡达莱从童年起,就是这样逐步孕育未来作家风格的主要元素。因此,《石头城纪事》是一部生活入世和文学入门的作品,可以说是构成他的全部创作的基石。

神不知鬼不觉,伊萨的又一次壮举,似乎回答了伊利尔的质疑。这次他打死了意大利占领军驻本城的司令官,正是通缉恩维尔·霍查的布鲁诺·阿尔西沃卡尔。数千户人家的窗口纷纷探出头来,这座城市在观看送殡队列,侵略军的头子躺着走了。敌人疯狂报复,拂晓在市中心行刑,绞死了伊萨和两个年轻姑娘。有人告密了,雅维尔的叔父——民族阵线的头子阿泽姆·库尔提,同马克·卡尔拉什的儿子一起,参加了杀害伊萨的行动。受通缉的雅维尔,当天晚上就去他久未登门的叔父家,假意表示悔改,在餐桌上听他叔父描绘屠杀的过程,随后便亲手枪决了这个凶恶的敌人。

告密者是谁,仍为悬念,也必须遭到惩罚。纳佐婆婆家是邻居,有两个人"我"经常见到,一个是纳佐的美丽的儿媳,另一个是中了邪的马克苏特,纳佐的儿子。纳佐与儿媳时常到"我"家串门,或者在家门口纳凉,"我"受少妇秀美而忧伤的面容的吸引,总爱在附近玩耍,每次看见马克苏特从市场或咖啡馆回来,腋下总夹着一颗断头("我"的幻视)。马克苏特在文中十数次出现,总是腋下夹着断头这副形象,除了眼珠突出势欲射出去之外,再多一笔也没有交代,显得十分邪恶而神秘。"我"特别憎恶他,就要模仿自己看的第一本书——莎士比亚的戏剧《麦克白》中的情节,与伊利尔多次商议干掉马克苏特,割下他的头,用盐渍上。杰乔果然得到消息,说马克苏特是奸细,告发了伊萨,还向德国人提供情报,引德军入城。这个行为诡秘的人,至此真相大白,不待两个孩子动手,他就横尸在家门口。"我"看到尸体上的纸条写着"这就是奸细的下场",认出那正是雅维尔的笔迹。

　　这些人物和事件,这样粗线条讲起来,不如看书有趣,因为书中的情节掺杂着大量妖法巫术、神秘的传说,充满了时代感、地域色彩和民族特点。关于邪术害人,老婆婆们也有非常明智的说法。她们根据以往的事例,说明通常在严重事件爆发的前夕,暴风雨欲来之际,人的灵魂开始像树叶一样战栗,于是邪术就要大行其道。无形的手在全城各处置放邪祟之物,都用废纸或者脏布片包着,让人看着会恐惧得打寒战。"我"家的蓄水池中了邪,不再冒泡了,于是全家总动员,雇用淘水工,由街坊邻居帮忙,将池水淘干,换了新水。一种厄运抛到楚特家的房顶,兄弟就反目成仇,无休无止地争吵。本城唯一致力于发明的居民迪诺·齐索,家里也有同样遭遇,要发明特异功能的飞机,计算也被魔法搅乱了。还有一些少女,也发生了可疑的变化,切曹·卡侬尔的女儿长出了胡须,阿基夫·卡沙赫的女儿成了"浪货",肯定都中了邪术,"不可能有别种解释"。总之,全城居民,正如荣格所说的,患了"集体精神病"。

　　不可能有别种解释,这是作者凭借童年的记忆狡狯的笔法,邀读者同样从童心童趣阅读欣赏,随同"我"及其小伙伴们到各处寻找"巫球",找见之后欣喜若狂,最后点燃烧掉,再浇上几泡尿。这种儿戏纳入了历史的大环境、大气候、大事件中,就不再是简单的儿戏,可以全面地反映战乱时期民众的心态。预卜未来,也是石头城居民前途渺茫的心理表现。谁家杀公鸡,都要仔细观察鸡骨架,唯恐发生大灾大难。"我"的祖母拿着公鸡骨架子,眯缝起眼睛,冲着阳光转着个儿观察许久,声音低沉地宣布:"战争。胸骨边缘是红色的。

战争和流血。""我"也模仿祖母,午饭后偷偷拿走显示凶兆的鸡骨,跑上三楼独自察看:"冷却的鸡骨托在我的手掌上,我目不转睛地看着。淡红色接近紫色,我忽而觉得它溅上了血点儿,忽而感到它闪耀着一片烈焰的火光。渐渐地,它完全变成了红色,而且在它扁平的部位上,已不再是血滴,而是鲜血的湍流,从高坡冲下来,一路染红了所有东西。"实物,到了"我"的眼下便幻化,模仿大人的行为,在他童年的想象中得到升华。

模仿,是人的天性,更是孩童学习的主要方式。"我"在姥爷家附近的岩洞里,同小女孩苏珊娜拥抱的场景,就是模仿本城发生的一出爱情悲剧。这一悲剧牵连一系列奇奇怪怪的事件和传闻,其余波几乎贯穿全书,成为这部作品另一条重大线索。在这座城市,如果说不管发生什么事,该结婚还是照样结婚的话,那么爱情却始终是禁物。千百年的习俗,并不会因为战争而改变。"我"的小姨勇敢拒婚,上山去打游击了。在"我"家的地窖里躲避空袭时,趁油灯被震灭之机,卡沙赫的女儿同一个陌生小伙子搂在一起。卡沙赫不顾飞机狂轰滥炸,揪着头发将女儿拖到大街上,那个小伙子也赶紧溜走。妇女们都骂那姑娘是"浪货"、"荡妇","跟意大利女人一个货色",而男人们始终跟大理石一样沉默。只有伊萨眼神忧伤,雅维尔从牙缝儿中挤出一个词:"爱情。"这就是对千百年来的禁物——爱情——全城人所持的不同态度。

爱情,即是禁物,就引起孩童本能的好奇。有好几回,"我"对着衣柜镜子,"哈上水汽之后,嘴唇便贴上冰凉的镜面"。"我""亲吻的印迹便留在上面,冷冰冰的,毫无乐趣,散发着死亡的气息"。在这座城市里,爱情同死亡相伴。再也没人见到卡沙赫的女儿,这事甚至惊动了警察,卡沙赫推说他女儿去了他表兄家,无从查起。在堡垒的塔楼上,"我"同那个陌生青年不期而遇。那个眼神不安的黄头发青年向小男孩打听卡沙赫的女儿的下落,他说在这座城市,有两种方法让怀孕的姑娘消失,"一是用鸭绒被和垫子捂死,二是投进水井里淹死"。最后他还说了一句"我"听不懂的话:"如果在人间找不到她,我就下地狱去寻找。"已有一段时间,传闻有个怪人,或许一个幽灵,夜间下到街区的水井里。起初老婆婆们猜测,大概是一个名叫朱阿诺的人,在争夺财产中遇害之后化为鬼魂,回来寻找他藏匿的黄金。就在民间闹鬼的时候,当局悬赏四万列克,捉拿焚毁市政厅的纵火犯,第三天夜晚,警察就发现一个人形迹可疑,老远就闻到煤油味,只见那人行色匆匆,手上拎着一只煤油瓶,跟踪了一段路,就把他逮捕,从他身上搜出一盒火柴,肯定是纵火犯无疑了。

拥抱过卡沙赫女儿的青年,就是纵火犯,真是双料的轰动事件。但是作者行文狡猾,并不过多交代和纠缠,由老妇人交谈而轻轻带过。不是他放的火,"夜间他下到水井里,寻找那姑娘"。"夜间,下到水井里?主啊,爱情能把人拖到什么地步!"这个事件似乎到此为止,然而正如书中写道:"发生一个令人不安的事件,总会有一个新的事件来添乱",即一波未平,一波又起,"我"又要排练这出爱情悲剧了。

五六岁六七岁的小男孩,人事未通,对"美人"却很敏感,"我"特别看上了纳佐的儿媳(与爱情悲剧相应的不幸婚姻)、吉卜赛女郎玛格丽特(姥爷家一年夏季的房客),但是,真正能跟他玩在一起的,只有一个叫苏珊娜的小女孩,是他姥爷家的唯一邻居家的姑娘。"我"每次去姥爷家,都会见到苏珊娜,向她讲城里的事,有一回还因为玛格丽特而冷落了她。谁都夸苏珊娜模样长得俊,她轻灵得像蝴蝶或者仙鹤。这次"我"一到姥爷家,就有了感应:"一个年轻的美女发出了警报……是她在飞旋。她的白色翅膀在阳光里闪闪发亮。她在一瞬间现身,仿佛云开从天而降,随即又消失了。""我"一开院门,果然看见一条铝灰色衣裙。苏珊娜听他讲了讲城里的事,最打动她的,就是阿基夫·卡沙赫的女儿的遭遇。她要求他再详细讲一遍,而她的"眼睛、头发、纤弱的胳臂,全身各个部位都凝注倾听",最后长叹一声:"这世间出了多少怪事啊!"于是,两个孩子把岩洞当作地窖，开始演练这段爱情故事。"她伸出手臂，搂住我的脖子。她的光滑脸蛋儿贴到我的脸蛋儿上。"一个说："现在，我被人揪着头发拖走……你怎么办呢？"另一个回答："我就下地狱去寻找。"这种小游戏排练了好几回，"我"还真喜欢上了："我从未体会过的一种倦怠，让我时而感到萎靡不振，时而又感到一种翱翔的醉意。"不过，这出模仿的爱情剧的结局却出人意料。

作者自述，在童年模仿的这两出戏，并不是偶然的。照搬剧本《麦克白》中的场景，设谋杀了马克苏特，是他通过模仿向书本学习；搬演卡沙赫女儿的爱情故事，是他通过模仿向生活学习。未来的作家，就是这样培练出来的。

"我"受好奇心的驱使，深入词语王国，逐渐认识了词语王国的专制统治，于是他身上发生了一件怪事：听人重复几十遍的说法或词语，在他的思想里突然产生了新的含义，摆脱了通常赋予它们的意义。如果他听人说"我的思想沸腾了"，他就不由自主，把一颗脑袋想象成煮开的豆角锅。再如当地一些诅咒的表达方式："但愿你能把自己的脑袋吃了！"这便引起他的幻觉：一个人两手捧着自己的脑袋大啃特啃，可是他又困惑不解，牙齿长在自己头上，又怎么能啃自己的脑袋呢？常用的语词，在他的头脑里活蹦乱跳，好似群魔乱舞，完全冲破了逻辑和现实的界限。这正应了皮诺大妈"全完了"这句话，全宇宙都分崩离析了，卡达莱必须用聚积了巨大能量的词语，重新创造他自己的世界，也就是本文开头所引的那种魔幻王国。

在"我"看来，一户壁炉的炊烟，就是一种近乎空想的梦幻；就连城市也发起高烧，"我看见玻璃窗瑟瑟发抖，我甚至看见它冒出灰不溜丢的汗水"；夜晚，探照灯亮起它的独眼，它就是独眼巨神波吕斐摩斯……河边那条大路，见证了多少历史和现实的重大事件，也是他幻想的大舞台："我就是这样，在这条大路上布置了十字军和那个跛足的独行客，同时搅动起一系列事件。我让那些骑士原路退回，让他们的剑和十字架杂乱无序，并且派一名使者突然向他们宣布，有人已经发现了基督墓,于是我看到他们像一个人似的,冲过去要重新打开那座墓。十字军一旦隐没不见了,就是腾地方给跛足的独行客,他蹒跚而行,走啊,走啊,永不停歇。"

抑或这就是卡达莱创造他的文学王国的方法吧?

本书的结构还有一个特点,就是在叙述的两章之间,添加两段独立的文字。一是用仿宋体(原文为斜体),以示与正文区别,二是有"纪事"的小标题;仿宋体部分好似剧中人物的旁白,而"纪事"部分则类似画外音。一是作为人物见证,一是作为史料见证,旨在增加可信度与历史感。

久违了,阿尔巴尼亚!经历过二十世纪六七十年代的中国人,估计都还记得,在恩维尔·霍查领导下的阿尔巴尼亚,是中国数一数二的朋友。在那个年代,恩维尔·霍查给中国领导人发来一封贺电,就是对中国人民的一个极大鼓舞;能看上一场阿尔巴尼亚电影,就是一次极高的精神享受了。四十多年过去了,再也没有阿尔巴尼亚的音信,我也只记得那种"鼓舞"和"精神享受",却想不起看过什么电影了。这回就像久违的故友重逢似的,我发现了卡达莱和他的《石头城纪事》(当然是这套丛书主编提供的机会),套句俗话,这是我做梦也想不到的,因而喜爱之情,应当溢于笔端。四十多年前对阿尔巴尼亚的了解,仅仅限于两国的友谊和几个电影镜头;而现在跟随卡达莱,游荡在石头城的大街小巷、堡垒广场,结识战争年代的这些老婆婆、这些青少年,就能重新认识这个极有特点的阿尔巴尼亚民族。去掉魔幻色彩,山鹰之国的石头城,也值得在书中一游。

伊斯梅尔·卡达莱,于一九三六年出生在吉诺卡斯特城,在故乡读完小学与中学后,进地拉那大学历史语言系学习,毕业后由国家派送到苏联高尔基文学院深造,掌握了俄文和法文。一九六一年,苏阿关系破裂,卡达莱回到地拉那,先后在《光明报》、《十一月》杂志、《新阿尔巴尼亚画报》任编辑。他喜爱诗歌,从中学起就开始创作,一九六三年发表长诗《群山为何而沉思默想》，赢得文艺界和广大读者的赞扬与好评。随后又发表了长诗《山鹰高高飞翔》（1966）和《六十年代》（1969），构成了组诗的三部曲。此外，还先后出版诗集《少年的灵感》（1954）、《幻想》（1957）、《我的世纪》（1961）、《太阳之歌》（1968）。这些诗作确立了他作为著名诗人的地位。

二十世纪六十年代末，卡达莱的创作转向小说，而且同样丰产。创作的长篇小说有：《亡军的将领》（1964—1967）、《婚礼》（1968）、《城堡》（1970）、《石头城纪事》（1971）、《一个首都的十一月》（1975）、《伟大孤寂的冬天》（1973）及其修订本《伟大的冬天》（1977），此外，他还出版了数种中短篇小说集，如《南方之城及其他短篇小说》（1968）、《从前的徽标》（1977）、《三孔桥》（1978）、《头脑冷静》（1980），以及儿童文学作品《阿基罗公主》（1967）、《在兵器博物馆里》（1978）和《城堡和毒品》等。

卡达莱是一位具有现代意识，能熟练运用现代写作手法的多产作家，既继承了民族的文学传统，又善于向近现代外国文学汲取新的营养。他的几部主要的长篇小说早已译成三十多种语言，在世界广为流传。卡达莱已移居法国，他的作品大部分在法国出版了，在法国已经成为知名作家。《石头城纪事》中译本所依据的法文本，是得到作者首肯的优秀译本，能让我体会到原著的精髓。

《石头城纪事》，是卡达莱童年的记忆，截至一九四四年，其实还有续集，是回忆少年时期的三部曲，背景始终为吉诺卡斯特，写他十二岁至十五岁的经历。总题为《三时段》，包括：《初步写作时段》（1984）、《爱情时段》（作于1986年，发表于1990年），以及《金钱时段》（作于1996年，发表于1997年）。作者假托回忆，展现了各种虚幻（或魔幻），让人全面领略卡达莱的想象空间。

二〇一一年七月于北京花园村

法文版导言

[法] 埃里克·法伊

五十年代末的一天,来自社会主义世界各国的"作家学员",在他们学习所在的莫斯科近郊,回忆他们度过童年的城市。他们当中的一个阿尔巴尼亚青年,开始讲起他幼年的摇篮:吉诺卡斯特。"童话世界的一座城市!"一位了解这座城市的希腊作者这样赞叹。这场谈话唤醒伊斯梅尔·卡达莱如潮的回忆。他思念故乡,在他于一九六〇年在苏联创作的《怀念阿尔巴尼亚》一诗中,抒发了这种情感。也正是在苏联的这个坩埚里,即将萌生一个念头:以自传形式讲述他出生的城市。这个意念确实成了一枚多级火箭;卡达莱首先于一九六二年写了一个短篇故事:《大飞机》,这篇故事后来为一部中篇小说提供了素材。中篇小说《南方之城》将《大飞机》纳入其中,应是六十年代中期所写片断的拼凑，但是为孕育中的长篇小说《石头城纪事》设下了路标。这部长篇小说于一九七〇年在阿尔巴尼亚出版，其结构以一座城市经过不同时代扩大发展的方式，围绕一个中心逐步扩展开来。不过，从中篇小说进而为长篇小说，原来各个章节和各种思想的顺序往往要打乱了，这标志编年体例在童年的陈述阶段没有什么意义，只有像战争一类重大事件标记例外。这两个文本，如果开篇都是蓄水池一节，结尾同样是逃进山区的记述的话，那么第一次到外祖父家居住时，在《南方之城》中发生在战争爆发之后，而在《石头城纪事》中，则出现在战争事件之前：其实，这又有什么关系呢？作者似乎如是说。

《石头城纪事》很快就被人视为认识他全部创作的主要作品。这是一部生活入世和文学入门的长篇小说。叙述者就是作者本人，他力图以他那双孩子的眼睛，重新审视他最初的八年。从这童年起始，将要构成"卡达莱世界"的主要元素，就在未来作家的想象中各就各位了。他对虚幻神奇的东西（或者"魔幻现实主义"）神驰而锐感。街道令人目眩的坡度、到处可见的石头、巨大而奇特的堡垒、凌空俯瞰一些街区的狱堡、德里诺河平原和环抱的群山的壮丽景观，凡此种种，都促使这位未来的作家逐渐形成敏锐的目光。吉诺卡斯特城邀人进入幻境，而卡达莱写道："这座城市建造起来，仿佛旨在唤起伟大的思想。"他认为在这样的环境中开始自己的一生，真是一种运气："我越是进一步掌握写作艺术的奥秘，就越是确信我十分幸运，自己同这座无比奇特的城紧密相连，而且是从这些明察秋毫的老妇人的口中，第一次听到对这世界的评论；她们都穿着一身黑袍，一只手端着杯子，另一只手举着双筒望远镜。"

在这座似乎悬于天地之间的城市中，世界一层层相重叠：从地下世界（用来躲避轰炸的防空洞、狱堡地牢、巴西利科墓地，以及谣传挖的所有这些地道），到地面上的世界，有高高的山顶、云彩和飞机芭蕾。在卡达莱的眼里，这是一系列重大发现的时期。他是戴着他的小城特制的有色眼镜观看全世界，将古代、中世纪和二十世纪融为一体，还把荷马、拜伦、十字军和意大利军车队混淆起来。尤其是童年的卡达莱收获了作家生涯的初步成果，对照词语的性能和语言的韧性，领会名著名篇可能具有的威力：《麦克白》是他阅读的第一个名篇。与此同时，他也开始了解人的情感，接触一些富有感染力的人物：回来过平静退休生活的这些奥斯曼帝国的官员、他认为超高龄的相当于本城的记忆和眼睛的这些老妇人。恩维尔·霍查这个人物形象，在《南方之城》中是没有的，第一次写入作品，就出现在《石头城纪事》中。将近三十年前，卡达莱所作的这幅肖像素描，至今没有改动一个字；然而当时，这幅素描在字里行间就已经透露出一种近乎否定的含义。恩维尔·霍查跟卡达莱一样，出生在吉诺卡斯特城的帕洛尔托街区，他借助于一九四三年至一九四四年交替的红色与白色恐怖，突然闯进了这部小说。这个独裁者到了他统治的末期，出版了自己的回忆录，他在《童年岁月》（1983）一书中，也回忆了吉诺卡斯特城。

伊斯梅尔·卡达莱将吉诺卡斯特城当作他的作品的磁极，只因这座城市向他传授了普遍性的意识和写作的意志：将他的作品刻到本城永久而坚固的石头上。他所出生的城市，立即出现在他的第一部长篇小说中，写于一九五九年的《没有徽标的城市》。后来，再现于《汉科尼山》（1976），以及中篇小说《地道》（1990）中，也或多或少直接再现于他的一些诗作里；如《童年》或《老电影》，再加上写他少年时期的三篇自传体的记叙文。不过，从梦的角度来说，"石头城"应是幅员更为辽阔的一个帝国的首都：在此仅举一个例子，怎么会看不出，通过记忆的秘密走廊，《雨鼓》中的城堡，或者（《魔鬼》）伊利翁围墙里的城堡，不正是吉诺卡斯特城堡的再现吗？从《三孔桥》到《金字塔》，石头是卡达莱世界举足轻重的元素，远远胜过花草树木。总而言之，在三十年代，吉诺卡斯特全城仍然沉浸在奥斯曼帝国的回忆中，怎么可以想象吉诺卡斯特不会引导作家将他的许多作品置于奥斯曼统治的背景下呢？

在三十年代，阿尔巴尼亚另一位大作家米吉安尼（米辽什·吉尔吉·尼古拉的笔名），写了《北方之城纪事》，献给他出生的城市斯库台，而斯库台也耸立着一座古老的城堡。三十年后，南方之城吉诺卡斯特的长篇小说，应和北方之城的几个中篇，作为南方的对应作品，在阿尔巴尼亚的文化中扮演了一种不容忽视的角色。回忆度过童年时期的城市，这并不是作家一种罕见的现象，特别是巴尔干地区的作家。走出阿尔巴尼亚国境，人们能读到希腊人狄米特里斯·哈兹斯在约阿尼纳的童年回忆、伊沃·安德里奇的《特拉夫尼克城纪事》，或者希腊裔作家提奥多尔·卡利法蒂德斯的《伯罗奔尼撒的彩色小泥人》，是第一次世界大战期间，一些孩子所看到的一个村庄的纪事。这几个事例表明，伯罗奔尼撒半岛的作家们，在历史大动乱的过程中，尽管东奔西走，某些人尽管还背井离乡，他们多么强烈地感到需要重新找到（荷马的故乡）伊萨基。在《石头城纪事》中，伊斯梅尔·卡达莱要借着神话形象的光亮，重新阅读他的全部童年。在他看来，一切都可以"神话化"。一个探照灯变成一个独眼巨人；飞机、城市本身都化为魔怪；狱堡也无非是"反奥林匹斯山"，而在狱堡的黑暗走廊和地道里，我们能辨认出克里特迷宫，甚至地狱；蓄水池的闸口则变成"我们家的冥王哈得斯"；等等。在这部极富隐喻手法的小说里，任何事物都可能有了生命，都可能化为人物。若论那些魔幻的，而且令人惊悚的场面所能达到的程度，这部小说甚至往往邻近童话的边缘。如果说作者往往从离奇趋向悲惨，那也是因为通篇文字沿着一条与卡达莱许多叙事小说相同的抛物线：紧张气氛逐步升级（人们走向战争，接着走向恐怖），伴随着最糟局面的一系列朕兆和预报。于是，节奏越来越快，每一章也逐渐缩短，鲜血很快就要从石头里渗出来。当雅维尔去他叔父家，并在和解的餐桌上杀死他叔父的时候，读者就到了莎士比亚王国，卡达莱瞥了一眼麦克白：他最早的读物变成了现实，一种由一些孩子重睹并修改的现实，尽管凄惨，也还保留了轻快而怪诞的一面。

《石头城纪事》是"卡达莱体系"的一本象征性的书，起着"转运站"的作用，书中许多思想和主题，将在其他作品中得到进一步发挥和阐述。一些游走性的片断，从一本又回到另一本书，甚至改头换面在同一本书中再现，这种现象可以称之为"文本的一种地质现象"。而且，《石头城纪事》从一九七〇年初版起，就孕育了另一部长篇小说的创意，即四年之后才写成的《耻辱龛》（《断头的旅行》）。宽容之家，从一开始就应该构成叙述童年岁月的支柱之一，最终在《石头城纪事》中却很少提及，只因它"滑"向了《亡军的将领》；总之，游击队员雅维尔·库尔提这个人物，则起了连接线的作用，引出后来一部长篇小说：《一个首都的十一月》（1975）。

《石头城纪事》从一九七〇年出版之后，就没有进行过重大修改（修改部分约占这个定本的百分之十）。这部小说一出版，就受到阿尔巴尼亚评论界不加掩饰的好评，但不能说它是纯粹的自传体；虚拟的或修改过的人物（伊萨和雅维尔令人联想起作者的叔父），同完全真实的人物相混淆，而真实的事件（英国飞行员的断臂，等等）同虚构的情节相交替。至于结构——连续几章以纪事的片断来增色——令人想到《雨鼓》的结构，而《雨鼓》这部小说显然是同期创作，同样夹叙了奥斯曼时期纪事的选段，叙事的本体和被围困者的印象。

这是一座奇特的城市，仿佛是史前的一种创造，似乎冬天一夜之间，就猛然出现在山谷，勉强登上山坡。这座城里一切都古老，都是石头的，从街道和蓄水池，一直到古老的大房子，房顶铺着的灰石板好似巨大的鳞片。真让人难以置信，在这无比强大的甲壳下面，居然还有鲜嫩的生命存在并且繁衍。

头一回观赏这座城市的游客，首先被唤起的是比较的念头，可是他很快就会发觉这是个陷阱，因为，这座城市鄙弃了所有比较，其实它什么也不像。它容不得比较，在这一点上不亚于雨、冰雹、彩虹和各色各样忽然插到它的房顶，忽然又消失的外国国旗，也就是说，这些事物是暂时而不真实的,而这座城市永恒存在,锚定在现实中,两者同样不可比拟。

这是一座倾斜的城市,也许是世界上斜度最大的城市,叫板了建筑学和城市规划的所有规则。一栋房子的屋顶有时就接触到另一栋房子的地基,而且可以肯定,世界上唯独这个地方,人若是从街道边缘滑下去,就可能落到屋顶上。尤其是醉汉,往往要为此承担后果。

对,这样一座城市要怎么奇特就怎么奇特。人走在街道上,走到某些地方,就可以一伸手臂,将自己的帽子挂到一座清真寺的塔尖上。这里许多事物都很特殊,许多似乎属于梦的王国。

这座城市在它肢体中和石头的甲壳下,勉勉强强保全了人的生息,但是也给人造成不少的伤害,刮破皮乃至伤筋动骨,不过,这不是极其自然吗?既然这是座石头城,接触的感觉凸凹不平,又特别冰冷。

不容易,在这样的城市度过童年不容易。

第一章

户外，冬夜，风、雨和浓雾锁住全城。我躲在被窝里，听着隐隐传来雨打我们家大房顶的单调声响。

我想象无数的雨点儿从倾斜的屋顶滚下来，急匆匆要回归土壤，以便明天蒸发，再重新升上布满白云的天空。雨点儿万万没有料到，一个险恶的陷阱——天沟在屋檐下面守候它们呢。它们正准备跳到地面的当儿，却被逮个正着，数千上万同类突然挤进狭窄的管道里，它们惊恐万状，纷纷发问："我们这是去哪儿，要把我们引向哪里啊？"继而，它们还没有从这种疯跑中回过神儿来，就猛然冲进一座幽深的牢狱——我们家的大蓄水池。

进入蓄水池，它们自由而欢快的生活就终结了，在幽暗而憋闷的蓄水池中，雨滴们短不了伤感，回忆起它们可能再也见不到的辽阔天空，它们曾经飞越过的非比寻常的城市，以及闪电划开的天际了。只有我玩弄着一面小镜子。有时送给它们一小片天空，比手掌大不了多少，会一时搅动水面，短暂地再现无边无际的天空。

雨滴们要在水池深处，悲惨地度过数日，乃至数月，直到那遥远的时刻，母亲用桶打水，就可能把它们打上来，用来洗我们的内衣床单，冲刷家中的楼梯和地板。它们在黑暗中呆久了，刚一出来还懵懵懂懂，都不知所措。

眼下，它们还什么也意想不到。它们喧闹着，欢快地在石板瓦上奔跑，而我听着它们的喧闹声，对它们的几分同情便油然而生。

如果一连下三四天雨，父亲便改变雨水管的方向，以防蓄水池满溢。这个蓄水池很大，几乎占了我们家房子的全部空地儿，水一旦漫出来，首先就会淹了地窖，接着毁坏房基：我们的城市整体是倾斜的，出什么事儿都有可能。

我正寻思着，究竟水还是人，更难容忍囚禁，忽然听见脚步声，接着从隔壁房间传来祖母的声音：

"快点儿，你们起来呀，你们忘了移开流水管啦！"

父亲和母亲闻声慌了神儿，赶忙跳下床。父亲只穿着白色长裤，摸黑一直跑到走廊尽头，打开小天窗，用一根长杆，拨开流水管。随即便听见雨水流到院子里的哗哗声响。

母亲点亮煤油灯，走在父亲和祖母前面下楼。我走到窗口，尽量向外张望，狂风仍在肆虐，助着雨势敲打窗玻璃，听得见古老的顶楼在风中哀号。

我的好奇心作祟，不肯躺在床上，随后也下楼去，看见他们三个人都在。他们满面愁容，甚至没有注意到我也跑去了。他们掀开蓄水池的盖子，想要察看一下水位。母亲端着油灯，父亲伸长脖子，探测洞口。

我从头到脚打了个寒战，便揪住祖母的衣裙。祖母亲热地用手抚摩我的头。院子的大门和楼门都在风中啪啪作响。

"好大的雨啊！"祖母哀叹道。

父亲大弯腰，继续探测蓄水池内部。

"去拿张报纸来！"他冲母亲嚷道。

母亲给他拿来报纸。他搓成一团，点着了，扔下去。母亲轻轻叫了一声。

"水没到沿儿了。"父亲确认。

祖母开始喃喃祷告起来。

"快，"父亲说道，"灯笼！"

母亲双手发抖，点亮了灯笼。她面无血色。父亲拿起一件黑色油布雨衣往上一盖，从母亲手上拿过风灯，朝楼门走去。母亲也随便披了件旧衣裳，随后跟去了。

"祖母，他们去哪儿呀？"我惶恐起来，问道。

"别怕，"祖母回答，"邻居会来帮助排水的，水池就会没事儿了……"

她的声音听起来跟催眠似的，就好像柔声细语讲故事："在这世上，出什么毛病就有什么治法。只有碰到死亡，我的孩子，就什么法子也没有了。"

透过哗哗的单调的雨声，听见了沉闷的敲门声，接着敲另一扇门，又敲第三扇门。

"祖母，怎么办，怎么才能把水位降下去呀？"

"就是一桶一桶把水打出来，我的孩子。"

我走近洞口，探一探底，一片黑暗。什么也看不见，一片漆黑，让人产生恐惧感。

"噢嗨嗨！"我轻声地喊道。可是，蓄水池不搭理我。这是它第一次装聋作哑，不应答我的呼唤。我很喜欢蓄水池，经常趴在它的大口上，长时间和它交谈。它操着地窖的空音儿，总是急于回答我。

"噢嗨嗨！"我再次呼唤。但是它还照样默默无语。我得出结论：它一定是恼火极了。

我想象不计其数的雨滴因禁在池底，如何憋足了怒火。旧雨滴在池中等待了很久，便和新来者，这夜暴风雨的肆无忌惮的雨滴团结起来，一起闹出点事端。真糟糕，父亲怎么忘了移开流水管呢！无论如何，也不应该放这场暴风雨的水流冲进我们安分守己的水池，激起它反抗。

我们听见开门的声响，鱼贯走进来杰乔、马恩·沃索和纳佐，纳佐身后还跟着她的儿媳妇。然后父亲进来，后面跟着瑟瑟发抖的母亲。楼门咯吱又响了。这回来的是雅维尔和纳佐的儿子，手拎一只桶的马克苏特，他们都急忙拥进前厅。

我一见带回来这么多人，心里就感到踏实了。铁链子和水桶开始叮当作响。我就觉得这种撞击声把我这颗心从惶恐中解救出来了。

我躲在一旁，观察这些吵吵嚷嚷忙碌的人：马恩·沃索，高挑个头，头发灰白；纳佐的儿子和儿媳，儿媳温柔的眼睛睡眼惺忪，是个大美人儿；而杰乔呼吸都困难了。马恩、杰乔和纳佐一桶接着一桶往上提水，其他人拎到门口倒在院子里。外面一直大雨滂沱，杰乔鼻音很重，不时来一嗓子：

"老天爷，多大的雨啊！"

我双唇紧闭，每倒掉一桶，就冲着水嚷一句：

"滚吧，滚吧，去见鬼吧，反正你也不愿意待在我们家的蓄水池里！"每一桶都装满了被俘的雨滴，我就在心里念叨，最好先把最爱捣蛋、最爱吵闹的雨滴清理出来，这样就减少危险了。

杰乔撂下水桶，稍微喘口气儿，点燃一支香烟。她走到祖母跟前，对祖母悄声说道：

"你可知道切曹·卡依尔的女儿出什么事了吗？她长出胡须了。"

"可别讲这种损人的话！"祖母高声说道。

"向你发誓，我亲眼看见了。黑黑的胡子，跟男人的胡子一模一样。就因为这个，她父亲不让她出门了。"

我竖起耳朵。我认识那个大姑娘，也确实有一阵子，我在城里没有见到她了。

"唉！我的好谢尔菲杰，"杰乔叹道，"我们真不幸啊！这是仁慈的主发出这么多坏征兆。还有今天晚上，这场大暴雨！"

杰乔目不转睛，盯着看刚过门三周的纳佐俊俏的儿媳，她对着祖母的耳朵说了几句话。祖母咬住嘴唇。我受好奇心的驱使，凑上前去；可是，杰乔却丢掉烟头，回到水窖的出口。

"约莫有几点钟了？"马恩问道。

"过了半夜了。"父亲回答。

"我去给你们煮咖啡。"祖母说道，她同时打了个手势，要我跟她去。

我们登上楼梯，又听见吱嘎的开门声。

"邻居又来人了。"祖母指出。

我从楼梯扶手上面伸长脖子,想看看是谁来了,可是瞧不见。过道太暗了,墙壁上滑过活动的形影,那影像十分骇人,仿佛在噩梦中。

我们爬上三楼,走进冬室。祖母给壁炉生火。我就回屋重又躺下。

外面,暴风雨怒吼,竖立在房顶上的烟囱,就跟活物一样哀鸣。我不免想到,我们的房基不是锚定在坚硬的土层,而是部分陷入蓄水池险恶的水中。

我的水窖,爱唠叨的长舌妇,世道不好,乱象丛生,我们生活在一个尔虞我诈的时期……

我躺在床上,听着咖啡壶悦耳的呼噜声。回想着重又浮现在脑海的谈话的只言片语,从大人中间东一句西一句听来的话语,意思就跟水一样流动,这一切恍恍惚惚,睡意也渐渐侵入我的意识。

我醒来的时候,全家似乎都悄然无声。父亲和母亲还在睡觉。我不声不响起床,看了看挂钟,已经九点了。我走进祖母的卧室:她还在睡觉。这么晚了,还没人起来,这真是破天荒第一次。

风雨停了。我走到客厅的窗口,往外张望。高空遮盖着灰色乌云,都纹丝不动,仿佛冻结在那里。夜间从蓄水池里打出来的水,现在也许蒸发了,重又升上高空,会合乌云了,并且从高空严厉地审视潮湿的房顶和晦暗的土地。

我的目光移向低处的街区时,首先注意到的是漫溢的河流。这是命中注定的。碰到这样的天气,这条河也没有什么办法。这一整夜,它都不得不按照以往的习惯,竭力从桥上面跳过去,猛烈摇晃着桥拱,形同一匹要摆脱磨伤自己的驮鞍而狂奔的马。它整夜这样狂奔,从它血淋淋的后背一眼就能看出来。最终它还是未能跨过桥去,于是就冲上马路,将马路淹没了。现在,它无限膨胀,竭力消化掉这条路。然而,这条路是啃不动的,对这种猛烈冲击也习以为常了,眼下可以打赌,它在装死,等待浑浊而泛红的河水退去。

"这条河多么愚蠢啊!"我心中暗道,"每年冬季,它就这样企图从脚后跟咬噬这座城市。看样子它气势汹汹,其实它并不那么危险。"从山上冲下来的湍流更加危险,那些山洪湍流跟这条河一样,也企图吞噬这条路。不过,这条路趾高气扬,脚跟站得很稳,而山洪在撩拨它之前,干脆偷袭,一下子扑到它背上。大多时候,湍流的沟壑都是干涸的,犹如蜷曲的死蛇。然而,每逢暴风雨之夜,这些湍流便起死回生,膨胀起来,又是呼啸又是怒吼。它们因狂怒而面色惨白,冲下山来,所起的简短名字如同狗名(出溜、飞索、发客),在奔腾中,从地势高的街区冲下土块和剥落的石片。

我观赏一夜之间变化的景物,心想如果河流恨这座桥,那么道路也同样憎恨这条河,湍流也同样憎恨矮墙,而风则憎恨阻挡它发飙的高山,它们不约而同,都憎恶这座城市,只因在这种大破坏的仇恨中间,这座城居然横在那里,灰不溜秋,湿漉漉的,还那么高傲。我之所以这么爱它,也是因为在这场战争中,它独自抗拒所有敌人。

我的目光没有离开房顶,心里却想弄明白,昨夜这场暴风雨,同我猛然想起长胡须不祥之兆的切曹·卡侬尔的女儿,能有什么关系呢?继而,我的思绪又飘向蓄水池。我起身下楼。过道全湿了,水桶和绳索胡乱丢了一地。我说不清楚为什么,这些东西似乎强化了笼罩着过道的寂静。我走到水窖的窖口,掀起盖子,俯下身去:

"噢嗬嗬!"我轻声呼唤,就好像生恐唤醒什么魔怪。

"噢嗬嗬!"水窖应声答道,仿佛不大情愿,声音嘶哑,我听着有点怪。这对我意味着它的怒火平息了,但是还没有完全消气,因为它的声音比平时要低沉。

我又上到三楼,走进大房间,高兴地望见远处,有多大距离我估计不好,出现一道彩虹,就好像是高山、河流、桥、湍流、道路、风和城市刚刚签订的一项和平协定。不过,人们也猜得出,那只是一个短暂的停战协定。

"喏，我给你法国和加拿大，你把卢森堡转给我！"

"开什么玩笑！先生想要卢森堡吗？"

"如果你觉得合适……"

"如果拿你的阿比西尼亚换我两个波兰呢，那也许还可以谈一谈。"

"不行，阿比西尼亚不行。喏，你就接受法国和加拿大吧！"

"不成！"

"那就把我昨天换你委内瑞拉的印度还给我。"

"印度？老实说，我拿印度有什么用呢？你尽可以相信，我换来印度，昨天晚上后悔死了。"

"你别是碰巧，连换取土耳其也后悔了吧？"

"土耳其？我已经转手了，要不就还给你了。"

"那好，你休想得到我昨天答应给你的德国，我宁愿把德国撕成碎片。"

"哼！你还以为我那么看重德国！"

我们站在街道中央，交换邮票讨价还价，争吵了将近一小时，还争吵个没完，这时雅维尔经过，抛给了我们一句：

"怎么，你们在瓜分世界吗？"

第二章

杰乔和皮诺大妈来我们家串门。她们坐在大屋的长沙发上,一边小口抿着咖啡,一边同祖母闲聊。杰乔神色有点儿不安。祖母倒显得更加平静,尽管她也流露出几分惊慌之色。皮诺大妈很瘦弱,穿着一身黑袍,她面容憔悴,不住地点着小脑袋,就像做梦似的,每当杰乔说一句话,她就重复一下话把儿:"全完了!"她们的谈话引起我的浓厚兴趣,说到伊萨,马恩·沃索的儿子:上周,他干出一件闻所未闻的事,竟然戴上了眼镜。

"我一听说这事儿,"杰乔说道,"开始还真不相信自己的耳朵,随后,我站起身,将头巾往脑袋上一罩,就跑到马恩家。这个不幸的人还算沉得住气,可是家里的女人,都是一副晦气相,她们好像都呆滞了。我想问问他们家出了什么事儿。可是话到嘴边,我未敢说出口。怎么好直截了当问人家这种事儿呢?正在这工夫,那房门打开了,我看见伊萨走进来。他那副眼镜的镜片闪闪发亮。'你好吗?'他跟我打声招呼。当时我就想,自己还不如死了呢。我感到嗓子眼儿卡住一个球,不知我怎么忍住了,没有放声大哭。他走向大橱柜,取出几本书,翻看了一会儿,然后,就走向窗户,停在窗前摘下眼镜,揉起眼睛。他母亲和妹妹们嘴唇颤抖,瞪圆了眼睛注视他。我呢,就伸过手去,拿起眼镜自己戴上。好家伙,我的老姐妹,你们都不会相信我说的话:我突然感到,我的脑子在我的脑袋里旋转起来。这副眼镜一定是受了诅咒。我看见镜片上圈儿套圈儿,就跟地狱里的那些圈圈儿一样。我眼前什么都模糊了,都掉了个儿,就好像让魔鬼的气儿吹的似的打转儿。我急忙摘下来,跟个疯子一样起身走掉了。"

杰乔深深叹了一口气。祖母摆弄着手中的咖啡杯。

"伊萨为什么这么干呢?"祖母悲伤地说道,"这么好的一个小伙子,又聪明又有礼貌!若是像拉姆那样一个淘气鬼,也就算了,可是伊萨……"

"全完了。"皮诺大妈冒出一句。

"还真是这样,我的好谢尔菲杰,"杰乔又说道,"我们总抱怨遭了这么多难!可是,我们本身都有罪呀。昨天,有人用硬纸板造一座房子;今天,小青年又开始戴上眼镜;谁晓得明天会干出什么事儿!不过,老天有眼,"杰乔换了威胁的口气,朝天棚举起食指,"什么都看得见,什么都记录下来。所有这一切,老天会惩罚我们的。"

"全完了。"皮诺大妈重复道。

说起纸板房,我下意识地扭头,朝乔贝克街区望去,那座怪异的石棉水泥建筑。是几周前由意大利人为他们的修女造起来的,现在矗立在肃穆的石头房子中间,一个外来户,跟周围的房子极不协调。这样一座离奇的建筑,长时间引起居民惶惶不安。那些老婆婆纷纷说,从来没见过这种东西,她们可是见过世面的人,甚至到过土耳其。我们活到这把年纪,从来就没有听说过纸板房。那其中肯定魔鬼插了手。

她们现在评论马恩·沃索的儿子,跟先前评论石棉水泥建筑,差不多使用同样的语言。魔鬼,你干吗非得看这尘世变个样子呢?你干吗非得叛逆呢?

她们聊得很起劲,几乎喘不上来气儿。我聚精会神地听着,因为,马恩的儿子所干的事儿,同我的一个秘密不无关系。这种该死的镜片,我也往眼睛上贴过好几次。那个镜片,我是在祖母的旧矮橱里发现的,有一天拿着玩,不经意放在眼睛上。我立刻惊呆了:突然间,我觉得周围一切都清晰了。事件的轮廓以毫不容情的方式,变得浓重而一目了然。我将镜片贴在一只眼睛上,闭上另一只眼睛,长时间观察所发现的广阔的全景,从我们家算起:一种奇异的景象映入我的眼帘。就好像有一只无形的手,准确点儿说,此前有一层蒙上水蒸气的玻璃,一直遮住这个世界,现在看来,这个世界澄净了,焕然一新。然而,我并不喜欢世界这种样子。我已经习惯,看世界隔着一层云雾,物体的表象可以收缩或者放大,没必要遵循严格的规则。我觉得,任何人也没有要求房顶、街道、电线杆子汇报,照它们当初的位置移动了一点点儿。然而,从今往后,在这镜片后面,世界在我看来就僵硬了,规规矩矩,相当吝啬,只赋予存在的物体已有的形貌,多一点也不肯付出了。世界就像这样一座房子里面的所有东西,油、面粉,甚至水,都有一定重量,准确到以克为单位,一点点也不能轻率地扔掉,人始终不能越雷池一步。

不过,去看电影,我这个镜片却很有用处。去之前,我将镜片洗干净,装进衣兜里。进了放映厅,等到灯光一熄灭,我就麻利地掏出镜片,闭上左眼,将镜片放在右眼上。回到家里,谁也不明白为什么我的一只眼珠有点儿充血。一天晚上,我带两个茨冈孩子看电影,他们见我从衣兜里掏出镜片,都非常惊讶,在放电影的过程中,我听见他俩多次发出疑问:"这不会是个密探吧?"

"全完了!"皮诺大妈重复道。

不过,老婆婆们很快转换了话题,进入乏味的老生常谈,说物价如何贵。而我还在寻思,人怎么只会用眼睛看,不能用手指、脸蛋儿,或者用肌体的其他部位观察呢。因为,说到底,眼睛也不过是我们身上的一块肉。世界是怎么弄的,能进入眼睛里呢?光线、空间和色彩,通过我们的眸子,这样不断大量涌入我们体内,怎么没有把我们撑破了呢?视觉的这团谜,长时间让我苦恼不堪。而失明这种神秘的事,比什么都让我恐惧,总是搅得我心神不宁。这种畏惧无疑来自我所听到的大多针对眼睛的诅咒。有一天,我们的洗脸池堵了,我看着排水管道的黑洞,就觉得这是一只瞎眼。我心中暗道,眼睛也肯定会像这样,最终就堵塞了。大量的光亮,以及融入光中的所有影像,就通不过眼睛的入口了,不错,失明,一定是这么回事儿。城里的拙劣的民间诗人,盲人维希普深陷的眼眶里,也肯定塞满了这类黑乎乎的湿东西。

看见:多么无法解释的能力啊!我转向城中低处街区,而我的双眼就像两台大功率的水泵,开始吸入阳光,同时吸入五花八门的形象:房顶、烟囱、孤零零的无花果树、街道、行人。那些人和物,都感到被我吸入了吗?我闭上眼睛。停。形象流停止了。我又睁开双眼。形象流又开始流淌了。

那个夜晚折腾了之后,房顶仿佛特别拉近了。房顶全打湿了。石板瓦铺展开去,那么整齐划一,实在让人气恼。无精打采的阳光落在上面。房子下方,街道和小巷曲里拐弯,行人寥寥,只有几个骑马的农民、一位教士、几个身穿黑袍去串门的老太太。

瓦诺什街沿着湍流床艰难地爬坡,而在它右侧,乔贝克街像躲避闹瘟疫的住宅似的,避开修女的石棉水泥建筑之后,便冲下陡坡,撞上了瓦诺什街,猛烈撞击之下,两条街道都扭曲了。再远一点儿,那条小丑巷,又瞎又迟钝,冲向高雅的体育馆街,不过,在千钧一发之际,体育馆街轻轻一闪,就灵巧躲开了小丑巷。于是,小丑巷好像要找别的街道滋事,穿越这个街区往下翻滚,画出令人惊讶的猛拐弯的踪迹。

现在,我等着看从拐角出现伊利尔,我的最好伙伴,马恩·沃索的小儿子。我一望见他,就急忙跑下楼,去跟他会合。

"咱们去屠宰场好吗?"他对我说道,"咱们还从来没有去过呢。"

"去屠宰场?去那儿干吗?"

"什么?去干吗?去看热闹呀。看他们怎么宰牛,怎么杀羊。"

"到屠夫那里有什么好看的?他们的肉铺咱们也熟悉:肢解的牲畜,挂在钩子上,蹄子冲上或者冲下。"

"对,"伊利尔说道,"可是,那家屠宰场大不一样。在那里,见不到那些讨价还价的讨厌的顾客。到那里甚至能看见杀公牛。那里只屠宰大牲口。"

"屠宰场"一词，近来许多人越来越常用了，但是取义不怎么明确。

"上星期，"伊利尔又说道，"一头公牛从屠夫的手中逃脱，像疯牛一般狂奔，那些屠夫顺手能拿什么就拿什么家伙，击打公牛。但是，那头公牛还是在台阶上自己滑倒，摔断了脊梁。好多大人物都去了，只是为看个热闹。"

老实说，有点儿看头的地方，在这城中屈指可数。除了孩子和不大正经的人常去的电影院，只有两个地方因为常发生打架斗殴，尤其是星期天，还有点热闹看，那就是波希米亚人区和脚夫分钱的清真寺前广场。至于其他的打架斗殴，那是自发的，往往在不可预见的地点突然爆发。不过，在眼下这个时期，许多吵架，冲突各方说了大话却不兑现了。难怪我不止一次听到看热闹的人感叹："唉！我们那时候，打架真动拳脚，看着才带劲！"于是，他们失望地走开了。唯独茨冈人打起架来还一丝不苟，几乎履行所有诺言，只要骂得出口，就动得了手，尤其脚击。

屠宰场看样子另有新的吸引力，对此我没有异议。

我们沿着铺石街道重又上坡，忽然碰见下坡的雅维尔和马克苏特。他们不讲话，一副怒气冲冲的样子。我们什么话也没说。马克苏特天生眼珠有点鼓出来，我每次看他，总要产生几分反感。有一天，我听见一个妇女同一个女邻居争吵，两次向对方抛出这样一句："但愿你失去眼睛！"当即我就联想到马克苏特的眼睛。现在，我每次碰见他，都觉得他的眼睛要脱离眼眶，滚落到地上，那么我不必特意，就会踩上去，将两个眼珠子踩爆了。

"你怎么啦？"伊利尔问道，"干吗这副样子？"

"都怪马克苏特。我一见到他就恶心。"

"伊萨也一样，简直不能碰见他。这阵子，只要有人提起他，伊萨就做怪相，跟你一个样。"

"开什么玩笑？他不会是也觉得，自己的眼睛要逃走吧？"

"看你有点儿说疯话！"

我没有再说什么。

一个肩膀搭着一条毯子的男人，手里拿着用手绢包起来的一大块面包，正朝我们走来。那是卢肯，外号叫"铁窗之友"。

"喂，卢肯，你从铁窗里出来啦？"一个行人问他。

"就是啊，我出来了。"

"你什么时候再回去呢？"

"回去怎么不行呢？监狱不就是给人建造的吗！"

从土耳其人统治时期以来，卢肯由于小偷小摸，有几十回被送进了牢房。城里人想起他来，总是这副模样，从狱堡街走下来，后背披着一条棕色毯子，手上拿着用手绢包住的可怜食物。

"这么说，你又可以自由呼吸了，卢肯！"另一个人也冲他嚷道。

"就是啊，我的宝贝！"

"你还不如干脆把毯子留在那上面……"

卢肯便一通臭骂，他渐行渐远，还提高了嗓门儿。

我们走向城中心区。街道充斥着城市奇特的声响。今天是赶集的日子。农民从四面八方拥向广场。马蹄掌踏在路上喀喀作响，有时打滑，在路石上蹭出火星子。在上坡的路上，村夫们紧紧握住他们牲口的鼻羁，人和牲口的身体贴在一起，汗流在一起一同喘息着拖向高处。

街道两侧，大房子的百叶窗关得严严实实。在窗户里面，那些太太坐在软绵绵的垫子上，捂住鼻子，面无血色，恶心得要吐。她们生活富足，脸色白净，身体肥胖，很少出门上街。她们抱怨封锁了同希腊的边境，不能从约阿尼纳湖运来那种有名的鳗鱼：那种鱼对她们的风湿痛有极好的疗效。她们讨厌乡下人，跟他们说话时，在他们的名字后面马上跟上一句"请勿见怪"，就好像提到厕所似的；除此之外，她们总体上难以忍受这个新时代。她们坐在长沙发上，好似一排洋葱头，没完没了地小口抿着咖啡，盼望着王朝复辟。

几名站岗的意大利士兵，看守着电影广告，观察着行人。我们沿着街道上坡。商铺的招牌一块接着一块：镀锡店、理发店、鞍具店；接着，还有亚的斯亚贝巴咖啡馆，一块牌子上只写着"醋"；接着，一张布告，开头用大字体写着"我命令"。

我们继续赶路。现在，屠宰场离得很近了。还没有听到一点儿咩咩的叫声，也闻不到血腥气味，没有一块指示牌，然而能猜得出肯定不远了。铺石路周围静悄悄的，街头各角落空荡无人，这些表明屠宰场就在附近。我们开始登上一道楼梯，又湿又光滑，根本不像我们石砌的楼梯。楼梯很高，梯级上没任何雕刻的图案，哪怕是最粗糙的图案，不像我们的楼梯阶，装饰着我们熟悉的图案。我们登这楼梯很吃力。上面笼罩着墓地一般的寂静。无论是人的还是牲畜的，一点儿声音也没有。他们在那儿干什么呢？我们终于到了，一切准备就绪。几条汉子等在那里，冷峻的脸上毫无表情。他们穿着一身漂亮的服装：衣领浆过的白衬衫，打着领带。有的还戴着软帽，其中一人则戴老式高筒帽。他看看手表上的时间。

我们听见汩汩的水声。有个人拿着一根黑色胶皮管子冲地面。另一个人拿着扫把，将积水推到边上的地沟里。一股水冲到我们的脚前。我们低头一看，赶紧往后退，可是太晚了。地面血红一片。显而易见，在我们来到之前，一切都进行完了。不过，这一小队人始终没有动窝儿，这表明正准备一场新的屠杀。水在大片的血泊上翻腾，将血层从水泥地面上揭起来，不等凝固在地面上就冲走了。

接着，我们什么都看清楚了。长方形的小场地，四周围着朝里开门的水泥棚子。棚顶上悬挂着数百副铁钩。地上停着绵羊，绵羊中间的农民穿着厚厚的毛衣和黑色长外套，靠着羊背蹲着，双手揪住羊毛。他们也在等待。

站在外面的那些汉子一点儿也不着急。其中两个还掏出念珠来，慢慢数念珠。我从来没有见过他们。戴高筒帽的那个人看了看表。看样子时候到了。

突然,身穿白色工作罩衣的屠夫们,出现在我们面前,他们发红的手十分有力。他们都停在场地中央的水池子旁边,这时,村民拼命挥舞拳头赶羊,可是羊不肯移动。仿佛有数千只蹄子隐隐搓着地面,发出一种轰鸣。这是一种深沉的、有节奏的声响,持续了一段时间。当头几只羊靠近了水池子,我们就突然看见等在那里的屠夫手中的尖刀闪闪发亮。于是,屠宰开始了。

我感到右手疼痛。伊利尔的指甲抠进我的肉里。我要呕吐了。

"走吧!"

我们俩谁也没有说这句话;然而,我们用手捂住眼睛,已经开始摸索着寻找楼梯台阶了。

我们终于找到楼梯,什么也不顾,慌忙跑下楼梯离开了。我们逐渐跑远,街道也热闹起来。一些人赶集回来,腋下夹着一棵卷心菜。另一些人正去集市。他们是否猜想到那高处,屠宰场那里在策划什么阴谋?

"你们钻到哪儿去啦?"一个斥责声,好像从天突然降到我们头上。我们抬头一看,只见伊利尔的父亲挺立在我们面前。他拿着一个精白粉面包和一把鲜葱头。

"你们到哪儿去啦?"他重复问道,"怎么回事儿,你们的脸色这样苍白?"

"我们去了……屠宰场。"

"屠宰场?"

洋葱尾梢儿像蛇一样,在他的手中乱动。

"你们到屠宰场去干什么?"

"没什么,父亲,就是去看一看。"

"看什么?"

洋葱平静下来,尾梢儿泄气地耷拉下去。

"你们永远也不要再踏进一步!"马恩说道,语气缓和下来了。

他的手指探进背心的小兜找什么东西，摸出了半列克的一枚钱币。

"拿着，你们还是去看电影吧。"

马恩离开了我们。我们也逐渐摆脱惊愕的状态。我们穿越集市，所看到的景象也提起了我们的精神。

在摆的摊儿上，在篮子里、褡裢里，在铺展的手绢上，展示我们这里没有的绿色世界：卷心菜、葱头、生菜、香芹、草地微笑的蔬菜牛奶、当日鸡蛋、奶酪。而且，在这所有东西中间，还有叮当的钱币声。问价。回答。疑问。多少？多少？咕咕哝哝。发出诅咒："你自己留着吧，没等吃完就撑死你！""让你拿我这钱看病去吧！"这生菜上，卷心菜上，洒了多少毒药！虫子爬过的东西；死亡也爬过了……这东西，多少钱？

我们走开了。在市场的尽头，一名意大利士兵在吹口琴，眼睛贪婪地盯着过往的姑娘。我们又回到电影广告跟前。今天晚上不放映电影。

我们只好回家了。我上楼时，就听见小姨咯咯的笑声。她坐在一张椅子上，摇晃着一条腿，正在那儿咯咯大笑。杰乔朝祖母瞥了两三眼，而祖母只是微微收紧嘴唇，似乎在说："谁也没有法子，杰乔，今天的姑娘，就是这样子。"

父亲走进来。

"你听说了吧？"小姨马上冲他嚷了一句，"在地拉那，有人朝意大利国王开枪。"

"我在咖啡馆里听说的。"

"暗杀者将手枪藏在一束玫瑰花里。"

"真的吗？"

"明天就要把他绞死。他才十七岁。"

"噢，这些可怜的孩子！"祖母哀叹道。

"全完了！"

"多可惜,他没有击中!"小姨高声说道,"还是玫瑰花妨碍了他。"

"这些情况,你是从哪儿听来的?"母亲用责怪的口气问道。

"从某个地方。"小姨只是含混地回答一句。

杰乔要告辞,她戴好头巾便出去了。不大工夫,皮诺大妈也走了。小姨多待了一会儿。

我上了三楼。街上还有些行人。最后一些市民赶集回来。马克苏特腋下夹的一棵卷心菜,酷似砍下的一颗脑袋,给我的感觉仿佛冲着天使微笑。

农民纷纷离城返乡。过不了多久,瓦诺什街和帕洛托街,以及哈兹穆拉特街、切特梅尔街、扎利街,还有大路与河流那座桥上,就会黑压压一片宽袖长外套,都在行走,行走,走向人们从来望不见的村庄。这座城市就像被缰绳拴住的一匹马,要吞下他们送来的所有绿色食物。然而,他们放下的这种鲜嫩的绿色东西,牧场的这种露水、牲口脖子上吊的铃铛声响,还不足以,也不能哪怕稍微缓和一点儿这座城市的严厉。农民走了。黑色斗篷现在摇曳在暮色中。在马蹄铁撞击下,路石发出最后一些怒火的火星。农民要赶回自己的小村庄。他们甚至不回头观赏一下独自和它的石头留下的城市。恰好这时,从那高处狱堡里传来沉闷的当当响声。每天傍晚,狱卒都要检查铁窗,用一根金属棒,以均匀的节奏,击打窗户上安装的铁条。

我看到最后几个农民过了桥,心里不禁纳闷,人也真怪,就这样划分成市民和村民。那些村庄怎么样呢?都坐落在哪里呢?为什么从来没有见过呢?老实说,我不大相信那些村子真的存在,倒是觉得那些返回的乡下人,只是装作走向自己的小村庄,其实不是要抵达任何地点,而是分散开来,躲到环城覆盖着灌木林的小山丘后面,等待漫长的一周过去,又到赶集的日子,以便再来用他们的绿色食物、鸡蛋和牲口的铃声占满我们的街道。

我时常寻思,人怎么能萌生这种念头,聚焦大量的石头和木柴,建造起所有这些墙壁和这些房顶，然后给汇聚在一起的街道、房舍和院子、房顶和烟囱，取个总名叫城市。而且，我觉得更加不可理解的是"被占领的城市"，这种表达方式，我在大人的谈话中越来越经常听到了。我们的城市被占领了。换句话说，在这座城市里有外国士兵。不过，这个情况我知道，让我伤脑筋的，完全是另一码事儿。我想象不出一座城市可以不被占领。再者，即使我们城市并没有被占领，那么不还是同样这些街道、同样这些房顶、同样这些居民吗？父亲不还是父亲，母亲不还是母亲，我们不还是一如既往，接待同样这些人：杰乔、皮诺大妈、杰莫大婶，经常来我们家串门吗？

"你们不可能明白，一座自由的城市是怎么回事儿，因为你们是在受奴役的环境中长大的，"有一天我问起这件事儿，雅维尔明确对我说道，"相信我，这事儿不容易向你解释清楚，等到城市自由了，那么一切都大不一样，一切都太美了，开头我们都会陶醉了。"

"我们还能吃上这么多东西吗？"

"能啊，我们能吃上，当然了！而且，也还有许多别的事情。唔！一连串别的事情，连我都想不到……"

太阳时而从乌云之间放射光芒，零星下着雨，好像是在偷偷地微笑。木门打开了，皮诺大妈出门上街。她身体很单薄，上下一身黑，她的红手包夹在腋下，里面装满了她的用具。她脚步轻快地上路了。飘落的雨点儿轻盈而欢快。在什么地方举办婚礼。皮诺大妈去参加。她那双枯瘦的手，从手袋里掏出各种各样的夹子、细线、木匣，要给出嫁的少女脸上装饰上星座、柏树枝，在敷粉的神秘白色中游弋上天标记。

我在窗玻璃上轻轻哈了气，皮诺大妈的形象便模糊了，只能辨认出她在街尾摇摆的黑影。有朝一日，她也是这样出门，来给我的要过门的妻子化妆。皮诺大妈，你能给她脸上画一道彩虹吗？这个问题让我想了很长一段时间。

现在，她拐进另一条街，人影更小了，走在高得难以支撑的楼房之间。在包铁的沉重楼门的里面，就有那些年轻而美丽的新娘。

纪事

这回,我们在纽伦堡重聚。刚刚宣布了一条愉快的消息:我们的国家不久将接待阿尔巴尼亚的伟大朋友,法西斯党秘书牟梯(Muti①)。我们的城市正准备欢迎他。诉讼。执行措施。清洁。我们城的一个居民 L.朱阿诺的尸体,从河里打捞上来,在安戈尼家同卡尔拉什家打的这场官司中,朱阿诺本来应该出庭作证,却被杀害了。这场旷日持久的老官司打了六十多年,给这地区造成了极大的伤害。据透露,吃百姓的阿尔巴尼亚苏丹,艾哈迈德·佐古花了两百万,在维也纳给他的情妇米兹买了一处豪宅。眼下,城里体重最大的人是阿基夫·卡沙赫,有一百五十公斤。调皮捣蛋的学生被中学开除了。公民凡是没有许可证,非法拥有武器者,必须到当地警备司令部报到。截止日期为当月十七日。警备司令官,布鲁诺·阿尔西沃卡尔。我们的同胞比多·舍里夫昨天回来,他在地拉那逗留了十天。出生。结婚。死亡。A.德赫纳米和 Z.帕斯哈妮生了一子;M.吉库生了一女。N.菲科娶了 E.卡纳菲丽为妻。

---

① Muti 这个词,在阿尔巴尼亚语中意味着"人的粪便"。——法译本注

第三章

　　城市这座戏台,上演的一些事件,乍一看相互似乎没有什么关联。有人见到一个戴着面纱的女人,在紧邻狱堡街的十字路口,蹲在地上正乱翻什么。然后,她往那地点浇了水,便匆匆离去,有人想跟踪,却不见了踪影。一个陌生女人在纳佐家的窗下,引起人注意,纳佐的年轻儿媳正在窗口剪指甲,而那老太太一点儿一点儿拾起指甲屑,嘿嘿冷笑着走掉了。比多·舍里夫睡到深夜,猛坐起来,发出两三声"咯咯"鸡鸣,又躺下睡着了。第二天早晨,他声称什么也不记得。四十八小时之后,皮诺大妈发现自家院子里有潮湿的炉灰。不过,在马恩·沃索的妻子出了事儿后,一切就全清楚了,谁也不能像起初以为的那样,再说这些事件之间没有联系了。有一天,将近中午时分,一个黑皮肤的女人上前敲马恩·沃索家的门,要讨杯水喝。女主人给她端来一杯水,可是,那陌生女人只喝了半杯。女主人正伸出手去要接过杯子,对方却激烈地指责她用脏杯子给她盛水,随即把剩下的水泼到她脸上。可怜的女人惊恐万状,面无血色。眨眼之间,那个不速之客便消失了。马恩·沃索的妻子赶紧烧一满锅水,仔细地洗了身子,还把她当时穿的衣袍烧毁了。

　　现在,事情就明了了:全城各处都在施展魔法。无形的手到处置放邪祟之物:门槛上、围墙里面、屋檐上,都用废纸或者脏布片包着,让人看着会厌恶得打寒战。据说,一种厄运抛到楚特家的房顶,兄弟就反目成仇,无休无止地争吵。迪诺·齐索家也有同样遭遇:迪诺·齐索是本城唯一致力于发明的居民,现在他的计算被这些魔法搅乱了。此外，一些少女近来的行为，也不可能有别种解释，肯定是中了邪术。

我们家等杰乔来串门儿。她果然来了，喘气总是那么吃力，房门还没有大开，就听见她那浓重的鼻音。

"怎么，你们还不知道？不幸的女人！"她从楼梯就嚷起来，"巴巴拉莫的儿媳没奶水喂她孩子了。"

"可别说糟践人的话！"母亲惊叹道，脸色一下子青了。

"你们就应该去瞧一瞧，他们家发生了什么事儿！他们开始寻找凶物，从天棚一直到地板下，都找了个遍。床垫翻过来倒过去，箱子也都倒空了。功夫不负苦心人啊。"

"他们找到啦？"

"是啊，是啊，就在孩子的摇篮里！死人的一团头发和指甲。你们真应该看一看当时的情景。他们惊叫起来，都忿了声！简直吓掉了魂儿！直到长子回家，大家才稍微镇定一点儿，他随即又出去叫警察。"

"是那些巫婆作祟，"母亲断言，"怎么就没有抓住她们呢？"

"你们家，一点儿事也没有吗？"杰乔问道。

"没有，"祖母回答，"直到现在没事儿。"

"还算幸运！"

"哼，这些巫婆！"母亲重复说道。

"纳佐的儿子也中了邪，他们驱邪成功了吗？"

"没有，还没有，"祖母回答，"他们有两回呼唤'霍查'①，但是始终未能祛邪。他们弄得天翻地覆，就是没有找到作祟的东西。"

"真可惜，"杰乔叹道，"多好个孩子！"

我呢，听人讲述纳佐的儿子马克苏特的这段经历。他结婚没有多久，现在就传说他中了邪。伊利尔在家里听说了这件事，就告诉了我

---

① 意思相当于伊斯兰教的"阿訇"。译文加引号，以示与霍查那个人物的区别。

们。我们好奇得要命，想了解这个家庭遭了厄运之后，情况究竟如何了。直到很久之后我才明白，马克苏特在履行夫妻职责中患上了疾病。我们经常在他们家门附近转悠几小时，但是看不出那家里发生了什么特别的情况。窗户里面，还像从前那样安宁。纳佐和儿媳往院子的铁丝上搭衣服和床单，而在房顶上，那只灰猫还照样晒太阳。

"真是邪门！"我们总在嘀咕，"既没有争吵，也没有扭打。"

有一天，我问起祖母：

"纳佐的儿子中了邪术，究竟是怎么回事儿啊？"

"听着，"祖母对我说，"这些都是丢人的事情，你们这样年龄的孩子不要讲。明白吗？"

这话我告诉了伙伴们，反而更加引起他们的好奇。

傍晚，"霍查"在清真寺唱经，鹳巢筑在烟囱和清真寺的尖塔上，好似戴着的黑色无檐帽。这时候，我们就在纳佐家门前走来走去，以便瞧人家的年轻媳妇。她走出门，随后又同她婆婆坐到分列门两侧的石椅上。她用手指摆弄着自己的长辫子，她那眼神不时闪现一道奇异的光，特别迷人。在我们这个街区，还从未见过如此光艳照人的新媳妇。我们私下叫她"美丽的儿媳"，而在黄昏时分，我们在纳佐家门前追逐流萤，很喜欢她看我们。她坐在那里，一副若有所思的神情，她那双灰色大眼睛注视着我们，可是显然驰心旁骛。继而，马克苏特出现了，他从集市或者咖啡馆回来，腋下夹着面包。于是，少妇和她婆婆站起身，默默无言地回去，马克苏特随后关上吱咯呻吟的沉重大门。

在这道石门槛的里面，一定又开始施展魔法了。我们很可怜这个美丽的新娘：每天晚上，都要把她关在这道严厉的大门里面。我们觉得街道空了，立刻就没了兴致玩耍了。我们瞧见纳佐在窗前点亮一盏煤油灯，那淡黄的微光可能把告密者引到任何人身边。

"对，我的好谢尔菲杰，"杰乔还喋喋不休，"出了这么多事儿，全是我们的过错。人的确太过分了。有人还说过几天，城里的男人和女人就要上街游行,由旗帜和乐队打头,他们要高呼:'牟梯万岁!'什么时候见过这样可恶的行为?"

母亲憎恶得皱起眉头。

"全完了!"

"真不要脸!"祖母说得更狠。

"谁知道还要给我们什么好瞧的!"杰乔说道,"她朝天举起手,她每次祈求上帝总是这样,可是,如果在天上的那位,还迟迟不肯行动,那你们也要确信,他绝不会忘记。昨天,他让切曹·卡侬尔的女儿长出胡须。明天,他就能让我们所有人身上长出刺儿来。"

"噢!但愿别出那种事!"母亲感叹道。

杰乔临走时,还不失时机地给我们几个忠告,而在这种情况下,她的声音鼻腔就更加浓重了:

"你们剪指甲时,指甲屑不要乱丢!"

"这是为什么?"

"有人会拾起来。小乖乖,那种巫球,就是用指甲和头发制作的。你呢,我的女儿,我求你了,你梳头的时候,不要让头发掉到地板上,要知道,魔鬼特意等着呢。"

"但愿别出那种事!"母亲重复道。

"你们也不要忘了,炉灰要深深埋进土里。"

杰乔怎么来又怎么走了,那喘息声在所有人当中极容易辨认,身上裹着黑色大方围巾,仿佛总是在身后播种惊慌和不安。我回想起她来,就是这副模样:总是躁动不安,忧心忡忡,开口闭口就是讲阴森可怕的事儿,而且她逐渐发挥,也越来越活灵活现。伊利尔怀疑她本人就装神弄鬼,用邪术害人。

在所有人家,这成了唯一的话题。开头,出了几件事之后,看得出来,大家都有几分惊慌。继而,正如在这种情况下,一般所发生的转变那样,人们初惊定下神儿来,就要试图发现祸害的根源。为此就请教"年迈的妇人"。年事很高的女人,就对什么也不感到奇怪,也不恐惧了。她们很久都不出门了。她们觉得外界无聊得要死，因为她们历尽沧桑，所有事件，甚至最重大的事件，如流行病、水灾、战争等，在她们眼里都不过是老调重弹。她们在王朝时期就年迈了，而且早在共和国时期就已经老了，在第一次世界大战时期就上了年纪，甚至早在那之前，在本世纪之初就老了。哈杰老太太，二十二年来足不出户了。译卡家的老祖母，关在房中生活有二十三年了。另一位老人，聂斯利罕，十三年前埋葬了她的孙子之后，就闭门不出了。沙诺老婆婆，自愿隐居了三十一年之后，突然出现在自家门外，要揍一名纠缠她重孙女的意大利军官。这些高寿的老太太，尽管饭量小，整天吸烟，喝咖啡，尽管全身皮包骨，青筋暴露，身体却非常健壮。沙诺老婆婆当时揪住那名军官，那军官疼得尖叫一声，他还以为能挣脱，一看不行，便急速掏出手枪，用枪把猛击老太太的手。可是，老太太放开，只为握紧皮包骨的手，给那军官一顿老拳。这些老太太浑身上下没剩下多少肌肉，也没有什么敏感的部位了，就好像这些躯体准备制作标本，掏空容易腐烂的内脏就可以了。她们摈弃了所有多余脂肪和肌肉，同时也摈弃了多余的欲望，如好奇、恐惧、激动，以及美食的爱好。雅维尔甚至说，沙诺老婆婆揪了意大利军官的耳朵，就是去揪墨索里尼的耳朵，她也不会有顾虑。

关于邪术害人，那么高寿的老妇也持非常明智的说法。她们列举从前的事例，说明通常在严重事件爆发的前夕，面对即将来临的暴风雨，人的灵魂开始像树叶一样战栗，于是邪术就要大行其道。

还有许多问题需要澄清，尤其这个主要问题：是哪个巫师或者巫婆，在暗中行妖作怪呢？而且，人们并不局限于产生疑问，他们还采取了更加具体的行动，力图寻找出来。阿基夫·卡沙赫的几个儿子，就日夜轮流蹲守在他们屋顶的老虎窗那里。皮诺大妈，由于她专给本城要做新娘的姑娘化妆，是那些邪术的主要目标之一，她就买了一条个头跟狼一样的狗，一直放在她家里护院。马恩·沃索也从地窖里取出土耳其统治时期用过的老枪，挂在房门上备用。市政府给公墓新派了一个看守。"

　　此外，人们还采取了不少自我保护的预防措施。女人将炉灰放在餐柜里锁起来，就好像存放的面粉；男人从理发店出来，手上都拿着一块手绢或者一页报纸，里面装着由理发师仔细包好的剪下的头发。

　　采取了这些措施之后，闹邪作祟的现象，大家觉得减少了。于是，因巫术邪法横行，暂时被驱逐出谈话内容的日常琐事，重又成为大家的谈资。一种相对的安全感，还有几分安宁，重又确立起来了。然而，这种情况不会持久。就在巫术好像要消失的时候，不料又连续出怪事，闹得更凶了。给出的信号不容置疑：老炮兵阿夫道·巴巴拉莫家中，一天晚上一只奶酪桶爆炸了，那声响能吓死人。这一变本加厉的事件之后，城里许多地点都挂出了告示牌，号召民众协助抓捕罪犯。可是，这种倡议也同样无济于事。行妖作怪的事件仍然相继发生。一天晚上，有人从阿基夫·卡沙赫房子的天窗上冲他妻子微笑，并且招手邀请她。奶酪桶爆炸之后，阿夫道·巴巴拉莫的长子好像同妻子闹翻了。不过，第三次巫术，是找皮诺大妈的麻烦，则引起了更大的反响。作怪之物本身毫无特别之处，恰恰相反；还是炉灰，但是这次浇上了醋！我们这些孩子看到皮诺大妈惊恐万状，就喧闹起来，结果引起从附近经过的一支意大利军巡逻队的注意。估计巡逻队把这种反常的骚动通知了驻军，因为一刻钟之后，四名意大利士兵，带着工具和探雷器，突然闯进她家院子。他们瞧见我们惊恐的目光，也瞧见皮诺大妈恐惧得抓破了脸，也不问一声怎么回事，便开始探测我们所有人的目光集中的地点。

　　"见鬼，"他们当中有个人连声说，"探雷器一点儿显示也没有。"

　　几分钟之后，他们非常恼火，就走掉了。还未待走远，一名士兵提高嗓门儿，冲皮诺大妈嚷了一声：

　　"*臭婊子！*"①

---

　　①　原文为意大利语。

现在，每天天一黑，我们都心惊肉跳，满脑子想着巫术。这是可以理解的，因为，当黑夜笼罩了一切，从城堡和狱堡，一直到铺满石子的河床都笼罩在夜色中，就在无人的小径某个地方，几只陌生的手在收集指甲屑、头发、炉灰等这些能害人的残余物，用破布头包起来，同时念念有词，说的那种古怪的话让人毛骨悚然。

这座城，既高傲又沮丧，它曾经抗拒暴雨、冰雹、雷电和彩虹，现在却损蚀自耗。房檐绷紧，街道扭曲，烟囱倾斜，一切都表明城市所受的折磨。

"城市发烧了。"这种说法，我是第二次听到了。我还弄不明白，一座城市怎么可能病倒呢。伊利尔和我在马恩·沃索院子里，听着雅维尔和伊萨谈论巫术。他们照例使用难词，我们听着很陌生，那种音响很难符合巫术的神秘性。我们听见他们好几次说了"神秘主义"、"集体精神病"，接着，伊萨问雅维尔：

"你读过荣格[①]的作品吗？"

"没有，"雅维尔说道，"我根本就不想看。"

"我呢，我偶尔碰到他的一本书。他恰恰论述这个问题。"

"我丝毫也不需要阅读荣格的作品。这一点再明白不过了：反动势力要利用这种精神病，以便转移民众的视线，不去注意我们时代的问题。瞧，报上就是这样写的：'巫术活动在一定程度上，就是恢复一个民族的民间遗产。'"

"法西斯理论！"伊萨气愤地说道。

雅维尔将报纸扔到地下。

"这些野蛮人，头上装饰羽毛，极力复活中世纪习俗，只要这些习俗对墨索里尼有利！"

---

① 荣格（1875—1961），又译容格，瑞士心理学家、精神病学家。主要著作有：《早发痴呆的心理学》（1909）、《精神分析论》（1915）、《心理学与宗教》（1938）、《人格的整合》（1939）等。

两周前，因为参与了反对一名意大利教师的粗暴行动，雅维尔被体育馆解雇了。现在他到了马克·卡拉希制革厂干活。

他从兜里掏出一小张纸，在上面以他的斜体写道："不要管邪术这些愚蠢的故事，现在我们还有别的事情要考虑呢！"

"这表达得很清楚了，"伊萨指出，同时擦拭着他眼镜的镜片，"不过，也许最好以更加科学的方式向他们解释。"

雅维尔颇有点不悦，但是持续时间不长，两位朋友终于发现我们在听他们说话。

"嘿！你们俩，魔法的小猎手，"雅维尔说道，"你们在偷偷地监视我们吗？"

其实，我们在这个街区，跟大多数男孩一样，总在寻找巫术作祟的物品。我们整天到处翻腾，掀掀门前的擦鞋垫，翻翻旧橱柜，找找房顶，一直找到炉膛里。到处都留下我们察看的印迹。尤其下雨天更能让人感到察看后的效果：多少移动了石板瓦，结果漏了水。我们集中搜查纳佐家周围，这自然是因为喜欢她家美丽的儿媳。

我们竭尽全力，也没有找到一点头发团儿的影子，不免大失所望，恐怕永远也发现不了一个头发团儿了，不料运气终于向我们微笑了。

那是阳光灿烂的一天，事情发生在小丑巷。这条巷子曲里拐弯，非常丑陋，尽管如此，拿世上任何林荫大道来换取，我们也不愿意，因为任何大马路永远也不会这么宽容，大白天让孩子们掀起铺路石，乱扔乱放。小丑巷本身也没个正形，也让我们为所欲为。

那天，我们正投石子玩，我们当中一个突然惊叫一声：

"一团东西！"

我们全朝他跑去，跑到他跟前，也都愣住了。他脸色发青，用手指着地上的一个斑点。就在铺路石缝儿中间，像拳头那么大的一团邪物。我们惊恐地面面相觑，话语卡在嗓子眼儿里说不出来。（后来杰乔向我解释，正是巫术使我们说不出话来。）接着，我们一下子有了极大的勇气，正如梦中有时出现的情况：在昏暗中独自走在空寂无人的路上，想到威胁自己的危险就要发生，就觉得心要跳出来，后来，突然感到两步远的地方有什么东西在动，是一个影子，一张看不清的面孔走近，这时，猛然就上来一种狂热的劲头，于是手脚放开了，又能说出话来，就低着头冲向那鬼影……以便从梦中惊醒。

"巫球！"伊利尔突然用全力吼了一嗓子，随即冲过去，拾起巫球，拿着就跑。

"巫球，巫球！"我和其他人齐声叫嚷。我们还不大明白为什么，就开始狂奔，沿着这条巷子跑下来。伊利尔打头，我们紧随其后，又欢喜又恐惧，喘着粗气不停地吼叫。

一些人家的百叶窗开始噼里啪啦打开，探出惊骇的女人脑袋：

"出什么事儿啦？"

"巫术，巫术！"我们边奔跑边回答，仿佛一群狂奔的猎犬穿过这个街区。

皮诺大妈出现在窗前，一边还画着十字，纳佐的美丽儿媳那双大眼睛含着微笑，马恩·沃索将他的卡宾枪枪管探出阁楼的天窗，而伊萨那张脸则笑逐颜开，他那副眼镜的硕大镜片，犹如两颗太阳放射光芒。

"伊利尔，不要命的！"他母亲声色俱厉，喊话跟着我们追上来，"伊利尔，看在老天的份儿上，扔掉那东西，快扔掉！"

可是，伊利尔根本不听。他跟我们所有人一样，眼珠子都要瞪出来，一直跑在我们一小伙人的前面。

"巫术，巫术！"

我们的母亲从楼上的窗口，从门口，隔着栅栏召唤我们。她们惊恐万状，对我们又是威胁，又是哭着哀求；可是我们一直奔跑，不愿意丢掉这个巫球。我们拿这个肮脏的破布团儿，还以为掌握了这座城市的全部恐慌。

最后，我们实在跑不动了，便停在扎曼广场上，大汗淋漓，满身灰土，一个个气喘吁吁，但是喜气洋洋。

"现在怎么办？"我们当中一个人说道。

"烧掉。谁也没有火柴吗？"

有个人带了火柴。

伊利尔将巫球点燃，扔到地上。火团在燃烧；我们重又大喊大叫，接着解开我们的裤扣，掏出小棒棒，开始往火团上撒尿，边撒尿边欢呼，我们乐成一团。

蓄水池的水不再冒泡了。"有人施了巫术，"杰乔说道，"马上把水换掉，要不你们就全完了。"

蓄水池换水可是一件大难活。父亲未免犹豫。祖母坚持非换不可。本街区到我们家打水的妇女，也都附和祖母的看法。她们都出了一点份子钱，还明确表示准备帮着淘水干一整天。

事情终于决定下来。于是动工了，工人们手提灯笼，沿着一副绳梯上上下下。一桶接着一桶淘水，旧水淘出去，为新水腾出地方。

雅维尔和伊萨站在楼梯脚下，抽着烟闲聊，不时哈哈大笑。

"看你们笑弯了腰，有什么好笑的？"杰乔问道，"你们还不如拿只桶帮帮我们呢。"

"这活儿让我们联想到埃及的金字塔。"雅维尔回答。

纳佐的儿媳嫣然一笑。

水桶撞到池壁叮当山响。

"要换的不是这池水，而是这个世界！"雅维尔又说道。

伊萨笑起来。

他父亲以责备的目光，瞪了两个小伙子一眼。

祖母捧着托盘下楼，托盘上装满给工人的一杯杯咖啡。

工人们站着,小口抿咖啡,呼呼喘着气。他们在池底下干活,因缺少空气而脸色煞白。其中一人名叫奥梅尔,他下去的时候,我凑到池边,喊他的名字。

"奥梅尔!"蓄水池发出回音。

水池空了,回声特别大,但是也格外嘶哑,就好像着了凉似的。

"你知道谁是奥梅尔或者荷马吗?"伊萨问我。

"不知道。告诉我吧。"

"他是从前希腊一个盲诗人。"

"是谁把他的眼睛弄瞎的?是意大利人吗?"

他们哈哈大笑。

"他写的书很美妙,写独眼魔怪,写一座叫特洛伊的城市,也写了一匹木马。"

我伸长脖子,脑袋悬在半空。

"荷马!"我呼叫。

水池里交织着光和影的斑点。

"荷马!"水池重复。

于是我就恍若听见盲人手杖触碰地面的声响。

纪事

这期间，日本正准备进攻印度和澳大利亚。诉讼。直达吏。所有权。戈尔·巴洛马，瓦诺什街区的居民，因欠债而受到法庭的传唤。L.朱阿诺的家具将于星期天拍卖。已经发出逮捕令，缉拿被指控行巫术的老妇人 H. Z. 和 C. V.。敬告读者：本报上期质量下降，可能存在错排的疏漏，只因上周我胃痛。总编辑。又有一些违反纪律的中学生被学校开除。我们收到不少学生家长的抱怨信，指责教师夸尼·克克兹。在解剖课堂上，在可怜的小学生惶怖的目光下，他解剖了猫。上次，被屠宰的猫从他手中逃脱，拖着肠子在案上乱蹦乱跳。莱依拉·卡尔拉什小姐昨日动身前往意大利。我们抓住这个机会向你们指出，都拉斯—巴里航线的轮船启航时间表。本城接生婆的地址。

第四章

"你脸色不大好,"祖母对我说,"你最好到你姥爷那儿住些日子。"

能去姥爷家看看,我总是非常高兴。那一带地方更为欢快,不这么肃穆,尤其在他家里,不像在我们家里,感觉不到饥饿的存在。在我们这所大房子里,也许由于有很多过道、壁橱和地窖,这种饥饿感显得尤为突出。此外,我们街区一片灰色,房舍挨着房舍,都挤在一起。这里一切都早已固定,几百年之前就牢牢扎下了根。街道、拐角、各个角落、住房的门槛、柱子,都似乎浇铸在石头中,距离确定,差不了一厘米。反之,在姥爷那里,什么都不严格。似乎一切都那么灵活而易变。路径仿佛忘记了上一周的印迹,往这一侧或者另一侧偏移了,但是悄无声息,让人觉察不出来。大概是因为没有一寸地段铺了石头,地面无处不覆盖着松散的泥土。土壤是自由的,怎么高兴怎么做,例如可以保持平坦状态,或者鼓起丘冈,将开垦的地块翻进湍流中,就像一匹骡子甩掉背上驮的重物。这里的景色才有点人情味:随着季节的变化,可以看到这里的景物肥大了或者消瘦了,光彩了或者黯淡了,美丽了或者丑陋了。而我们的街区呢,可以说特别憎恶变化。

最令人惊诧的是,姥爷住的这个街区,总共算起来只有两座房子:姥爷的房子和另一座房子,相隔大约二百步。两座房子之间,大片空旷的地方,一副粗放而敌意的模样。在下雾的清晨,有时能发现一只貂跑过去,到了白天,则显然一片空寂荒凉。蛇准备在这里的地下冬眠。数百年来，不知从哪里滚来的岩石和鹅卵石，躺在荆棘和稀疏的杂草中，越发增添几分凄凉。这是在众目睽睽之下，衰败的城市的一部分。路径时时变动，具有临时性，好像急于要彻底离开这地方。至于小灌木，长得越来越随便，开始从最不适宜的地点冒出来：在街道中央，蓄水池旁边，庭院里；一棵小灌木甚至企图在一道门槛上立足。自不待言，如此大胆也就要了它的命。

这类小灌木召唤死亡。我们和伊利尔在地势高的街区，沿着山和城的交界线奔跑中观察到，早就被遗弃的一排城边房舍废墟的后面，长出了茂密的矮树林。它们就像能袭击人的野兽潜伏在那里，最终包围了城市。夜间，我听见那些矮树林吼叫。那是低沉的吼声，隐约听得见，好似一阵阵呜咽。

北面一条大路通向狱堡，连接高街区和城中心区。这条路高踞于这两座孤零零房舍的屋顶上方；有一天，一辆卡车翻落到姥爷家的院子里。还有一次，一个醉鬼摔到我们家的房顶上，结果一连几周有多处漏雨。不过，这种情况不常发生。走这条街的行人稀少。时而也会有一个陌生人，在一天最炎烈的时刻，独自从集市归来，扯着嗓子唱歌：

就在这七点半钟，
我到你窗下倾听，
听见你声音，玛丽：
你是头痛在呻吟。

一个名叫米莉亚姆的女人患了偏头痛，每天傍晚大约七点半钟都要呻吟。这再平常不过了，但是这支歌我很爱听。在我们的街区，任何人也不敢唱这样一支歌曲。若是有人贸然这样做，那就会有几十扇窗户同时打开；那些妇女，无论老少，她们都会因羞愧而面露愠色，纷纷诅咒，最后甚至有人倒一桶水下去，浇那个无耻之徒。在姥爷这里则相反,四周空旷,可以提高嗓门儿,就是声音冲天也不可能响彻整个这片空间。因此,那个陌生人一踏上这条街,就唱起这支歌,并不是偶然的。他在市场,在咖啡馆,在市中心,肯定在心中整天都在唱这支歌,早已急不可待,一走到这个人迹罕至的地点,就要放声高唱起来。

在这个街区,尤其暮晚时分,美得出奇,显示出一种极为特殊的魅力。每次我听人说"晚上好!"就又立刻想到姥爷家的院子:住在那里小棚屋的波希米亚人就在院子里拉小提琴,而姥爷则躺在长椅上,抽着他那黑色大烟斗。很久以来,茨冈人就付不起房租了,不过看样子他们在思想上,就是要通过夏季傍晚的这些音乐会,部分付了他们的欠款。

"姥爷,"我低声说道,"给我也卷支烟吧。"他一声不吭,卷了一支极细的烟卷递给我。我坐到他身边,美滋滋地抽起烟,根本不理睬舅母和舅舅们在昏暗中对我威胁的手势。

我心中暗道,天下最快乐的事,莫过于吃饱喝足了之后,像姥爷这样抽着烟,眯缝着眼睛听茨冈人拉小提琴。

嗯,我时常想道,我一长大,就买一个黑色大烟斗,这样吞云吐雾,我也留起姥爷这样的胡子,成天躺在长椅上,阅读大部头的书。

"姥爷,"我像半睡似的,拖着长声对他说,"你教我学土耳其语好吗?"

"好哇,"姥爷回答我,"等你长大一点儿的。"

他嗓门儿很粗,声调就像哄孩子睡觉。我靠在他的长椅上,思考烟草的魔力,试图用心算,我这一辈子要吸多少烟,要阅读多少土耳其语书,直到死去。

书籍都一摞摞装在箱子里,不计其数的阿拉伯文字,等待着引导我,向我揭示谜和秘密,因为,唯独阿拉伯文字认识神秘之路,如同蚂蚁认识土壤里的所有洞口和缝隙。

"姥爷,你会阅读蚂蚁吗?"

姥爷轻声笑了，接着，他饫着茬儿抚摩我的头发。

"不会，我的孩子，蚂蚁是不能阅读的。"

"为什么？蚂蚁在一起的时候，完全像奥斯曼文字。"

"这只是一种印象。"

"可是我看见过啊！"我最后一次坚持。

于是我使劲儿吸烟，寻思蚂蚁被创造出是何用意，既然人们不能像看书上的文字那样读懂它们。

这些思绪，在我登坡上行的时候，又乱纷纷浮现在我的脑海，我已经把老炮兵阿夫道·巴巴拉莫的房子抛在身后，那是唯一矗立在堡垒脚下的住房。然后，我又下坡，荆棘丛生的狭径，给我的感觉是又移动地方了。零碎的记忆、片言只语、无足轻重的事件的片断，这一切画出四组舞的交叉变位，相互撞击，随着我加快的脚步，越发猛烈撞我的耳朵或者鼻子。

现在到了苏珊娜的家。她一旦听说我来了，准会跑出门，开始在冲沟边缘和茨冈人棚屋之间来回走；我第二次来的时候，我们就是在那儿跳过绳。然后，她会停在一片空地中央，远远望着会有什么情况，而空地上挺立着一棵名叫"邪影"的树。接着，我们可以断定，她若是不太过分惧怕土耳其文书籍的话，就还会靠近，一直凑到姥爷家的门口。她的举止动作，同时有点儿像蝴蝶和鹳。她个头儿比我高，身材苗条，长长的头发根据日子变换发型，而人人都夸她长得俊俏。在姥爷这个街区，既没有小姑娘，也没有小男孩。因此，她总是急不可待，盼望我的到来。她常说在大人堆里非常无聊。她在家里刺绣感到烦闷，在洗衣槽洗衣服烦闷，吃饭时烦闷，总之一句话，她"无限"烦闷。她很喜爱"无限"这个词，从她口中说出来，发音很小心，仿佛生怕稍不留意，她的舌头或者牙齿会伤害了这个词。

我向她讲述了有关我们街区生活的一大堆事情。她挑高眉毛，每句话都听得特别专心。上一次，我对她说了切曹·卡依尔的女儿长胡子的事儿，她眼睛瞪得老大，有两三回咬了咬嘴唇，要告诉我什么事儿，但是话到嘴边又忍住了，还有点儿犹豫。接着，她面无血色，嘴凑到我的耳畔，问我：

"你会讲粗话吧？"

"别跟我胡扯，傻妞儿！"我刨了她一句。

"你才是傻瓜蛋呢！"她几乎声嘶力竭地嚷道，随即撒腿跑掉。她跑着跑着还回了一下头，从远处喊叫："傻瓜蛋蛋！"

当天傍晚，她又来到姥爷家院子，细长的胳臂搂住我的肩膀，对着我的耳朵小声说道：

"原谅我那会儿说你是傻瓜蛋。我本来要向你透露一个秘密，却忘了你是男孩了。"

"我听你那些秘密干什么，"我反驳道，"我家里的秘密一堆一堆的。"

她憋住没有大笑，又撒腿跑开了，很高兴我们多多少少和解了。

我这回来到姥爷家，肚子里装满了骇人的新闻，我感到自己像个英雄，从魔法王国凯旋。我想到我要引得她惊愕的样子，却没有料到在这座老房子里，也有一个令人心乱的惊喜在等着我：玛格丽特。

我一跨过大门槛，无意间抬起头，便望见她在二楼的一扇窗前。在我的想象中，这座宅子里没有别人，只有舅母、舅舅、土耳其文字和好吃的东西，从来没有见过如此美丽的娇小女子。

她坐在花盆旁边，奇迹般完全陌生；陌生而又意外，正如一天早晨，长满刺儿的一株茎上突然绽开一朵玫瑰花。

"她是谁呀？"我稍有点儿激动，问姥姥。

"新来的房客。一个星期前，我们将把角的房间租给她了。"

玛格丽特在花盆中间，微笑着问道：

"这是您外孙吧？"

"对。"姥姥承认道。

我感到脸红到耳根子，赶紧跑到院子门口。我站在门槛上，忽然听见扇动翅膀的声音。准是苏珊娜，我心想。

"你又回来啦?"苏珊娜说道。

我讲述我那街区的故事的全部愿望,一下子化为乌有。

"要我对你讲述什么呢?没有什么可讲的。"

"没什么?"她重复道,那语气失望极了。

"倒是有几个巫术的故事……"

"巫术?巫术是怎么搞的?讲一讲!"

"搞法有各种各样。"

"你就不想跟我说说吗?"

我默不作声。

"为什么你什么都不愿意跟我说呢?跟我说说这种巫术吧,还有那些意大利人。"

我一声不吭。

"你真愚蠢,"她说道,"'无限'愚蠢!"

"哦,'无限',是吗?"

我猛地从兜里掏出眼镜片,放在我的颧颊和眉弓之间夹住,固定在我的眼睛上。要想这样固定镜片,我就得挺直脖颈儿,脸上做出可怕的怪相,就好像瘫痪了似的。苏珊娜见我这副模样非常讨厌。

"嗬呜!真吓人!"她嚷道。

"我呢,我就高兴这样。"

"你为什么做出丑态?"

"因为我高兴。"

我梗着脖子,脸变了形,开始缓缓移动,为防止镜片掉下去而绷紧了肌肉。她鄙夷地看着我。我一时忘记了跟她接触而产生的无法解释的坏情绪,想要说说话了,我眼睛夹着镜片,走进波希米亚人的屋子,我这小把戏通常会引起他们大惊小怪。我走出屋时,感到自己的脸完全麻木了,眼睛再也夹不住镜片了,便取下来,又装进兜里。

苏珊娜见我拿掉镜片,就又回到我跟前,柔声对我说道:

"你每次从那边来,为什么心情总不好呢?"

我注视她，从她那张清澈的脸上的表情就看得出来，她的善意要胜过怨恨。她朝我跨近一步。

"你哪儿知道！我在这里太孤单了，我感到烦闷得要命！"

她先笑一笑，等待我说出和解的话；可是这时候，我就好像受一种不可抗拒的盲目力量推动，学着我所听到的意大利士兵的方式，用我自己都觉得奇怪的拖腔，抛给她这两个词：

"Che puttana！"

苏珊娜用手捂住嘴，后退一步，接着又退一步，然后猛然转身，飞也似的穿过荆丛跑掉了。

我一时愣在原地，额头全是汗。姥姥喊我吃午饭，我才闻声回去。

我在那上面又住了四天，再也没有见到苏珊娜。有时，我似乎听到窸窸窣窣的声音，离我不远，无法确定位置，但是我再也没有同我的女友相遇。

秋天临近了，院子里的玫瑰花开始凋落，周围的草木日渐脱叶，不过，姥爷家的老房子反而显得更明亮了。这是最后几个傍晚，茨冈人演奏小提琴了。姥爷看了一下午大部头的书之后，现在半躺在长椅上，在半明半暗的院子里吸着烟斗。我还照例坐在他旁边的一张小板凳上，但是现在，我不再那么想吸烟，也不那么想看土耳其书了，因为玛格丽特常来坐到我身边，胳臂搂住我的脖颈。天色更加暗了，不时有一颗流星坠入苍穹。

"一颗流星！"玛格丽特低声感叹，"你看见了吧？"

我点点头。

老实说，一颗星的坠落让我产生的兴趣，还不如衬衣上掉下的一个扣子，因为此刻，玛格丽特沉甸甸的头发散落在我的脖颈儿上，而她的头发跟她的全身一样，散发着一股淡淡的芳香，这无论是母亲、祖母还是小姨身上都没有。这种芳香既不像我喜爱的好闻气味，也不像味道最浓的烩菜的肉香。

天气凉了，姥爷离开长椅要比夏天傍晚那些日子早了。大家也都随即站起来了，茨冈人将小提琴放回琴盒，于是冷场了半晌。继而，天边划过一道闪电，姥爷说道：

"明天要下雨了。"

"晚安。"波希米亚人说罢，便回到他们的棚屋。

"晚安。"几乎从来见不到面的玛格丽特的丈夫说道。

"晚安。"玛格丽特以她热情的声音重复道。

"晚安。"每个人都应声回答。

我困倦了，最后一个也祝了"晚安"，然后登上吱咯响了一阵的老楼梯，直到各处都静下来，进入梦乡。

这时，屋顶开始热闹起来。鼩鼱①来回窜，开始还是零星的，小心翼翼，后来越发频繁，越发大胆了，成群喧闹，从阁楼一端跑到另一端。时间越是一分一秒地过去，在我的意识中，这群啮齿动物就越像我在电影上看到的成吉思汗的游牧部落。现在，这群游牧部落又聚集到亚洲（"亚洲"是指玛格丽特的棚顶）的深处。可以肯定他们蓄势待发。继而，暂歇片刻。看来，成吉思汗在向他的队伍讲话，他伸出胳膊，指向欧洲边界（走廊的棚顶）。游牧部落启程了。嘈杂之音越来越响。天棚都发出呻吟。部队跨越了我们大陆的边境。现在已经甚嚣尘上，蹿到我们头顶了。惨绝人寰。杀戮。接着，游牧部落便斜插过去。从亚洲最深处，一名信使送来消息。一个部落起事了。部队又启程赶回出发地点，又跨越了欧洲边境。现在重又回到亚洲展开了残酷的战斗。玛格丽特就睡在战场的下面。成吉思汗不得不制止这种喧嚣，他很可能意识到，这会打扰玛格丽特的睡眠吧？其实，他什么也不想了解。他喊道：在战争中，没有睡觉的余地！一场混战还在

---

① 鼩鼱（qú jīng）：哺乳动物，身体小，形状像老鼠，但吻部细而尖，头部和背部深褐色，腹部棕灰色或灰白色。多生活在山林中，捕食昆虫、蜗牛、蚯蚓等小动物，也吃植物种子和谷物。

继续。

第二天早晨，姥姥伸手放在我的脑门儿上。

"昨天夜里你说梦话了，"她对我说道，"你没有发烧吧？"

"没有。"

这是我来看姥爷姥姥的第四天，也是最后一天。吃完早饭，我向所有人告辞，然后离去。

我带走姥姥用纸仔细给我包好的一张大馅饼，以及玛格丽特这个名字（馅饼我拿在手上，至于玛格丽特的名字，我还说不大清楚放在哪儿带着）。在回家的路上，我看见几名小学生放学回家，重又登上瓦诺什街的坡道。他们都是一脸懊丧的神情。我敢打赌，夸尼·克克兹，他们的老师，一定又在课堂上解剖了一只猫。

家里和这个街区，都没有发生任何变化，但是在河对岸的那片平川，却正编织着什么事。我首先注意到的是，平日在那里吃草的奶牛都消失了。此外，那里的草垛也移走了。几辆卡车行驶在平川上。事情终于逐渐明朗了。一个新词，完全陌生的词，由"air"（空气）和"drome"（场地）合成（大家知道在希腊文中，后一个词意味着"道路"），既有这个词的含义，也有另一个词的含义。继而，整个事情一清二楚了：在城脚下那片平川，正在建设一个机场。

在大街小巷，行人时常驻足，转向河流那边，久久凝望远方，一副若有所思的神色。

来了一个新客人。一个不大寻常的客人，就睡在城脚下，几乎难以觉察。即使不见了奶牛和草垛，也许人们还是不能确认这个新客人。

以我个人来说，我很惋惜那些奶牛。

"为什么叫它机场呢？"

雅维尔那双灰色的眼睛想了片刻。

"因为飞机要通过这条路飞上天空。"

一个客人。吉兆还是凶兆。它匍匐着到来,悄无声息。几千双惊愕的眼睛看着它,却还意识不到它已就位。它直挺挺地躺在那片平川中间,神秘莫测而又咄咄逼人,已经搅得所有人心神不宁。

"备战……"

"有可能。不过,或许也是为了保卫这座城市。"

"我不相信。这是要有战争的信号。"

"也许是吧。管他呢:反正许多人在那儿找到了活儿干。"

"他们所挣的钱,就是他们欠下死神的债。"

这是两个陌生人的交谈。

机场现在写进所有书里了。仅仅从人们用"机场"这个名称指认它的时刻起,大家才发觉此前这片平川从来就没有名称,好像专等着飞机来才正式命名。

第五章

我从姥爷家回来,感到在我们的街区,行妖作怪几乎完全失去了疯狂的势头。我家蓄水池的清理工程也同样结束了。蓄水池终于清除了黑暗力量,装满了沿着房檐欢快地哗哗流下来的清水。我俯向池口,叫了一声:"啊呜!"水池尽管装满了新的,因而是陌生的水,还是立刻回应了。总是同样的声音,稍微有点儿细弱。这表明天下所有的水,不管是从哪一角天空降落下来的,都讲同样的语言。

只是河对岸再也没有奶牛吃草,此外没有发生任何令人不安的事情,不料皮诺大妈的猫突然失踪了。

这时皮诺大妈站在她家窗口,正同双手沾满面粉,也出现在自家窗口的比多·舍里夫的女人说话。

"跟你说吧,肯定是他把你的猫顺走了,那个该死的小学教师,不会给一只猫留活路。你的猫就是他偷去了。"

"当然了,除了他,别人谁会干出这种事呢?全完了!"

她们显然是指夸尼·克克兹。

"这都是教育的后果,皮诺大妈,这种教育也许给您的好处不多,伤害却很大。什么时候见过,一个大男人竟然偷猫?"

"是啊,是啊,他这已经成了怪癖,"皮诺大妈又加码说道,"那些可怜的动物,再也不敢往外探头了。这世界已经颠倒了!"

"这还不算什么。等着瞧吧,早晚有一天,他会手拿着尖刀,扑向人呢。你没看见他的眼睛吗?血红血红的!"

比多·舍里夫的妻子摆动双手,搅起一团面粉云雾,一时在阳光中映得火红。

"全完了。"皮诺大妈重复道,"真不知道最应该当心谁了。"

街道两侧的百叶窗重又拉上,从而结束这场谈话。我没有什么可干的,便观察街道。一只猫跳越街道,从一家房顶窜到另一家房顶。马克苏特从集市回来,腋下还是夹着一颗砍掉的脑袋。谁的脑袋呢?我移开目光,不想看这种惨不忍睹的景象。

我试图回想玛格丽特,但是奇怪得很,怎么也想不起来她的音容笑貌了。有两三回,她来搅扰我。难道她早就看出来,我拖着她的名字满屋子跑,将她的名字撞在石头上,挂在钉子上吗?她丝毫也感觉不到疼痛吗?

前一天我告诉过伊利尔:

"我姥爷家里,现在住进去一个小媳妇。"我对他说道。

我这话对他没有起什么作用,他根本没有应声。过了一会儿,我又提起玛格丽特。他仍然无动于衷,只是问了我一句:

"她的脸蛋儿红润吗?"

"是啊,"我回答,不免有点愕然,"红润……"

其实,我想不起她的脸色了。伊利尔问我的当儿,我就觉得玛格丽特那张脸仿佛突然罩在了雾中。从那以后过去了一整天,她的形象变得更加模糊了。

接着,玛格丽特第三次出现在我的头脑里,我又向伊利尔提起了她。他打量了片刻。我心想,他一定要刨根问底了。

"你知道吗?"伊利尔对我说道,"昨天晚上,我偷了我妈的吊袜带,好用来做弹弓。喏,放在你那儿几天,怕我妈发现了。"

我接过吊袜带,揣进兜里。

街上没有行人了。我想雅维尔曾答应借给我一本书。我起身出门去他家。

他一个人在家,边抽烟边轻轻地吹着口哨。

"你答应过借给我一本书。"我对他说道。

"*是的，先生*。① 喏，我的书全在那儿，你就拿吧。"

书架占了半面墙，摆满了书。我走近前，一时看傻了眼。我从来没有同时看见过这么多书。

"你瞧：这是作者的姓名，也就是写这本书的人；这是书名，"雅维尔向我解释，"不过，我十分担心，这些书哪一本你都不会感兴趣。"

我一本一本从书架上抽出来，放了一大堆。在我看来，大部分书名都毫无意义。

"咦，我就拿这本吧。作者名叫荣格。"我对他说道。

他哈哈大笑。

"你，你要看荣格的书？"

"为什么不可以？他谈巫术，不是吗？"

他又嘲讽地笑了。我不免生气，装样子要走。但是，他把我叫住了。

"你就拿另外一本书呗！"他高声说道，"荣格的书，我看了都似懂非懂。再说了，这也不是阿尔巴尼亚文的。"

我重又翻看每一本书，好大一阵工夫都钻进书里。雅维尔还是继续抽烟，一边哼唱着歌曲。我终于在一本书的第一页上看到"幽灵"、"巫婆"、"第一凶手"，甚至"第二凶手"。

"好吧，我就拿这本了。"我甚至没有看书名，就对雅维尔说道。

"啊！《麦克白》？这对你有点儿难。"

"我就是要看这本！"

"那就这么着，你拿去吧，不过当心别弄丢了。"

我几乎是跑着出去的，回到自己的家，推开大门。我觉得手里拿一本书，真是件非凡的事。我们这所大房子里，各种各样的物品都有：铜锅、各种型号的盘子、大木箱、和面缸、铁钩子、梁木、铁球

---

① 原文为意大利语。

（有一颗据说是炮弹）、酒桶、刻着旧日期的旅行箱、各种各样的水桶、水罐、水壶、马口铁壶、水盆、一支枪托镶嵌了螺钿质的枪，乱七八糟，全是旧物品，无奇不有，甚至还有一个和石灰的槽子，就是没有一本书。除了一本书页翻烂而变黄的解梦，再也找不到一页印刷的纸。

我关上楼门，三步并作两步登上楼梯。大房间里没有一个人。我坐到窗户旁边，打开书，开始阅读。我读得非常慢，几乎什么也没有读懂。我硬着头皮，一直看到某一处，又返回来重读，渐渐开始抓住我所阅读的意思。我的脑袋就像开了锅。天色将晚。文字开始跳舞，要从行间跳出来。我的眼睛累痛了。

晚饭后，我凑到煤油灯下，又翻开了书。在黯淡的灯光下，文字显得令人毛骨悚然。

"今天看书就到这儿吧，"母亲吩咐，"你睡觉去吧。"

"你们睡你们的吧，我再看一会儿。"

"不行，"母亲说道，"家里灯油已经不多了。"

我未能睡着觉。书就放在那儿，近在咫尺。放在沙发上。显得那么薄。真奇怪……两面硬纸板书皮之间，居然关住了那么多喧闹、房门、喊叫、马匹、人物。相互紧挨着，都挤在一起。用细小的黑色符号表现出来。头发、眼睛、大腿、手、指甲、胡须、墙壁、鲜血、敲门声、骑兵驰骋的声响、喊叫声、各种声音。无不服服帖帖，盲目地服从小小的黑色符号。字母奔跑的速度令人目眩，忽东忽西。那些"a"在奔跑，"f"在奔跑，"g"在奔跑，"y"、"k"都在奔跑。它们组合成一匹马或者冰雹。然后又接着奔跑。这回要创造一把匕首、黑夜、一次谋杀。然后创造出道路、噼啪作响的房门、寂静。奔跑，奔跑。持续不断。跑个没完。

我这一夜过得很不消停，还以为自己发烧了呢。我在睡梦中，就感到外面一股气息持续上升，居民区和街道进入一种痛苦的运动，就好像整个城市都在缓慢地搔痒。那里变化的痛苦。街道膨胀，变形。

房舍的墙壁越来越厚,一直变成苏格兰那种堡垒的城墙。到处出现骇人的塔楼。

天亮的时候,我觉得城市精疲力竭了。当然有了变化。但是归根结底,变化还不是那么大。

几乎一整天,我都在看书。

又到了傍晚时分,我观看外面的房舍和墙壁。精神错乱了。房舍和墙壁的轮廓似乎越发挣脱任何束缚:它们变成什么样子都有可能。

阿基夫·卡沙赫由他的两个儿子陪伴,脚步沉重,沿着瓦诺什街下坡走来。他进入我们这条街。皮诺大妈从窗户探出头,张望一会儿,又收回去了。比多·舍里夫的威严大门打开两个门扇。阿基夫·卡沙赫径直走过去。一目了然。这应该是他最后一夜。比多·舍里夫亲自走到门口迎候他的高贵客人。比多的妻子臂肘支在窗口,呆了一会儿便离开了,皮诺大妈也同样。这些信号,谁也不会看错。阿基夫·卡沙赫和他的继承人走进院子后大门重又关上,发出金属的当啷声响。喇叭声音。

"你为什么一整天关在家里呢?出去跟你那些伙伴玩玩嘛!"

"嘘,祖母!"

我等着捕捉到阿基夫·卡沙赫临死的喊叫。现在,肯定一切都完事了。我听见一声打击。接着又一声。比多·舍里夫的妻子出现在一扇窗前。她想要弄干净沾满血的手。她摇晃着双手。一团面粉尘的云雾飘落地面。面粉被血染红了。

祖母抬手放到我的脑门儿上。

从街道上又传来一声喇叭响。

"下到地窖去,"祖母对我说道,"他们正在往外搬大铜锅。我看不了,心里难受。"

这几天,家里人总说要卖掉大铜锅。旧货商似乎来过了。大铜锅搬出来时,不由得发出叮当的告别声音。喇叭声响。

天黑了。猛然间,城市遍布外国名称的塔楼和猫头鹰,已经没入黑暗中。

"你看这本书看傻了，"祖母说道，"明天去你姥爷家，清醒清醒头脑。"

"好吧，我去。"

玛格丽特。

我一点儿气力都没了，脑袋又倒在窗台上。

第二天，我出门去姥爷家，一过了争执桥，踏上堡垒街，城市就突然从它的塔楼和猫头鹰解脱出来。我几乎跑起来，走完最后这段路。

"玛格丽特在哪儿呢？"我一到就问姥姥，看见她和面准备做小面包。

"你找她干什么？"姥姥问我，"你就应该问问你姥爷身体怎么样，你舅妈和舅舅们都好吗，而不是立即关心玛格丽特！"

"她没有走吧？"

"没有，没有，她没有走。"姥姥一副嘲弄的神情回答，她一边咕哝着，一边继续和面。

我在宅子里转悠了一会儿，继而无事可干，便爬上房顶。我喜欢待在老气窗旁，一连几小时坐在倾斜的明亮的石板瓦上。从那上面观望，世界完全变了样儿。我观察到一根半朽的电线杆子，便想起一只小盒子，里面装着一本土耳其文书、两三盒火柴，同时塞满了姥爷丢下的烟蒂。我特别渴望坐在房顶吸着烟，打开那本土耳其文书，放在双膝上，翻看那发黄的、病态的书页。

我想点燃一支烟，便凑近老气窗，从满是灰尘的破碎玻璃窗洞伸进胳臂，先掏出书，再掏出烟卷，最后掏出火柴。书的封皮发了霉，书页潮湿，相互粘连。我从最后一页撕下一条纸，尽管我觉得烟蒂也同样发了霉，我还是以自己的方式卷了一支烟，放到嘴唇上叼住，想要点着，可是火柴湿了，划不着火。

这些东西，我重又放到房顶下面，排在一根熏黑的梁木上。我弹衣袖上的灰尘时，一个念头又掠过我的脑海。

气窗位于玛格丽特房间的正上方，从前是为了给走廊透亮，后来一部分走廊隔出一间屋来，也就失去了原先的作用，不再照亮任何地方了。

我是因为闲得无聊，才产生我能看到玛格丽特在做什么的念头。我小心翼翼地取下还在气窗框上的破玻璃，伸进去一条腿，一只脚在一根梁木上踏稳了，全身才钻进房顶下面；抓住纵横交错的熏黑的檩条椽子，试着下去。一分钟之后，我就到了玛格丽特房间的棚顶，轻轻地往前挪，以免弄出响动，然后趴在上面，脑袋对着一道缝隙，贴上一只眼睛窥视。

房内空无一人。

玛格丽特能在哪儿呢？床罩上放了几件叠着的细布衣裳。这时我听见哗啦哗啦的水声，估计她在洗澡。

我等了好半天，她终于从浴室出来，只见她裹着一件大浴袍，头发披散着，还湿漉漉的。她走到镜子前，拿起梳子开始梳头。她一边梳头一边哼唱：

在那边，在荷兰，
在那风车的家园……

她歌声没有停，从桌子上拿起粉盒，脱下浴袍。淡淡的粉雾忽而从乳房间升起，忽而从腋下升起，就好像那是一个外星人。

她完全脱光，俯身去拿床上的内衣时，我闭上了眼睛。我重又睁开了眼睛，看见她身上的花边给我的印象，就好似白蝴蝶一圈一圈落在她的胸前、她的腰间和大腿根儿。正是春天出现在牧场上的那种蝴蝶，我曾经常追逐，却从未捕捉到一只。

我趴在那里，就跟痴呆了似的，忽听姥姥满屋子叫我。接着，舅妈的喊声也从院子里响起来。

我轻轻地起身，紧紧搂住柱子，重又爬到房顶，再顺着后墙滑下去。

"你跑哪儿去了？"姥姥问我，"从哪儿弄得这一身油污？"

"在房顶上。"我回答。

"你上房搞什么呀？又该把石板瓦踩错位了，一下雨就要往屋里漏水了。"

"不会的，不会的，姥姥，我非常小心。"

"这我可不信，"她说道，"好了，来吧，吃饭了。"

姥姥身上总散发着新鲜面包的香味，而我一饿的时候，头脑里就立刻出现她的形象，她那奶白色的肌肤，她那高大沉重的躯体，似乎把房子的旧把梁压得直呻吟："哎哟！哎哟！你把我们压垮了，姥姥，我们经不住了……"

姥姥按照规矩，用土耳其语念念有词，在我听来很有魔力，随后我们就开始吃饭。我注意到姥姥面有愠色，因为她手上的锅和匙子比往常碰得更响。她每次生气，动作就更加急促了。她终于克制不住了，气愤地嚷了一声：

"小婊子！"

她骂了这句话，其他人却没有任何反应，他们还是继续大吃大嚼，看样子心里都清楚她指的是谁。

"谁是小婊子呀，姥姥？"我问道。

姥爷瞪了她一眼，而姥姥摇了摇头，一副怒不可遏的样子，分明在说："好吧，算了，算了！"

"这没有你的事儿。"姥姥回答我，同时风风火火，从桌子上拿起平底锅。

"当时我若是你，"大舅妈说道，"我就会从她的手里夺过来。"

"还让我干什么呀！也许我得跟小媳妇厮打吧？"

我无法想象姥姥不管跟谁能动起手来，我了解她成天总忙着做饭，或者和面烤小面包。

"这事儿到此为止。"姥爷发话,同时朝我微微点了一下头。

所有女人都顺从了。唯独姥姥似乎还意气难平,因为平底锅叮当响得越发厉害。姥爷受不了这种响动,头一下离开了餐桌。

"臭婊子!"姥姥又骂了一句。

"趁她晾在铁丝上,你就应该亲手拿走。"大舅妈还坚持说道。

小姨拿起报纸,开始看报。

"放下这报纸,"姥姥放话,"男人算完了。"

小姨咯咯大笑。

"你在一旁讪笑什么?你看见我们所有人都气得够呛,你没什么好干的,就看报纸,还咯咯笑!"

小姨手拿着报纸,起身离开餐室。

"今天是餐巾,明天是调羹,后天就该是台布了。"姥姥继续说道。

现在大家公开讲了,我就明白是怎么回事儿了:玛格丽特偷了东西。

"你的餐盘满满的,怎么不吃呀?"另一位舅妈问我。

"我不饿了。"我回答。

"你什么也没有吃啊,你别是不舒服了吧?"

"没有!"

"当然不舒服,"姥姥说道,"你是重伤风了。真想不到,在房顶呆了一整天。就好像你家没房顶似的。"

我一声不吭,起身走到起居室。小姨坐在一角看报。

我没有跟她说话。周围一片寂静。这时,那个陌生人沿着堡垒街下坡,走向下面的街区,他的歌声传过来:

    就在这七点半钟,
      我到你窗下倾听……

我倾听，几乎神不守舍……还是大约晚上七点半钟，有人从一户人家的窗下经过，那人家始终住着一个名叫玛丽的年轻姑娘，正患头痛病。

歌声越来越远，不过在完全消失之前，风又送来一段：

　　我本想去请医生？
　　邻居要生何怪论？

邻居能说什么闲言碎语呢？这怎么就会阻碍他呢？我实在是无法猜测。我怎么挖空心思也无济于事，不过，我想起一个情况，倒还算聊以自慰：有一天，在起居大厅，我听人说歌里唱的，一点儿也不切合生活实际。

户外可以感觉到秋天在悄悄行动了。在下方，在落了叶的树枝间溜过一个身影：苏珊娜。她一定听说我来了。

大挂钟的滴答声响颇为异常。忧伤无处不在。忧伤所形成的大同心圆，向空间无限扩展，不要多久，就会覆盖整个世界。

午饭的气氛很沉闷。我们都埋头吃饭,谁也不说话。看来,大家都焦急地等待着祖母察看这只公鸡骨架的时刻。

近来,在这个街区,谁家杀一只公鸡,大家全知道了,只因要从公鸡骨架上预知未来,大家都害怕会有严重事件发生。

一周前,伊利尔的母亲打发我们去皮诺大妈家:

"今天她宰了一只公鸡。"伊利尔的母亲吩咐我们,"我的孩子,你们去问一问,她在鸡骨架上看出什么了。"

正是那天,我们也宰了一只公鸡。毫无疑问,下午就会有人来敲门,到我们家打听消息。然后,祖母趁着串门儿的机会,也要接受询问;母亲一走出家门,也会有人问起来;也许父亲在咖啡馆,要回答同样的问题。从而可以明白,在这座城市里,住户并不常杀家禽。

午饭吃完了。祖母终于抓起公鸡骨架子,眯缝起眼睛,察看了好半天,拿在手中转个儿,忽而这一边,忽而那一边冲着阳光。我们所有人都静静地等待。

"战争，"祖母声音低沉，突然宣布，"胸骨边缘是红色的。战争和流血。"她边说边用手指着揭示敌对的那部位骨头。

谁也不讲话。

祖母又继续观察了一会儿。

"战争。"她又重复道，并抬起左手护住脑袋，就好像要防备什么灾难。

吃完了午饭，我又回到那一堆餐具跟前，寻找鸡骨架，一把抓住，拿着就跑上三楼，又独自一人走进起居室。我坐到一扇大玻璃窗前，开始细细察看这块显示凶兆的鸡骨。这是十月份的一天下午。户外刮着干燥的风。冷却的鸡骨托在我的手掌上，我目不转睛地看着。淡红色接近紫色，我忽而觉得它溅上了血点儿，忽而感到它闪耀着一片烈焰的火光。

渐渐地，它完全变成了红色，而且在它扁平的部位上，已不再是血滴，而是鲜血的湍流，从高坡冲下来，一路染红了所有东西。

由于困倦了，我手上拿着鸡骨，最后一次看见从它的边缘蹿起高高的火焰，继而，我隐约听见战斗的第一阵军鼓急促的声响。

我一走进院子就猜出来了：玛格丽特已经走了。我没有问发生了什么情况。街上空荡荡的，院子里的树木落下的叶子随风轻轻地飞舞，飘上波希米亚人住过的棚屋房顶。我心里一阵伤感。

真正的雨临近了。树叶掉光了，风开始在顶楼下面呼啸。雨会从房顶滴到顶棚，而那正是夏天我要走动的地点；在老气窗下面，那些烟蒂、那盒火柴和那本土耳其语书就要全部发霉了。

苏珊娜会在这附近飘忽不定，但是她永远也不会知道，一个名叫麦克白的男人，在那遥远的苏格兰有什么遭遇。等我下次去，如果有人对我说苏珊娜跟鹳群飞走了，我也不会感到惊讶。

在漫长的冬夜，鼠群会在棚顶上猖狂地闹腾。开战吧，成吉思汗！扫荡你经过的地方！在亚洲的下方，再也没有人睡觉了。那是沙漠。

纪事

他的声明。在波兰的战役中,我绝没有发令派飞机夜间轰炸,阿道夫·希特勒宣称。我下令白天轰炸这个国家。对挪威,对比利时和对法国,我也采取同样行动。可是,丘吉尔却派轰炸机,夜间偷袭德国。同志们,你们了解我的耐性。我等了一周。他又进行夜间轰炸。于是,我心里就想道:这个人疯了。我又等了两周。许多人都来对我说:"领袖,这种情况,我们还得忍受多久啊?"于是我下令夜间轰炸英国。官司。执法措施。所有权。一百二十七次开庭。安戈尼状告卡尔拉什。编年史作者兹沃·加沃不肯帮忙理请旧产权的凭证问题。我们的同胞,发明家迪诺·齐索准备动身去汉堡。趁此机会,我们愤怒声讨地拉那一家报纸刊登的一篇文章,题为《值此一场世界大战的阴影在世界上空盘旋之际,一个怪人竟然声称发明出某种旨在保护城市的东西》。我们的同胞 T.V. 一口气连喝了三十杯咖啡。我命令本城实行灯火管制。当地警备司令,布鲁诺·阿尔西沃卡尔。Na... (原书如此)

第六章

我从姥爷家返回。这次比往常多呆了些时间,只因这是我当年最后一次去那里住了整个冬季,几乎任何人都不会去他那里了:那里冬天太寒冷,总刮大风。只有父亲有时冒着严寒,穿过那片空地,去借点儿钱。

我一回到家就感到,情况有点儿变了。母亲和祖母在补露窟窿的窗帘。纳佐的儿媳也在帮她们缝补。我问道:

"你们这是干什么呢?"

"夜晚好遮住窗户,"祖母回答,"这是政府的命令。"

"为什么遮住窗户啊?"

"因为有飞机来轰炸。在那山上,谁也没有告诉过你?"

我耸了耸肩膀:

"没有,我什么也不知道。"

"他们是挨家挨户通知的。"祖母指出。

我们听见有人拼命敲门。

"杰乔!"母亲说道。

正是她。她已经在爬楼梯了。

"我的好朋友们,你们都怎么样啊?"杰乔上气不接下气地说道,"你们在缝补窗帘?上帝呀!多大的灾难啊!要让我们看到什么景象啊!迫使我们都关门闭户,就像呆在坟墓里!从今天早晨起,哈尼拉就挨家跑。他反反复复说,不能透出一点儿光,必须保持完全黑暗。"

"灯火管制,"纳佐的儿媳没有从窗帘上抬起眼睛,明确指出,

"这件事他们就是这种说法。"

"让他们眼睛瞎了算了!"杰乔嚷道,"但愿我看到他们全变成维希普那样的瞎子。"

我不明白杰乔诅咒谁,又是为什么。

又有人敲门。是皮诺大妈,由纳佐陪伴着来了。

"你们已经得到消息啦?"皮诺大妈说道,"看来,甚至连烟囱都得堵死了。全完了!"

"他们很可能什么都要封死,"杰乔高声说,"堵上烟囱,钉死大门,他们若是愿意,连茅坑也填死算了!我的好皮诺,这个世界乱了,对,乱了。这个世界完蛋了。"

"千真万确,乱了,"皮诺大妈又加码说道,"每周难得还举办一次婚礼。全完了。"

"奶牛从那片平川赶走了,那上面铺上了水泥,什么时候见过这种事情,谢尔菲杰?据说有个叫约瑟夫的人,长着红胡子,一个叫作约瑟夫·斯大林的人,要把他们所有人打个稀巴烂。"

"他是穆斯林吗?"纳佐问道。

杰乔迟疑了一下。

"是。"她肯定地回答。

"还算幸运。"纳佐说道。

谈话深入进行。一边是纳佐同祖母交谈,另一边,杰乔则俯向马克苏特的妻子耳畔,似乎在询问她。马克苏特的妻子没有从窗帘上抬起眼睛,只是摇了摇头,表示否认。于是,杰乔皱了皱眉头,一副伤心的样子。

现在,她们以单调的声音,两个两个地交谈,除开皮诺大妈和纳佐的儿媳。

"哼,这个嘛,全完了!"皮诺大妈突然向大家抛出这么一句。接着,她就起身走了。纳佐和她的儿媳也跟着出去。

整个街区惴惴不安,这是显而易见的。百叶窗板打开,重又关上，忽而这里，忽而那里响起敲门声，干燥的风不停地呼啸，直至女人在铁丝上晒床单的方式，每次都扩散一点儿共同的不安。

居民还不能习惯遮蔽灯光的做法。某些人觉得这种事很可笑，大多数人认为荒唐，另一些则看作是不祥之兆。第三天夜晚，比多·舍里夫摘下了窗帘，但是没过几分钟，就听见街道上响起尖利的喝声：

"*熄灭灯火！*"①

两个夜晚之后，观望哨所的机枪就朝专栏编辑兹沃·加沃家射击，只因他家的煤油灯总是全场最后熄灭。于是大家都明白了，同"*灯火管制*"②可开不得玩笑。每天夜晚，都有一只警惕的眼睛暗中监视，观察各个地点、所有方向，任何光亮都休想逃过。

全城只好服服帖帖，遵守"*灯火管制*"③。现在，夜幕一降临，全城便渐渐模糊了。在完全隐没在黑夜之前，街道、房顶都在摇晃，仿佛眩晕了。烟囱、清真寺的塔尖，全都消失了。灯火管制。

修建机场也成为日常的话题。"机场"一词，经过全城所有老太太的牙龈和残齿无情的咀嚼，再从她们的嘴吐出就残缺不全，变得无法辨认了。不过，这些字母"r"、"d"、"m"（沾上唾液的沙粒），以最滑稽的方式搅和起来，便包含一种特别的警报力量。

在那片平川，正在日夜施工，现在大家都称作"机场平川"了。数千名士兵和几百辆卡车，整天在那里忙碌；不过，从远处望去，他们完成的活儿似乎微不足道。碎石机、洗砂面、磨光机隆隆的响声甚嚣尘上，有时一直传到我们家中。

在这段时间，城里发生了好几起盗窃案。窃贼趁黑掀开房顶石板瓦，从房上溜进屋内（而且，在这座城市，大部分盗窃总是从房顶入室）。

最初几起盗窃案发生之后不久，一架外国飞机在城市上空盘旋。那架飞机飞得很高，谁也不会注意，但是它虽然在云彩上面，却发出

---

① ② 原文为意大利语。
③ 原文为英语。

沉重的嗡嗡声，一阵一阵传下来，我们的耳朵听不习惯，觉得像持续不断的滚雷声响。它所经的线路，留下一种茫然若失的气氛，久久地悬浮在我们头顶，犹如悬空的白云。

接下来的日子，又来了其他飞机，几乎总是单独行动，飞得很高，似乎要以此表明，它们飞行跟我们的城市绝无关系。那些飞机是属于哪方呢？它们从哪儿飞来的呢？要飞往哪里呢？担负着什么使命？天空既无动于衷，又深不可测。

如果不是突然出现一个新怪物：探照灯，也许由房顶入室的盗窃案会有增无减。这个怪物完全悄无声息靠近了城市，甚至任何人都没有觉出它的存在，直到十月的一天晚上，它那只跟独眼巨人似的独眼，从石头河床里忽然亮起来。猛然间，一条光亮的长臂伸出，如同一条通明透亮的爬行动物朝前抛去，要寻找城市。在黑暗的深渊中，它倒是显得很苍白，然而，它一接触房顶，就突然明亮起来，亮得刺眼，接着又开始沿着吓得惨白的房舍门脸滑行。

这种把戏，随后一些夜晚又重复进行。每天夜晚，探照灯都要寻找隐没在夜色中的城市，一旦找见，便抓住不放了。它的光束就变成一只明胶体的海洋动物，沿着各个街区爬行，随物赋形，不断地变换形状，显示出它所着附的房屋或街道的轮廓。

在这个时期，年迈的婆婆相互串门儿更加频繁了，这是预见得到的。跟老婆婆们不同，婆婆们经常出门，尤其在动乱的时期。她们在许多方面不同于老婆婆们。在老婆婆们的儿媳早已离世之后，婆婆们还继续抱怨自己的儿媳，她们也抱怨自己的风湿病、痛风，以及折磨她们的其他疾病，而老婆婆们则不同，她们只患了失明这种高尚的残疾，从来也不抱怨。的确，婆婆们根本不能同老婆婆们相提并论。

在这种情况下，老婆婆们通常会到大街小巷。在堡垒和老市场的各条小街，在上和下帕洛托街，在争执桥上，在达楚广场上，在基督徒帕夏拱门下，狱堡脚下，在猫头鹰冲沟上面，在锁链广场上，她们身上裹着黑色大披肩，走啊，走啊，穿过无名的街道，冒着稀稀拉拉的雨点儿，下坡走向瓦诺什街，又沿着杜纳瓦特街上坡，一个个驼着背，气喘吁吁，都满载着消息。

从北山口不断吹来干燥的冷风。我听着几乎一成不变的呼啸的风声，而我的头脑里无缘无故回旋着当天早晨我听人讲的这句话："话语被风刮走。"近来，在我身上发生一件怪事：我听人重复几十遍的说法或词语，在我的思想里突然产生一种新的含义。那些话语摆脱了通常赋予它们的意义。由两三个词组成的语句痛苦地分解了。如果我听见有人说："我的思想沸腾了"，我就不由自主，想象出一颗脑袋像煮开的豆角锅。词语在停歇时，就具有一种力量。不过，现在它们一拆散，一分离，就聚积了一种巨大的能量。我畏惧它们的爆炸，竭尽全力预防，但是徒劳。我的头脑里形成真正的混沌，词语冲破逻辑和现实的界限，活蹦乱跳，好似群魔乱舞。尤其我们这里用作诅咒的一些表达方式，如"但愿你能把自己的脑袋吃了"，就总是纠缠我。一个人两手捧自己的脑袋大啃的幻觉，在我心中所引起的恐惧，还要加上我百思不得其解的困惑：我实在不明白一个人怎么能够吃自己的脑袋呢，谁都知道吃什么都得用牙齿，而这个人即使受到诅咒，牙齿也长在自己的头上啊。

迄今为止，日常用语那么平静，那么确切，却好像经受一次地震，全被震乱了。一切都颠倒了，都破碎了，都风化了。

我深入了词语的王国。词语王国的专制统治非常残酷。尘世忽然充满了这样的人：他们在脑袋的位置却顶着南瓜，另一些脑袋能够旋转，目光像射出的子弹；有一些人血液冻结成冰，另一些人伸着干燥的舌头到处游荡，还有一些长着金手指或者铁手掌；随处还出现一块突出两个眼珠的活肉体；就连城市本身也发起高烧（我看见玻璃窗瑟瑟发抖，我甚至看见它冒出灰不溜丢的汗水）；有个人踏着拔出来的自己的根闲逛，另一些人形同疯子，向自己提出一些丧失理智的问题："你的脑袋长在哪里啦？你的眼睛长在哪里啦？"一个人企图吞掉另一个人，不是用牙齿，而是用眼睛。有些陌生的画家能把一位少女的命运画成黑色,也能把一户人家的门画成黑色(我不禁纳罕他们来自何处,受了什么推动,为什么要从事这种工作,也同样纳罕人们出于什么原因,如此重视涂抹他们命运的黑白两色呢)。最后,有一天,一个恋人似乎被雷击毙了[①]。对,在我的注视下,全宇宙都分崩离析了。皮诺大妈不断地讲"全完了"的话,肯定是指这种情况。

那天,词语的能力的确达到了顶峰。我仔细察看倾斜的房顶,力图弄明白爱情何以能有霹雳的威力。爱情在哪里?它突然击到男人头上之前守在哪里呢?爱情并没有让头皮流血,也没有引起肿包,不像脑袋挨了多小的石子儿那样。可是,尽管如此,为什么人们还那么抱怨爱情,尤其当爱情触及少女时呢?

拯救式的咚咚敲门声响彻全宅院。这种捶门的方式,我们熟悉,知道杰乔来了。不过,这次敲门方式略微特别,敲门急促,间隔时间很短,从而可以猜出,一定是发生了大事。母亲神色不安,快步下楼去给她开门,祖母这边则守候在楼梯上端了。不大工夫,她也下楼去。楼上便静悄悄的了。楼门重又打开。有个人进来。另外一个人出去。继而,有个人又回来了。女人说话的声音,隐隐传到我的耳畔。我开始踮着脚尖下楼,以免引人注意。楼下真的会谈到严重的事情。楼门又噼啪响了一声。话语汇成一阵嗡鸣,像雾气一般上升。我终于下了楼。谁也没有注意我到了跟前。她们在楼梯下方,靠近蓄水池出口的栏杆。除了杰乔,还有纳佐和她的儿媳、皮诺大妈、比多·舍里夫的妻子和另一位女邻居。看她们惊慌失措的眼神,看杰乔滑开的头巾露出一绺花白头发,看她们脸愠怒的神色,就能猜出发生了不可挽回的事件。她们七嘴八舌,都同时说话。确实发生了骇人听闻的事,但我没有听明白是什么。既不是有人死了,也不是有人疯了。情况还要糟糕,杰乔站在她们中间,她那嘶哑的喘息声,好似铁匠炉的风

[①] 汉语所说的"一见钟情"、"坠入情网",在法语中则常用"遭雷击"的表达方式。

箱,加剧了恐怖气氛。

我竖起耳朵倾听好半天,但始终一点儿也没有听明白。她们说到某一座房子。意大利人在那里开设了一个机构。机构的名称相对简单,大致让人想到城市的公共图书馆。然而,她们对此却恐慌万状,不住嘴地诅咒。我已经听说糖屋,住着漂亮的儿媳。这座房子一定是有毒的材料建造的,既然它毒害全城居民。

"每户出一个男人,"杰乔声音都变了,解释说,"这是他们讲的。如果你们不主动出人,那就要强制带人走了。每户出一个男人!"

这些女人再次皱起眉头。唯独纳佐的儿媳始终面无表情。杰乔的目光扫视一圈儿,落到我身上。

"说说看,你这个倒霉鬼,你是不是碰巧想去吧?"她高声说道。

"蠢婆子,"祖母给了她一句,"你就让这个孩子消停点儿吧。"

"全完了!"皮诺大妈又说道,她这句话肯定重复了上百遍。

"对也不对,这里的民众最终也许能恢复理智吧?"杰乔对祖母高声说道,就好像祖母是全城的代表。

又有人敲邻街的门。来者是杰莫大婶。

"你们这些可怜的家伙,在这儿瞎折腾什么?"她一进门就说道。

杰莫大婶难得来看我们,一年也就来两三次。她身材苗条,非常挺拔,似乎只有一身骨头架了。她在家中以洁癖著称。无论什么食品,别人的手碰过,她从来不吃。她吃的面包、菜肴,她喝的咖啡、茶,她都要亲手来做。她在家中,要单独放她使用的餐具、她的杯子和咖啡壶。她去拜访人家的时候,总用一条洁白无瑕的餐巾包着自己的食物,另一条餐巾包着她的咖啡杯、一只匙子和一只玻璃杯。所有人都了解她的洁癖,因此在餐桌上,看到她从餐巾里取出简单的饭食,谁也不会生气。

杰莫大婶静静地听几个女人解释那神秘的机构。

"你们不是疯了吧?"她终于说道,"刚才我心里还琢磨,能发生什么事情呢。我甚至想到,要开设那个……叫什么来着?……那个市镇大食堂!"

杰莫大婶一直担心的事情,就是开设大食堂。在她看来,这是不幸中的最大不幸。

"嗳!你们干吗焦虑不安呢?"她又高声说道,"她呢,有个年轻丈夫,"她转身指向纳佐的儿媳,"她心里担忧倒还罢了。可是你们凑什么热闹!你们真够愚蠢的!"

纳佐的儿媳报以微微一笑,接着,令所有人惊奇的是,她用手捂住嘴,扑哧笑出声来。纳佐用胳膊肘捅了捅她的肋部。

女人们都散去了。祖母和杰莫大婶缓步登上木楼梯,一直上到三层。

"有些话听了就当没听见,我的谢尔菲杰!"杰莫大婶感叹道。

"当外国人踏入你们的家园,什么事儿都得防着,"祖母回答,"你看得很清楚,一个年轻女子只要俯在自己的窗户边,意大利人就要从兜里掏出小镜子,反射过去阳光,开始调戏人家女子。"

"从他们到来的那天起,就看得出来,跟我们打交道的是一帮纨绔子弟,"杰莫大婶说道,"军队,上帝知道我是否见过,可是我怎么也想不到,有一天会遇见扑香粉的大兵!"

"如果只是这一点,那也就算了,可是,还有比什么都让我讨厌的事,就是那边正在搞的名堂。"祖母说着,指了指正在建机场的那片平川。

杰莫大婶呻吟道:

"战争到了我们家门口了,我的好谢尔菲杰。"

这工夫,女人们站在自家的窗口,继续议论用"公共的"这个怪异的修饰语来撑门面的那个新建筑。它的房顶将招去所有天雷,每天失火上百次,烧成灰烬,不过,还必须相信,每次它都会再生,因为诅咒根本没有停止。

又有一股老婆婆的人流充斥大街小巷。从北山口刮来的风一直未停。风撩起婆婆们的黑色方头巾,还吹出一滴风流泪,挂在她们的眼角，宛若一颗玻璃珠子。她们走啊走啊，走个不停。

城市真的就是在发高烧。现在，毫不费力就能辨认出它的汗水。窗玻璃经常发起抖来。烟囱在呻吟。夜晚，探照灯亮起它的独眼。它就是独眼巨神波吕斐摩斯。我梦见自己走向它，手里拿着燃烧的木头，捅瞎它那只可怕的眼睛。我还想象探照灯瞎了眼，号叫声要在夜空回荡。

这是动荡的时期，一切都不确定。我想到姥爷家周围总在变化的地形。看样子，我们家周围的地面不久也要开始变动了。所有人都预见到了。

伊利尔从小丑巷跑下来。

"你知道吗？"他一进门就对我说道，"大地是圆的，像个西瓜。我在家里看到了。是伊萨拿回来的。圆的，完全是圆的，它还旋转，不停地旋转。"

他见到的情景，向我解释了好半天。

"可是，那些房屋怎么没有掉下去呢？"当他向我说明在我们下面，还有建满房子和住满居民的其他城市时，我不由得问他。

"我也不知道，"伊利尔说，"我忘了问伊萨了。我在家里，同雅维尔一起研究地球。有一会儿工夫，雅维尔用一根手指按住地球，对我说：'要不了多久，它就会变成屠宰场。'"

"屠宰场？"

"对，他就是这么说的。他宣布：世界将淹没在血流中。"

"血流，世界是从哪儿流出血来的呀？"我问道，"平原和高山都没有血。"

"也许平原高山有血，"伊利尔说道，"雅维尔他们肯定知道些情况。当时雅维尔说世界将变成一个屠宰场，我还向他讲述我们去过屠宰场，看见了怎么宰羊。他就开起玩笑，给我来了这么一句：'等到宰杀国家的时候，你会看到那是什么情景。'"

"国家？就是在邮票上的图像吧？"

"对，就是那种图像。"

"那么，谁来宰国家呢？"

伊利尔耸了耸肩膀：

"我没有问他。"

我又想到了屠宰场。有一天谈论机场，杰乔说整个那片平川，那片草地都要铺上水泥了。湿漉漉的水泥，滑溜溜的。一条胶皮管给城市和国家浇水，以便冲洗掉血污……也许屠杀刚刚开始。我实在想象不出，如何把国家拉到屠宰台上，国家会怎么咩咩惨叫。农民身穿黑色粗毛线衣。屠夫穿着一身白。绵羊、母羊、羊羔。有人到屠宰场去观看。大家等待着。时刻到了。法国、挪威。鲜血洒了满地。荷兰咩咩叫。卢森堡的叫声像绵羊崽儿。俄罗斯脖子上挂个大铃铛。意大利（我也不知道为什么）发出山羊的叫声。孤独的号叫。谁呢？

"关于那座建筑，你听说了什么？"伊利尔问我。

"不好的话，非常难听的话。"

"你知道吗？好像要住进去许多美丽的姑娘。"

"真的吗？杰乔说那是些生活堕落的女人。"

"不过，如果她们是美女……"

"美女？真愚蠢！"

"你才愚蠢呢！"

我们呆了半晌，谁也不开口了。

这期间，妓院闹得满城风雨。杰乔一天来我们家好几趟，只为告诉我们越来越让人难以置信的消息。大风一直刮个不停。在大家的记忆中，几十年没有这样狂风大作了。据说，老兹沃·加沃已经决定在他的专栏里谈及了。

正是在这个时期，第一次试验拉响了警报。就是在中午时分，拉响警报，那长鸣声让人毛骨悚然。

"肯定是比多的婆婆了，"祖母断言，"只有她能这样吼叫。"

父亲和母亲倚在窗口。警报长鸣不止，但那并不是人的呼号。它像波浪一样升起，似乎要跌落下去，接着，突然又上扬，以新的力量冲击天空。比多的一百个婆婆，也不可能发出这样的声音。

"这是警报器发出来的，"父亲闷声闷气地指出，"我在埃及听见过一次。"

祖母听了目瞪口呆。

城市就这样装备了一台警报器！

"现在，我们就有了一个哭丧婆，能为我们所有人号丧了，"杰乔下午来串门儿，这样说道，"我的好谢尔菲杰，这一下我们就什么也不缺了！全都齐备了。我们只剩下等待大天使来摄取灵魂了。"

就好像这一切还不够，在这同一时期，又发生了另一个事件，把一直保持冷静的人搅动起来了：阿盖尔·阿盖里结婚。

我已经注意到，订婚和结婚的公告，令一些人惊讶，也让另一些人高兴或者微笑；但是，我绝想不到这桩婚事的消息，会像一场灾难落到我们所有人头顶，无一幸免。"听说了吧，阿盖尔·阿盖里结婚了！""算了吧，别讲蠢话了。""就是，这是真事，他成亲了！""你耍弄我呀！""跟你说，他就是结婚了！""怎么会有这种事？他结婚？这不可能！""已经叫皮诺大妈去给新娘化妆了。""不可思议！""可是，我也听人说了。这就是真事儿啦？""当然是真事儿了。""无耻到了难以形容的地步。无耻透顶！"

阿盖尔·阿盖里是小个子男人，黑发棕皮肤，嗓音特别细，让人以为是女人说话。他光顾所有街区，无人不识。有人说他半男半女，唯独他这个男人，或者被视为男人的人，能够自由拜访所有家庭，甚至进入没有男人的家。他帮助妇女干各种家务活儿，在她们洗衣服的时候帮她们照看孩子，跟她们一道打水，传递消息。他自己有家，他出手帮助妇女，并不是因为他穷困，而是因为他喜欢同她们做伴，喜爱她们的活计。于是，他就成为半男半女，这就再自然不过了。多少年来，他受到所有人嘲笑，但是也得到补偿，获取了任何别的男人都享受不到的权利，能跟全城的妇人和姑娘自由地打交道，从而他在生理缺陷方面可聊以自慰了。

不料突然间,他宣布结婚了!这种挑战真可怕。说话阉人声音的人,忽然自称是个男人了,这么多年,他忍受了伤透自尊心的嘲笑,就是等这报复的时刻。全城都黯淡无光了。对这城市的侮辱不可容忍。没有他未曾进去过的人家,也没有他未曾接触过的女人。一种不祥的怀疑,开始在各处盘旋。

那不过是一条假消息的希望破灭了。已经订下了乐队,甚至定了举办婚礼的日子。要看到阿盖里改变决定的全部希望都落空了。据说,甚至有人发出威胁,也丝毫没有使他动摇。他们还一再威胁。阿盖里始终不为所动。所有这些企图都是悄无声息。通过牙齿缝儿挤出的话语,或者通过匿名信进行的。谁也不敢公然举起反对阿盖里的大旗,唯恐显得自己表现不安是出于个人原因。

大家永远也想不通,是什么促使这个女声女气的男人突然起来反抗。他身上发生了什么事儿呢?为什么他做出了这样一个决定?是的,为什么?婚礼的夜晚终于到了。这是灯火管制的夜晚。一连刮了半个月的大风突然停了。持续不断怒吼的风声一停,寂静就尤其显得幽深。探照灯的独眼点亮了,继而又熄灭了。婚礼的鼓声响起来,连续不断,就好像要敲响城市荣誉的丧钟。

"事情到了无以复加的程度了。"杰乔一锤定音。

据她所见,现在得有思想准备,会看到从泉眼里喷出黑水来。

"就差这一点了,"伊萨对在黑暗中吸烟的雅维尔说道,"这个阴阳人结婚了!"

"再也没有什么正常运转了,"雅维尔回答,"这座城市就要遭到所多玛城①的下场。"

---

① 根据《圣经·旧约》,所多玛是约旦河谷地的古城。由于居民作恶,淫乱,被神毁灭了。

攻击突如其来，无处逃避。连警报器都来不及拉响。城市好似癫痫患者，发起痉挛，陷入一片混乱。它倾斜，几乎要翻倒了。正赶上星期天，早晨刚打九点钟。这座古城在漫长的岁月中，无数次遭受投石器弹或炮弹的攻击，遭受羊头撞锤的冲击，而邻近本世纪中点，在十月份的这天，它建城以来破天荒第一次，受到从天上来的打击。建筑物左右摇晃，像盲人一般痛苦地呻吟。数千扇窗户经不住冲击波，震碎的玻璃四飞五散。

在这种地狱般的轰鸣之后，一切都似乎震聋而窒息了。城市目瞪口呆，凝望着天空，而天空云开雾散，仿佛要证明自己保持中立。长空三个小小的银色十字架，现在已经飞远，刚才正是它们从根基上动摇了这座巨大的石头城。

飞机轰炸，全城死亡六十二人。聂斯利罕老婆婆，是从乱石堆里找出来的。她埋在齐腰深的瓦砾堆中，不明白发生了什么事，朝半空摇动着长胳臂，喊叫着："谁杀害我？"她年纪高达一百四十三岁，双目失明了。

纪事

你要准备进行一次空中打击。你要建造一个掩蔽体,保护你自身和你的家人,以防英国的炸弹。时刻准备好盛满水的大容器和沙袋。还要预备一把斧子、一把铁锹和一把镐,到时候用来灭火。市政当局。诉讼。执行措施。产权。官司暂停,有待新的命令。我们的同胞阿盖尔·阿盖里:在他那不祥的婚礼的次日,被人发现死在新婚洞房里。这座城市没有宽恕侮辱它的人。S.楚贝里大夫。性病。每天十六时至二十时。上次被炸死者的名单……

第七章

那一周，城市天天遭到轰炸。余下的一切全忽略不计了。大家开口闭口只谈炸弹和轰炸机，甚至不怎么议论阿盖尔·阿盖里之死：仅仅在婚礼结束后几小时，于拂晓他就被人杀害了。无论是凶手，还是寄匿名信威胁他的人，始终没有查明身份。

遭轰炸的第七天，发生了一个事件，不可谓不重要。一块白铁皮牌子安在我们这条街上。一大清早，几个陌生人来到我们家门前，将那块牌子钉在大门右侧的墙上。牌子上用黑墨大字体写着："防空点，可容纳九十人。"

我们这条街没有任何信号装置，从来看不到什么指示牌，只有市政府时而张贴一张布告，两三天就被风吹雨打去了。时而也有人用粉笔或煤炭，在墙上涂写两句污言秽语。但是这种情况很少见。头一块真正的字牌，就刚刚钉在我们家大门的右侧。

那天，所有过路人都驻足，识字的人向其他人解释是怎么回事儿。

"这所房子要卖吧？"

"不是，伙计。是另一码事儿。"

"那是什么事儿啊？"

"是要告诉我们，等飞机来扔炸弹的时候，我们可以到他们家躲藏。"

"真的吗？"

我站在自家门口，冲着过路人微笑，似乎对他们说："你们看到了吧，不错，这才叫房子呢！"我那样子相当得意。我们这个街区有许多又大又漂亮的住宅，但是无论切曹·卡依尔的住宅、比多·舍里夫的住宅，还是马克·卡尔拉什的大宅院，都没有固定这样一块字牌。这表明我们家的房子最结实。

我还继续微笑，但令我失望的是，似乎谁也没有注意我。唯独一个名叫哈里拉·卢卡的人，一看见我，就来了一个脱帽礼，还朝我的方向点了两三下头。据说，他是本街区最有名的懦夫。

不过，大人无动于衷的态度，并没有影响我的情绪。我还呆在门口，焦急地等伊利尔经过。两天前我们俩争吵过，谁都肯定自家房子最牢固。我们碰到这种情况打赌是家常便饭。不久前，我们就争论国王投石子儿能投多远，我认为他能投到三圣山，而伊利尔不愿意附和，就说他不可能掷过河床。退一步讲，伊利尔断定他有可能一直达到河桥，无论怎样也不会再远了。

如果不出现这次新的争执，那么天晓得我们还要吵多久！我们还更加激烈地争论谁家房子更坚固，真不知道要争到什么地步！也许我们要骂起架来，动起手来，投掷石块对打，幸好有一天早晨，来人把这块白铁皮字牌安在我们家门旁，牌子上有这样美妙的公告："防空点，可容纳九十人。"

可是，伊利尔不露面，好像故意气我。他一定听说了这块字牌，只好绕道儿偷偷溜回家。

我在家门口等了他好半天，然后赌气回到家中。我立即下到地窖，怀着敬重的感情，开始审视厚厚的墙壁，很久没有粉刷过的墙壁。

此前，地窖算不上我们房子的重要部分，主要往里边堆煤，或者在里面和白灰，比较三楼上的大起居室，地窖在一定程度上就成了小洗碗间了。我们的大客厅开了六扇美观的大窗户，跟父亲的身材一样高，而金褐色的天棚镶着雕花木板，整间屋受到精心护理。母亲洗刷小梁木，随后磨光，直到像打了蜡似的光亮。白色窗帘缀着花边，而围着屋子摆了一圈儿的长沙发上,坐着来串门儿的老太太,她们一边明智地闲谈,一边小口抿着咖啡。能够明显感到其他房间,甚至走廊都很嫉妒大客厅。那种艳羡写在它们窄窄的窗户上,倾斜在窗台上,狭小的门上。

然而,从第一次遭到飞机轰炸的时候起,情况就完全变了。大客厅窗户玻璃震碎了,一片混乱,丧失了它往常的美观;地窖则相反,既平静又温和,不大理睬外界发生了什么事儿。

我很可怜大客厅,从此往后被所有人遗弃。在爆炸声中,我为大客厅感到难受,知道它孤零零在那高处,从头到脚都动摇了,可是地窖厚重的墙壁甚至都不震动。我想象大客厅好似一位绝色的女子,但是神经脆弱,终日惶惶不安;而地窖给我的印象,就如同一位老妪,耳朵聋了,可是身子骨很硬朗。大客厅一旦丧失其优越地位,地窖就变成我们的房舍最受推崇的部分。一言以蔽之,这座房子真可谓头脚倒置了。

大客厅现在面目全非了,有时我还上楼进屋,站到一扇窗前观望邻近的房舍,只见那些房顶破了大窟窿,落进去霏霏秋雨。我想到在第一次轰炸之后,每家每户也一定像我们家,发生了同样天翻地覆的变化。也许全城的潮湿的地窖和地下室,早就等待这一天了。也许它们预感到它们出头时刻要来临。

全城的所有三层楼,确实经历了一个非常艰难的时期。这座城市当年建造的时候,木料更加狡猾,爬上了高层,把地基、地窖、蓄水池留给了石头。石头在房屋下层昏暗中,要同潮湿和地下水搏斗;而木头经过雕刻,精心打磨,使用来装饰高层了。高层很轻盈,几近空灵。城市的梦想,任性妄为,幻想飞升。然而,这种幻想遇到其局限。城市给了高层充分自由之后,似乎又后悔了,赶紧弥补自己的过错,用石板瓦覆盖房顶,好像要再次表明,在这里,还是石头在统治。

不管怎样,我喜欢这个生活在地窖和地下室的新时代。现在差不多全城各处，都在墙上挂了白铁皮字牌，只见上面写道："防空点，可容纳十五人"，或者"可容纳二十二人"，或者"可容纳三十五人"。可是，标明"防空点，可容纳九十人"的字牌，简直少而又少。我也就尤其为我们家房子感到自豪。我们家很快变成这个街区的中心，现在人来人往，非常热闹。我家的院门大敞四开，以便一响起警报声，就能冲进院子里。有些人甚至在突袭警报之前就来了，呆在地窖入口附近的过道里，一连几小时，在那儿吃饭、吸烟和聊天。

地窖深深扎入地下，同蓄水池隔着一道厚墙，还有一部分蓄水池深入到地窖的下面。在地基墙壁开凿了一个小枪眼；外侧出口略高于地面，能透进一点点微光。地窖里的空气，现在就非常污浊了。

我们家变得有点儿像个公共场所。每天都出点儿小事：有人下窄楼梯太急崴了脚，有的人为一个好位置争执不下，还有个人斥责所有人，只因别人不让他吸烟，以免给病人造成不适。不过，大家主要还是为了抢好位置而发生争执。几乎所有人都搬来铺盖，甚至搬来床垫，因而越来越拥挤了。

"什么时代啊！想想看，人不得不钻入地下。"比多·舍里夫咕哝道。

"这些意大利狗东西，还要强迫我们做许多别的事儿呢。"马恩·沃索接口说道。

"嘘！不要这么大声，也许有密探。"

"这个英国人，他的炸弹不炸兵营或者机场，怎么扔到城市上呢？"

"唉！我不是跟您说过了嘛，就是这个该死的机场给我们招来了轰炸。"

"你说话就不能小点儿声？"

"好了，好了，我这一辈子没别的，就是小声说话了！"比多·舍里夫反驳道。

除了我们的邻居，还来了各种各样的人，有些人是我头一次见到，至少从来没有这么近距离接触。夸尼·克克兹，红脸膛，长得很敦实，他那惶恐的目光向四面八方扫视，就好像要寻找一只猫。妇女们，尤其是皮诺大妈，相当怕他。玛依努尔太太，是卡沃依富家闺秀，她捂住鼻子走下地窖的楼梯。两个月之前，我看见一个农民在她家门口卸骡驮。他满身泥土（估计他赶着牲口滑进了泥坑），那张脸和双手仿佛是泥塑的。玛依努尔太太从自家窗口向一个女邻居抱怨："我亲爱的太太，只有他一个给我送来欠我的谷物。其他那些乡巴佬，恕我说话冒昧，都开始欺骗我了。"

杰乔不再露面了。她时常会这样：人突然消失了。不过，她不在没人担心，同样看见她又出现了也没人会奇怪。

有时候，我家的地窖也接待一些不同寻常的客人：途经这里突遇突袭的人，或者到我们街区来参观的人。就是这样有一天，我们看见从前的炮兵阿夫道·巴巴拉莫同他妻子来了。他坐到那些老人身边。老人们纵论世界大事，一讲就是几小时。他们的谈话没完没了，五花八门，列举各国的名称、国王和领导人的名字。他们也经常提起阿尔巴尼亚。我怀着好奇心倾听他们的谈话，绞尽脑汁想要弄明白，让他们那么忧心的这个阿尔巴尼亚究竟是什么。究竟是我所看到的周围的一切：院子、街道、云彩、话语、杰乔的声音、人们的目光、他们的愁眉苦脸，还是仅仅这一切中的一部分呢？

"从前，在士麦那①，"老炮兵讲述，"一名苦行僧问我，我更爱我的家还是阿尔巴尼亚。当然是阿尔巴尼亚，我这样回答。一个家庭，很快就能造出来！一天晚上，从咖啡馆里出来，在街头遇见一个好女人，带到旅馆，于是家庭和孩子全有了。然而，阿尔巴尼亚，不可能喝下一杯酒，一夜之间就创造出来。不可能，阿尔巴尼亚不能一夜之间就形成了，即使一千零一夜也不成！"

"你可真能胡诌八扯！"他妻子插言道，"看你是老糊涂了，越来

---

① 土耳其城市的古称，今为伊斯密尔。

越管不住自己说什么话了。"

"嗳！一边儿呆着去！你们这些女人，国家大事儿，你们一窍不通。"

"阿尔巴尼亚这件事，确实非常复杂。"另一位老人表示赞同。

"非常，非常复杂。跟您说，这是千真万确的。"

这类谈话，通常会被突袭警报声所打断。大家都慌忙下到地窖。祖母总是最后一个到达。梯级在她的脚下吱吱咯咯哀鸣。快点儿，祖母，快点儿！可是，她从来就不慌不忙。不是有这种原因，就是有那种缘故，她总是得姗姗来迟。有时候，她还在楼梯上，就听见第一批炸弹的爆炸声了。一听到爆炸声，她就摆一下手，好像要赶走一只讨厌的苍蝇，接着又双手捂住耳朵，嚷了一声：

"撑破你的肚皮！"

我看着众人拥向楼梯，急切想看到切曹·卡侬尔和他女儿终于下来。然而，切曹这个红头发的家伙，就是不到。显而易见，他宁肯呆在家里挨炸弹，也不愿意面对他女儿的胡须可能引起的惊恐的眼神。老兹沃·加沃日夜赶写他的纪事，同样也没有露面。老婆婆们也不大常来。反之，阿基夫·卡沙赫每次必到，带着他两个儿子、妻子和女儿。他和妻子是相反的绝配：他又高大又肥胖，而他妻子又矮小又瘦弱。那女人蜷缩在一个角落，总是默不作声，若有所思，一副神不守舍的样子。比多·舍里夫瞧阿基夫·卡沙赫的那种眼神，就仿佛看见一个幽灵。他的妻子每次走下地窖，双手总是抖下面粉，而飘落的面粉总是染成血红色。阿基夫·卡沙赫的鬼魂挨个儿打量所有人。地窖现在满员了。

"又拉警报啦！"

开头轻轻地，仿佛从久睡中醒来，接着越来越尖利，警报器号叫起来。两阵号叫之间，深陷寂静。一道深渊。继而，吼叫再次达到顶峰。高扬，震荡。再次号叫起来。警报号叫，号叫。犹如一张薄膜，试图包裹住一种力求穿透包裹层的尖啸。一种野性的尖啸。现在，一切都变成尖啸。炸弹。近在咫尺。猛然,一声霹雳,一只无形的手将所有人掀翻,震灭了两盏油灯。黑沉沉的夜。黑暗被一声惊叫撕裂。谁也不动弹。看样子,我们全死了。

沉寂。继而,有什么东西在动。一种声响。听似在划一根火柴。我们还活着。火柴。暗淡的火苗在地窖中割出光的不等边多边形。大家都动起来。所有人都活着。他们点亮了另一盏灯。不对。有个人死了。阿基夫·卡沙赫的女儿精细的手臂垂下来,一动不动。她的头也一样,栗色头发披散下去,纹丝不动。

我等了很久,阿基夫·卡沙赫才叫出声来,但不是痛苦的号叫,而是惊恐的喊声。少女的头微微抖动,缓慢地转过来,一副怔怔的神情。奄拉的手臂收拢了,在轰炸中搂着她的小伙子也开始动弹了。

"母狗!"阿基夫骂了一声。

他那大手爪子一把揪住他女儿的头发,开始往出口拖。姑娘挣扎着想站起来却又跌倒了。他就这样拖着女儿穿过地窖,一直到楼梯脚下,姑娘才稍微站起来一点儿,开始手脚并用爬楼梯。她父亲抓着她的头发不放手。

外面传来飞机俯冲的呼啸声,可是阿基夫决不返回。他揪着头发拖女儿,在轰炸达到高潮时来到街上。他们就这样暴露在炸弹之下。

那个小伙子退缩在角落里,向四周投出困兽般的眼神。我不认识他。他的头发和眼珠颜色很淡,下巴颏儿紧张地抖动着。他小心提防,就好像随时会有人扑向他,在一片还算不上真正寂静的肃静中,他穿过地窖走出去了。

等他一出去,唾骂声就真正爆发了。

"那小子究竟是谁呀,我的老姐妹?他是从哪儿冒出来的?我们怎么就这样倒霉呀!"

"这个人可是头一次见到。"

"这下子我们全完了!"

"多丢脸啊!"

"卡沙赫这个丫头，装出正经的样子，却是一个浪货！"

"多丢脸啊！"

"她紧紧搂住那小子的脖子，简直就是个荡妇！"

"跟意大利女人一个货色。"

妇女们都撇嘴做怪样子，整理好头巾，不断从鼻子里发出气愤的"哼哼"声，那些男人的表情，始终跟大理石一样。

"爱情。"雅维尔从牙缝儿挤出来一个词。

伊萨则显出一副忧伤的眼神。

整个地窖沸腾了。

这个事件，大家谈论了很久。两条胳臂搂住一个谁也不认识，或者几乎谁也不认识的小伙子的脖子，仿佛没了生命似的，这种情景烦扰着所有人。在他们的头脑里，年轻姑娘的这两条细弱的胳臂，逐渐变成一把凶猛的钳子，掐住他们的喉咙，让他们无法喘气而窒息。

然而，发生一个令人不安的事件，总会有一个新的事件来添乱，同样，关于阿基夫的女儿及其追求者的议论，也越来越经常伴随着有关一些奇特的草图的动机，即我们的同胞，发明家迪诺·齐索正在绘制的草图。

已经有一段时间了，迪诺·齐索完全牺牲了自己的睡眠，也开始侵占别人的睡眠，以便专心进行计算和绘制图表，而这些计算和图表，全国谁也不大懂得。据说，这些数字曾引起奥地利或者日本专家（关于这一点，传闻总是不够明确）的兴趣，他们邀请他去他们国家继续工作，但是被他拒绝了。后来，奥地利或者葡萄牙（他们的国籍也始终难以确认）专家还怂恿他申请发明专利，但是，他同样没有接受。

在很长一段时间，我们的同胞迪诺·齐索在绝对秘密的状态中，致力于他的发明。那一定是一项最能让人全身心投入的任务。他的两眼熬红了，脸色也变得更加惨白了。这座城市也记得另一些人，那些将一生奉献给方程式和图表的人。还有那些进行各种探索的人。小学教师夸尼·克克兹就不止一次地声称，他解剖一只猫的收获，远远胜过阅读好几部解剖学论著。

迪诺·齐索这个人，可以说潜心进行他的研究。在城脚下开始修建机场的时候，他就暂时放下平日的研究，全副精力转向一种新发明。他决定亲手制造一架飞机。那将是一架非同寻常的飞机，不靠汽油发动机，而是依赖一种基于永动的机械来驱动。永动机，某些人如是说。这两个词，每个人发音都不同。发音不同甚至引起争执，乃至动起拳脚，打掉几颗牙齿，这无疑只能加剧歪曲这些怪词的发音。

在头几波空袭轰炸期间，关于迪诺·齐索的这种发明的评论越来越频繁，尤其在老人和孩子中间：不用汽油飞行的飞机是最强大的，他的发明不仅要保卫这座城市，还要为这座城市扬名。不用汽油的飞机很厉害，能在天空停留一整天而不必降落。我舅妈断言，这种飞机甚至能飞更久，也许能连续飞行五天吧？不，其实飞不了五天。可是，他的飞机，为什么不马上造出来呢？他还等什么呢？耐心，我的小家伙，耐心和下工夫，跑得快还不算①……

于是我们等待着。

在等待期间，城市上空经常有飞机盘旋，类型不同，大部分我们不知道来自何方。我们只要抬眼望一望那些飞机装满炸弹的明亮肚子，目光随即就移向屋檐疤疤癞癞的那座黝黯的房子。那房子的主人从来不探出头来，他在日夜工作。你们飞吧，抓机会还能飞一飞，可怜的烧汽油的飞机！

我们极力想象，迪诺·齐索的第一架永动飞机一旦升空，恐慌的气氛就会笼罩整个天空。黑色，威猛，造型奇特，它会劈开长空。所有已经在飞行的飞机，一望见它就会四下飞散。有一些逃向南方，另一些逃向北方，都消失得无影无踪，还有一些惊慌失措，就会一头扎

---

① 引自法国寓言诗人拉封丹的寓言诗《龟兔赛跑》，头两行诗句为："跑得快还不算／及时出发是关键。"

向地面。

每天在固定时间，石头城都要遭到轰炸。飞机在城市上空盘旋，就好像到了自己的家园。一周之前就宣布运来的防空高射炮，始终还没有运到。在扔下第一批炸弹之后，我们所有人都深信不疑，一座城市除街道、烟囱和下水道，还应该拥有自己的防空高射炮。老炮从君主政体时期起，就坐落在城西炮台，后来损坏，市政职员还没有修好。

这座城市毫无防御能力，卧在秋季的天空下。在所有人看来，天空比往常更加澄净，而从来也没像今年秋天这样，大家频频举头仰望天空。他们目瞪口呆，好像在发问："瞧瞧这天空，怎么突然这样子啦？"只因在没有一丝云影的天空，出现飞机的确是前所未见的事。响雷、乌云、暴雨、冰雹、大雪，曾经不断地侵袭这座城市，没有人为此严厉地责备，而比起老天的这种灾难性的反常，那些坏天气根本不算什么了。从此以后，那沉重的一团团乌云、那突然云开露出大眼睛似的蓝天，总蕴含着某种奇异的、凶险的东西了。这样可疑的长空一直彰显到单调的落雨和呼啸的风起。我越来越认为，这个世界压根儿就没有天空也许会更好些。

在这样秋季的一天，发生了我盼望已久的事件。那是个星期天，看祖母套头穿黑衣裙的麻利劲儿，我就预感到要有离奇的事情发生。她那灵活自如的动作近乎奇迹。我很快就猜出是一次非同寻常的拜访。我半张着嘴，注视着她的举动，一声不敢吭，唯恐贸然一句话，就可能打破她的衣裙窸窸窣窣声和她双手动作之间的平静和谐。

"你去哪儿？"我问道，声音细微，心怦怦直跳。

祖母打量我，她的眼神很平静，有点儿心不在焉，慢悠悠地开口说道：

"去迪诺·齐索家。"

老实说，我已经料到了。

"你不带我去吗？"我声调哀求地问道。

她抚摩一下我的头发：

"去换衣裳吧。"

铺石街道湿漉漉的。还稀稀拉拉下着毛毛雨。一支老歌在我的头脑里流转："滴滴答答地下着雨/老婆婆上路你们去哪里？"我就是这样一个老婆婆，穿一身黑衣裙，走在雨中。我要去喝一杯咖啡，要去看一看，要去听一听。我心里高兴。

"那架飞机，我们能看见吗？"我问道。

"当然能看见了。他就摆在他家的客厅中间。"

"我可不可以靠近前看呢？"

"靠多近都行啊，就是别乱来！禁止触摸。"

我瞧了瞧我的双手。这双手比我还要胆怯，干脆插进兜里。

我们走到了。祖母用叩门铁锤敲响高大的院门。敲门的声波在整个宅子回荡。这座住宅样子颇怪，有许多壁凹，屋檐突出，给我的印象是流淌着睡眠。

祖母重又敲门。我们没有听见里面传出一点儿脚步声。然而，大门开了。二楼有个人，也许就是迪诺·齐索本人，借助一条细绳拉起了门闩。我们家也如此，安上类似的装置，从楼上就能开门。我们登上螺旋形木楼梯。打蜡的木板咯咯作响，但是这种响声和我们家的楼梯不同。这条楼梯讲一种我不懂的语言。

我们到了客厅，开头我什么也看不见，只因我躲在祖母的衣裙里。随后，我睁开一只眼睛，瞥见几个老婆婆，都跟祖母一样穿着黑衣裙，坐在围着屋子一圈儿的长沙发上。飞机就摆在屋子中央，个头儿跟人体一样，翅膀展开，通体白色。翅膀、机尾、整个机身全是木头的。细心抛光的木板上，露出了锃亮的螺丝钉帽儿。

我久久察看这架飞机。老婆婆们的声音传到我的耳畔，恍若很远，穿过呼啸的风声。接着，我抬眼望去，看见一个面色苍白的男人，充血的眼睛始终垂向地板。

"就是他吗？"我问祖母。

祖母点了点头。

老婆婆们一边小口抿着咖啡，一边两两交谈。有时候，她们的谈话也相互交叉，她们不断地摇着头，表示惊奇，冲着飞行器比比画画，继而重又提起战争和轰炸，面无血色的男人一直沉默不语。他的目光仿佛系在木头飞机上。

"学习吧，我的孩子，将来也变得跟迪诺同样有知识，为我们增光。"一位老婆婆对我说道。

我越发紧紧偎依着祖母，不知道为什么丝毫没有感到快乐。快乐的情绪，就好像通过数百个小孔，从我身上逃逸了。但是这种状态没有持续多久。我的躯体内部腾出来的空间，又通过同样这些看不见的小孔，突然像一股潮流涌进来了。这是一股悲伤的潮流。摆在屋子中央的白色飞机，在我的眼里，一下子成了天下最脆弱、最可怜的东西了。这种玩意儿，怎么敢对抗每天在我们头顶飞行的那些巨大的钢铁机器，那些装满炸弹、发出震耳欲聋的声音的灰色骇人的机械呢？刹那间，那些飞机就能把这个白色小家伙击得粉碎，如同猛兽撕碎一只羊羔。

老婆婆们继续闲聊，从一个话题跳到另一个话题。女主人给她们端上第二杯咖啡。面色煞白的男人始终没有动窝儿。我就傻站在原地儿，不过，一种完全的漠然态度，逐渐取代了我的忧伤情绪。我开始观察老婆婆们的皱纹，而这种小小的游戏，一点儿一点儿吸引了我的全部注意力。我从来没有如此专心审视过大人的皱纹，觉得匪夷所思：在下巴颏儿底下，沿着脖子，在颈项和整张脸上，那些皱纹拉长，延伸，画出无数蜿蜒曲折的线条，好似入冬时祖母用纺车纺出的毛线。用皱纹线也许能打出袜子吧？甚至能打出毛线衣吧？困意开始袭击我。

我们出来的时候，雨已经停了。潮湿的铺石街道闪着亮光，带着几分嘲弄人的神色。这些路石也许了解点儿情况了。两个妇女倚在自家窗前，隔段距离聊天。再往前走一点儿，另外三个女人也是这样交谈。她们的窗户相距颇远，说话不得不提高嗓门儿，未等走到家我就得到了消息：那些防空高射炮运进城了。

这个星期天的下午，两座教堂的钟声比往常响得时间长，街上的人也更多了。哈里拉·卢卡挨家敲门，扯着嗓子喊叫：

"运到了，对，高射炮运到啦！"

"你还有完没完？"一位老婆婆冲他嚷道，"行了，大家都已经听说了！"

"现在，飞机碰见高射炮，就该惊慌失措了。"比多·舍里夫在咖啡馆朗声说道。他和阿夫道·巴巴拉莫相伴喝杯酒，阿夫道跟他谈了大炮的厉害。咖啡馆里的顾客有半数听得目瞪口呆。

"嘿，嘿！大炮！"阿夫道感叹，"就你这脑袋瓜儿，弄不明白这种东西，我的善良的比多。可是，到哪儿去找一个旗鼓相当的人来交谈呢？"

一下午，居民都守在窗口，或者呆在阳台上，希望能瞧见那些大炮。大部分人的目光都投向堡垒，确信大炮会安置在那上面，还像从前的防空炮那样。可是，一直等到暮色降临，也没有看到大炮筒指向任何方位。有人断言，大炮要隐蔽起来，就布防在城外。大家都很失望，本来以为能看到在城中心大炮林立，保卫这座城池的武器就该如此；然而，大炮阵地却埋伏在那边，在山丘后面的荆棘丛中。

"哼！我当兵那时候，那才是真正的炮兵部队呢！"阿夫道·巴巴拉莫在咖啡馆，举起最后一杯酒，这样感叹道。

不过，开始有些失望之后，围绕着这支炮兵部队的保密本身，却产生了坚定一些人对大炮信赖的效果。

现在，大家都热切盼望目睹大炮与飞机第一次交锋，都焦急地等待天亮和飞机丢下炸弹。

星期一曙光初现。可是真奇怪，这一天，英国人没有来轰炸这座城市。

"猪猡！他们肯定得到消息，知道我们有了大炮，"哈里拉·卢卡沿街喊叫，"这帮懦夫，他们得到了消息，瘪茄子了……"

"行了，闭上你的嘴，你这声音赛过叫驴！"

"这么粗野！"

然而星期二，飞机又来了。像往常一样，警报器朝天空长吼。我们街区的人忘记了昨天焦急的等待，都慌忙冲向我家地窖的楼梯。哈里拉·卢卡面无血色。飞机的嗡嗡声已经传到我们这里，总是那么一个劲儿，但是好像满载着威胁。哈里拉就觉得飞机在寻找他这个人，追究他昨日那么猖狂地侮辱它们。嗡鸣声越来越近。大家半张着嘴，侧耳倾听。

"已经开始了，你们听到了吧？"一个声音说道。

"住口！"

"咦，听啊，射击了。"

"对，真的，射击了。"

远处传来不间断的咚咚声响。

"打炮啦！"

"这炮打的，为什么一点儿也不猛烈呢？"

"炮声停了。"

"不，又响起来了。"

"可是，为什么不更猛烈些呢？"

"谁知道呢？现代武器……"

"我们的老防空炮一打响，那真是地动山摇。"

"什么时候的事儿？"

"当年……"

"闭嘴吧！"

隆隆的炮声，一时压住了飞机的嗡鸣，继而，飞机的嗡鸣重又冲出来，再度占了上风，好像更加气势汹汹，更加猖獗了。在地窖里，所有人都敛声屏息。现在听不见炮声了。而飞机则撒野似的吼叫。尖厉的呼啸声，好似巨大的标枪，无情地嘲弄着地面。地面开始颤抖了。一次，两次，三次。一如往常。

"它们飞走了！"

我们的防空高射炮，并没有因此停止射击；再次响起炮声。大炮刚进行这场决斗归于失败，大家不免认为大炮不会改变什么了，在处于这种沮丧的情绪中，突然一声惊呼，从街道腾空而起：

"烧起来了，飞机烧起来了！"

居民第一次蜂拥冲到外面等待解除警报的信号。街道上，院子里，窗口人头攒动，都要瞧一瞧，瞧一瞧，瞧一瞧。

"在那儿哪！"

白色的飞机跌落下去，在尾流拖着致命的翎饰，随风扩展炫耀的长长一道黑烟带着几秒钟之后便会毙命的驾驶员划过天空，坠落，坠落，终于消失在天际。一声爆炸撕破大气。

那凶险的灰色翎饰，还继续在城市上空飘浮。这工夫，居民们都大喊大叫，尽情漫骂和痛斥，而微弱的北风突然发力，切断那道烟雾，最终吹得七零八落，烟雾的碎片，还在城市上空游荡了许久。

挤满街道和广场的人群，不约而同地行动起来。一大群人现在朝城北飞机坠落的地点跑去。留下来的人也纷纷俯在自家窗口，爬上墙头或者房顶，目送乱哄哄的人群，只见他们过了瓦诺什街，现在冲进扎利街了。过了一会儿，那长长队列的头便消失在远处，却仍然不见其尾。

到了吃午饭的时间，可是，谁也不肯离开窗口或者墙头，直到听见有人高喊："他们回来了，他们回来了！"果然，他们回来了。起初，望见他们从扎利街的狭窄街口出来，接着扩散在空场上，最后进入瓦诺什街。那群人变成了乌合之众，像喝醉了酒似的往前冲。一帮帮顽童跑在前头和两侧，散布消息。

"拿来了！拿来了！"孩子们嚷道。

"拿来什么啦？"看热闹的人问道。

"胳膊！胳膊！"

"什么？说明白点儿！"

"他们带回来胳膊啦！"

"什么胳膊？"

"你们听见了吧？有人拿回来点儿东西。可究竟是什么呢？"

"一条胳膊！"

"飞机的臂膀①吗？"

窗户、阳台、墙头、烟囱、房顶都挤满了好奇的人，他们俯下身都想看清楚。已经望见闹哄哄的人群了，越来越近。喧嚣的涛声汹涌澎湃，淹没了一切。

乱哄哄的人群终于到来。这一景象实在奇特。打头的阿基夫·卡沙赫满身大汗，头发一绺一绺贴在脸上，眼珠子简直要瞪出来。他高举的拳头，拿着一样蜡质的、灰白色而冰冷的东西。

满条街从头到尾响起欢呼声。

"一条人胳膊！"

"飞行员的胳膊！"

"英国人的胳膊。他只剩下这条胳膊啦！"

"这只扔炸弹的手。"

"哼！狗东西！"

"不幸的英国人！"

"真吓人，快闭上眼睛！"

阿基夫·卡沙赫不断挥动着断手臂，以便更好地向众人展示。那只手是张开的。

"嘿，还戴着戒指呢。"

"瞧哇，一根指头上还戴着戒指！"

"不错。是一只戒指。指头上戴只戒指！"

阿基夫·卡沙赫不时吼叫，声调吓人。围着他的人企图没收他的

---

① 阿尔巴尼亚语这个词同时意味着胳臂和翅膀。

战利品,然而,他拼死也决不放手。

他妻子从窗口注视这种场面,急得直揪自己的头发:

"阿基夫,我求求你,扔掉吧!那是魔鬼的手,扔掉吧!"

有个人吓昏过去了。

"快让孩子们离开!"一个声音嚷道。

"主啊,饶了我们吧!"

"这个倒霉的英国人!"

人群渐行渐远,移向城中心区。曾经打击这座城市的那名飞行员的断手臂,在人群的头顶摇晃着,十分恐怖。

纪事

tion.① 产权。安戈尼同卡尔拉什打的老官司,曾因空袭而中断,昨日继续审理。在我们城市上空,击落了头一架敌机。找到了英国飞行员的断臂。我们的城市从未见过如此血腥的景象。众人举起那条断臂挥动。众人抓住抓不住的东西,恶的化身,多少天无情打击我们的残酷命运之手。下一期详细报道。语言学专栏。那些先生屠杀我们的语言,实在是胆大包天。他们恬不知耻,居然用"潜艇"和"飞机"这些外语词汇,来取代我们表达某些机械的美丽的阿尔巴尼亚语词。这是一种耻辱!上次轰炸死亡者名单:L.塔什、L.卡达莱……

---

① 小标题《纪事》,每篇均为残篇,开头与结尾语句不全。

第八章

警报一直默然。大炮也不像往常那样咚咚作响,老防空炮也同样不发射。然而,飞机在天空的轰鸣,简直要把天震塌了。居民都急忙躲进防空洞,等待了解究竟是怎么回事儿。飞机的雷鸣声越发震天作响了。

"到底是怎么回事儿啊?"

"他们为什么不扔炸弹呢?"

这样等待了好半天,无疑还会无限期等待下去,幸亏一个近乎愉快的声音,从楼梯上面喊道:

"你们出来看看吧!出来看看吧!"

我们出来了,到外面一看,就全愣住了。天上飞机密密麻麻,像鹳一样在城市上空盘旋,继而,一架接着一架脱离编队,以便降落到机场上。

我一步跨几级,登上三楼,想要看得更清楚些。我将眼镜片夹在一只眼睛上,坐在窗前。在我面前展现的景象实在太美了。那片场地落满了飞机。它们缓慢地移动,一架挨着一架排好队列,白色的翅膀明晃晃地映着阳光。我一生也没有见过如此迷人的场景,美过梦境。

整整一上午,我就呆在窗前,仔细观赏机场的运转:飞机降落,操作,移动,沿着跑道排好队。

下午,伊利尔来看我。

"太棒了,"伊利尔说道,"现在我们有了自己的飞机。"

"对,一定会很出色!"

"现在，我们变得'了不得'了！像他们轰炸这里一样，我们也去轰炸其他城市。"

"一定会非常猛烈！"

"我们真的'了不得'了。"伊利尔重复道。

这个词他刚学会几天，喜欢极了。

"当然啦！"

"原先你还说，干脆没有天空更好，"伊利尔提醒道，"现在你该明白，没有天空会有多大损失了吧？"

"你说得对。"

我们久久谈论机场和飞机。我们快乐的情绪，却遇到普遍的冷淡而降了点儿温。说来真奇怪，看到机场布满飞机，他们非但不兴高采烈，反而怒形于色。怒气甚至有增无减，直冲意大利和意大利人。

黑夜伸手不见五指。晚饭后，我们全呆在大客厅里，在窗前窥视黑暗。探照灯有时从扎利河岸伸出光束，像蜗牛伸出触角，在黑暗中寻找城市。我们的头低到窗台下面，静静地等待那束光移到并扫过我们房子的门面。不过，大多数夜晚，完全陷入黑暗，我们什么都辨不清，甚至彼此都看不见。

有些夜晚，许多军车行驶在南北大道上，显然是开往前线。父亲数着点亮的车灯，而我听着数字的连祷经渐入梦乡：一百二十二、一百二十三、一百二十四……

一段时间以来，我实在闷得慌，因为怕空袭，大人不再放我们上街玩耍了。每天早晨，我都守在楼上的窗前，观察人家房顶的动静。可是，房顶上难得出什么事情，而从天空飞过的乌鸦，越发突出周围景象的沉闷。唯独烟囱冒出来的翎饰般的炊烟，尤其刮点儿风的时候，那变幻不定的色调好歹还能抓住我的注意力。一家壁炉的烟火，就是一种近乎空想的梦幻，尤其在这个季节，居民刚刚重新点燃，哪家烟道都没有凝聚足够的烟炱而自燃。

沿河岸的大路上，一整天几乎没有车辆来往。然而，那条大路吸引我。没有车水马龙，我就在头脑里创造出这种场景，因为一条大路所不可或缺的，正是来来往往的车辆。

我听人讲述过，一千年前，第一次东征的十字军就曾经过那里。据说，老兹沃·加沃在他的编年史中叙述了这一史实。十字军沿着这条路行进，队列不见头尾，军士们高举着武器和十字架，不停地发问："基督的墓冢在哪里？"为了寻找那座陵墓，他们没有在本城驻足，继续向南推进，渐行渐远，和现在那些军车行驶的是一个方向。

很久之后，在这同一条路上，又经过一个孤独的行客，跟一周前断臂展示在市博物馆的那名飞行员一样，也是英国人。他作诗，走路脚跛。他离开自己的国家，不知疲倦地到处游荡。他一瘸一拐，却鲸吞着大道和小路。他从我们城池前面经过，扭头望了望，但是并不停下脚步，朝着当年十字军的同一个方向走去。据说，他寻找的不是基督的荒冢，而是他自己的坟墓①。

我就是这样；在这条大路上布置了十字军和那个跛足的独行客，同时搅动起一系列事件。我让那些骑士原路退回，让他们的剑和十字架杂乱无序，并且派一名使者突然向他们宣布，有人已经发现了基督墓，于是我看到他们像一个人似的，冲过去要重新打开那座墓。十字军一旦隐没不见了，就是腾地方给跛足的独行客，他蹒跚而行，走啊，走啊，永不停歇。

我一连几小时，就是这样组织这条大路的繁忙景象，让十字军和我那英国跛行客经过。

不过现在，这一切完全过去了，只因我有了机场。机场生机勃

---

① 应指英国诗人拜伦（1788—1824），1816年，因婚姻失败，拜伦离开英国，取道比利时，到瑞士小住，又移居意大利多年。1823年7月，拜伦投笔从戎，率领一支自己组织起来的远征军前往希腊，支援希腊人民反抗土耳其统治的民族独立战争。次年4月，因积劳成疾，医治无效，拜伦英年早逝。希腊人民为他举行了全国性的哀悼活动，6月，他的遗体运回英国，归葬故乡赫克纳尔-抚尔卡德。希腊人民至今仍把他视为民族英雄来敬仰。

勃,一片忙碌,向天空派出耕耘死亡的飞机。我立刻喜欢上了,还怪自己惋惜什么奶牛。

太阳升起来了。机场那样光彩熠熠,在世间也是独一无二的,就好像经过数千个皮诺大妈的擦拭。它呼吸沉重,如同数百头聚在一起的狮子,它的气息不时升上天空。在它的上方,悬浮着禁区一般的一片雾气。

"意大利伸出爪子了。"小舅妈对父亲说道。她观望机场时,那双美目突然变得严肃起来。

我无法理解,别人怎么可能不喜欢这座机场,一件如此漂亮的东西呢。但是近来我可以深信不疑,一般居民都无聊得要命。他们空耗时日,就爱抱怨时世艰难,入不敷出,欠了债,生活费用高,以及其他类似的忧虑;然而,有人一涉及更加灿烂而诱人的话题,他们就突然装聋作哑了。

我出门去了,不想再听他们痛骂机场。现在机场仿佛迷住了我的魂魄。我了解那片场地上所发生的一切,善于分辨重型还是轻型轰炸机,轰炸机还是歼击机。每天早晨我都数飞机的数量,注视起飞、飞行或降落的飞机。我很快就发现,轰炸机从来不单独起飞,总有歼击机护卫。我给几架突出的飞机单起了名字,有一些已经赢得了我的偏爱。一座飞行的堡垒一旦起飞,由歼击机护卫消失在幽深的山谷,飞往据说正在打仗的南方,我当即记录下来,等待它返航。如果我喜欢的飞机迟迟不归,我就会感到不安,可是一听到从山谷传来它返航的嗡鸣,我马上就乐不可支。也有这架或那架飞机一去不返的情况,我会伤心一阵子,最终还是忘掉了。

日子就这样一天天过去。我心系机场,就再也不想别的什么了。

一天早晨,我刚一走近大客厅的窗前,我注意到异乎寻常的情况。在我熟悉的飞机中间,出现一架新飞机,我还从来没有见过那么大个头儿的。这位来客,估计是夜间到达的,在其他飞机之间,庄严地展开浅灰色的翅膀。我立刻着了迷,向它表示欢迎并无视它的同类，觉得在它旁边一比较，那些同类简直成了佝偻重病患者了。天地合在一起也不可能送给我更美妙的礼物了。我把它当成最好的盟友。它就是我本人的飞行、怒吼的方式，并且遵从我的命令赴死。

它经常垄断了我的思想。看到它起飞，缓缓飞向南方，我感到自豪，唯独它能发出这样的隆隆巨响，使得万物震颤。我对任何别的迟归的飞机，都没有如此担心过，总觉得它在那边停留的时间太久了。它返航的时候，我听它喘息，似乎也更加沉重了，看来它精疲力竭了。在这种时候，但愿它永远也不要再去那边参加战斗了。其他飞机更为年轻，尽可以开赴前线。而它，则需要歇口气儿。

然而，它不大可能歇息，沉重而威严的它，几乎每天要起飞去战斗。我很遗憾不能同样去南方那里，看它展开巨大的翅膀在我头上飞行。

"该死的，它们又出发了！"有一天，祖母嚷道，她站在窗口望着三架飞机起飞，其中就有我那个大伙伴。

"你为什么怪那些飞机呢？"我问祖母。

"因为它们到哪里，哪里就血流成河，一片火海。"

"可是，它们从来不轰炸我们城市啊。"

"它们轰炸别的城市，这是一码事儿。"

"哪些城市？在哪儿呢？"

"在那边，很远，那片乌云后面。"

我的目光移向祖母所指的方向，不禁沉默了，心想在那边，很远，那片乌云后面，有些城市在打仗。那些城市像什么样子呢？在那里是怎么打仗的？

北风劲吹，大玻璃窗啪啪震动。乌云满天。从机场升起一种均匀而单调的嗞嗞声。嗞嗞嗞！响彻山谷。像波浪一般，连续不断：嗞嗞嗞—嗞嗞嗞……而这种声响扩展，传播到各处……苏珊娜！谁晓得你轻盈的秘密是什么？蜻蜓、鹳、蜻蜓。你对机场一无所知。现在，那边，你家那边，一片荒凉。成天刮风，讨厌的风。飞机—蜻蜓。你这是往哪儿飞？多少飞机在天空盘旋？……

祖母拍了拍我的肩膀，将我唤醒。

"你要着凉的。"祖母说道。

我脑门儿顶着窗沿儿，打了个盹儿。

"那些飞机整个儿把你弄昏头了。"祖母指出。

事实上，我真的着了魔。不过，我觉得冷了。

"它们又起飞了，该死的飞机！"

我不再反驳什么了，心里明白祖母怨恨它们，但是现在，如果说我听了这话难受，也只是为了那架大飞机。对于其他飞机，祖母说的当然没有错。谁知道在远方，在乌云后边，在所有人的目光望不见的地方，这些飞机干了什么呢？我们也同样，出城跑到野外，偷人家地里的玉米棒子，淘气淘出花样儿来，如果在城里，我们是绝不敢干的。

不过，有个情况我始终未弄明白：机场投入使用，丝毫也没有阻止住空袭，轰炸反而变本加厉了。当敌机前来轰炸我们时，小歼击机立即起飞，但是那大家伙却匍匐在场地上。它为什么不起飞呢？这个问题有时搅得我心神不宁。我力图为它的态度辩护，排除它害怕的可能性。不，这样一架飞机，不可能畏惧。在攻击过程中，我们躲进地窖中，而那架大飞机完全暴露在机场地面上，我却梦想看到它起飞，哪怕一次。那样的话，我们就能看到英国轰炸机如何逃窜！

可是，当英国人又闯进来的时候，它却从来不起飞，从来不升空。况且，显而易见，它绝不会在我们的城市上空飞旋。它只认一个方向，南方，估计那里正在打仗。

有一天，我到伊利尔家，我们摆弄地球仪玩，用手指推着，时而朝这边转，时而朝另一边转。这时，雅维尔由伊萨陪同到来，他们大骂意大利人、机场，痛骂墨索里尼，据说他近日要来到我们城市。这是完全自然的：所有人都痛恨意大利人。我们早就知道，他们非常凶狠，尽管他们穿着漂亮军装，戴着翎饰，纽扣闪闪发亮。但是我们还不知道应该怎么正确看待他们的机械。

"那他们的飞机呢,怎么样啊?"我问道。

"都是坏蛋,同他们是一路货。"雅维尔回答。

"怎么向你们解释呢?这种事情你们理解不了,你们年龄还太小,"伊萨补充道,"你们最好别向我们提问题了。"

他们用外语交谈了几句,他们不愿意让我们听懂时,就总是讲外语。

雅维尔半微笑着打量我。

"你祖母跟我说,机场对你的吸引力很大。"他对我说道。

我脸红了。

"你喜欢飞机吧?"停了半晌,他又问道。

"对,我喜欢。"我几乎气急败坏地回答。

"我也喜欢。"伊利尔附和道。

他们又用我们不懂的语言谈了什么事儿。他们的火气消了。雅维尔长叹了一口气。

"可怜的孩子!"他喃喃说道,"他们受了战争的诱惑。这实在太可怕啦!"

"时代特征,"伊萨发表议论,"这不飞机时代来临了?"

"你听见了吧?"伊利尔又说道,"我们很'可怕'。"

"对,'可怕极了'。"我应和道,说着从兜里掏出眼镜片,夹在我的眼睛上。

"你就不能给我也找一个这样的眼镜片吗?"伊利尔问道。

一下午,我就反复想雅维尔的话。一旦只剩下伊利尔和我的时候,尽管我们认为他们关于飞机的言论无异于"无耻的诽谤",一丝怀疑还是落到机场上。唯独大飞机幸免了。因为,即使其他飞机凶恶,属于我的那架飞机则不可能那样。实际上我喜欢它还一如既往。我每次看到它从机场跑道上飞起来,心里就洋溢着自豪感,听着山谷回荡着它的轰鸣。我尤其喜欢它返回的样子:从那边,从战斗的南方回来疲惫不堪了。

夜晚重又漆黑漆黑的了。我们全家人呆在三楼的客厅里，父亲以单调的声音，重又计数军车的车灯，而这回掉转了方向，从南往北行驶了。我还像从前那样，目光茫然地迷失在远方，但是我知道现在，大飞机伸展着翅膀，正睡在城边淹没在夜色里的某处场地上。我极力辨识确定机场的方向，但是黑暗实在太幽深了，很容易迷失，根本辨别不出任何实物。

卡车不停地驶向北方。日复一日的晚间，大炮的隆隆声似乎越来越近。街道和窗口都充斥着各种消息。

一天早晨，我们望见大路上长长的队列。那是撤退的意大利军队，士兵们步履艰难，向北撤去，而无论当年的十字军，还是后来的跛足独行客，都从来没有走过的方向。他们背着枪支和行李。队伍不时插有过不完的骡队，驮着装备和弹药。

向北去……现在，一切都向北移动，就好像整个世界改变了方向。（我朝一个方向转动地球仪时，伊萨想把我逗恼了，就往相反的方向转动地球仪。现在发生了近似的情况。）意大利又吃了败仗，大举撤退了。我们等待希腊人开来。

我贴着窗玻璃压扁了鼻子，聚精会神地观赏大路上行进的队列。阵风不时刮来雨滴，砸在玻璃窗上，给那景象增添几分凄凉。这支行进的队伍过了一上午，将近中午时分，队伍还在一直经过。到了下午，最后一队消失在扎利山丘后面，大路就空荡无人了（这正是跛足独行客重又出现的时刻），这时，大气中突然充满发动机低沉的吼声。我惊跳一下，仿佛从梦中惊醒。发生了什么情况？为什么？我的惺忪睡意顿时消失。发生了无法容忍的事情：飞机全起飞啦！轰炸机两架一队，三架一队，由歼击机护卫，离开了机场，返回那蒙羞的方向，朝北面飞去。三架一组刚刚飞起来，另一队又紧接着起飞。乌云陆续将它们吞没。机场空了。继而，我听到大飞机有力的喧嚣声，我的心跳随之缓慢下来。结束了，无可挽回地终结了。它沉重地升起，掉头向北，展翅飞走了。一去不返。弥漫天际的令人窒息的雾气将它吞没，它已经飞远，变得生疏了，又从天际最后一次向我传来它那熟悉的喘息。完全收场了。世界忽然间重又沉入寂静。

我的目光移向河流，看到什么也没有剩下，那是秋雨下普通的一片平野。机场不存在了。我的梦做完了。

"你怎么啦，孩子？"祖母见我的头在窗沿儿上滚来滚去，便问我一句。

我没有回答。

父亲和母亲也从另一间屋过来，问了我同样的问题。我本想回答，但是我的嘴、双唇和喉咙都不听使唤了，话未说出来，倒失声痛哭了，嘶哑的声音像牲口似的号叫。我看见父母惊慌失色了。

"就是由于那个该死的什么东西，我始终叫不上名来。"祖母说着，抬手臂指向机场，现在那里一定散布着创伤似的水洼。

"你哭鼻子，是因为机场吗？"父亲严厉地问道。

我点了点头。父亲沉下脸来。

"小傻瓜！"母亲高声说道，"我还以为你病了呢！"

他们在大客厅里呆了许久，用沉默来折磨我。我不停地抽泣，怎么也憋不住。父亲一副坏天气的脸色，母亲完全在想别的事儿。唯独祖母在我身后走来走去，不住嘴地咕哝着：

"主啊！什么时代呀！小孩子为了那些能飞的机器哭天抹泪！这是多么不祥的兆头！"

在哽咽着泪雨的空间扩散的这种忧伤,究竟是思念谁呢?那边,遭遗弃的平野百孔千疮,布满水洼。有时,我还以为听到它的轰鸣,赶紧跑到窗口,只发现天边懒散的乌云。

也许它被击落了,残翅收拢在身下;卧在哪个山丘上,现在奄奄一息了吧?有一天我在牧场上,注意到一只长翅鸟儿的尸体。那鸟儿的骨头特别细弱,受到雨水冲刷,但是有个部位满是泥点儿。

它究竟能在哪里呢?

那片平野与天相连,平野上空有时飘过一朵浮云。

一天,奶牛又赶到那里去了。浑身褐色斑块的牛群,静悄悄的,悠闲地游荡,寻找水泥地面边缘稀疏的青草。我头一次感到恨这些牲口了。

城市倦怠而沉闷,数次易手。意大利人和希腊人轮番入主。在居民普遍的冷漠中,一种旗帜换掉另一种旗帜,一种钱币取代另一种钱币。仅此而已。

纪事

兑换钱币。阿尔巴尼亚列克和意大利里拉不再流通了。从此唯一合法的货币,就是希腊德拉克马。兑换钱币的期限定为一周。昨日,狱堡的大门打开了。囚犯们感谢希腊当局,然后各奔西东了。我发布命令,从今天起,取消灯火管制。我宣布宵禁。从晚上六点钟到早晨六点钟禁止通行。当地卫戍司令官:卡坦查基斯。出生。结婚。死亡。D. 卡索鲁赫、I. 格拉普希,他们满心欢喜……

纪事

全城恢复灯火管制。我决定停止宵禁。我命令重新启用监狱。所有原来的囚犯责令重返囚室服刑。本地卫戍司令官：布鲁诺·阿尔西沃卡尔。尽快兑换你们的钱币。希腊德拉克马不再流通。合法的货币是阿尔巴尼亚列克和意大利里拉。昨日空袭死亡者名单：B. 多比、L. 马克苏蒂、S. Kali……

第九章

十一月的头一周，机场撤光四天后，最后一批意大利人离开了这座城市。于是，这座城市经历了一段毫无监护的时间。这种状态持续了四十小时。凌晨两点整，希腊人回来了。他们停留了七十小时，城里居民没人或者几乎没人看见他们。每家每户的百叶窗都关得严严的。谁也没有探头向外张望。看来，希腊人，他们也只是夜间活动。到了星期四，约莫上午十点钟，意大利人又冒着冷雨回来了。仅仅三十小时之后，他们又走了。六小时之后，希腊人重又出现了。在十一月的第二周，这种轮回重新上演。意大利人再次回来。这回，他们停留了六十来小时。意大利人前脚刚走，希腊人后脚就赶到了。到了星期五，他们在城里呆了一整天，直到夜晚；可是，星期六早晨，这座城市醒来，完全被人抛弃了。希腊人全走了。天晓得为什么意大利人不再回来了呢？希腊人也同样不再露面了呢？星期六和星期日两天，就这样过去了。一连数日，听不到街上一个行人，星期一，忽然听见脚步声。街道两侧的妇女小心翼翼、微微打开百叶窗。原来是卢肯，铁窗之友。他那条褐色旧毯子搭在肩头，手里拎着用手帕包的一大块面包和奶酪。估计他是回家。

"喂，卢肯？"比多·舍里夫的妻子从窗口向他喊道。

"我到那上面去了，"卢肯手指狱堡说道，"我上去报到，可是，你去看一看好啦！监狱不行了。"

他的声调里略带几分忧伤。当局不断变换，砍断了他的囚禁期，他显得很恼火。

"这么说,那里没有希腊人,也没有意大利人啦?"

"我不大分辨,"卢肯口气有点儿不耐烦,回驳道,"我只知道监狱不再正常运转了。里边连个喘气儿的都没有了。牢门都大敞四开。真叫人伤心落泪!"

有个人向他提出另一个问题,他没有搭理,只顾骂起街来:

"可恶的时期,可恶的国家!连一座像样的监狱都经管不好。难道每天都让我花工夫登上那狱堡,再空手下来吗?日子一天天过去,却不准我服刑。而且,全部打算都泡汤了。有人说得对,意大利就是个婊子,什么也干不了。哼,一个狱友向我讲过斯堪的纳维亚那些国家的监狱的情况,我想想就羡慕!是啊,那才叫监狱呢!进去,出来,都中规中矩。期限确定都有填写详细的卡片。牢门不能随随便便打开,不像出入窑子那样!"

那些女人一听卢肯开始讲起污言秽语,就都纷纷关上百叶窗。唯独耳聋的阿基夫·卡沙赫的母亲,还停留在自家窗口,回答她以为听到的话:

"是这样。你是应该恼火,我的孩子。他们没有让你过上一天好日子。你这一辈子,就关在铁窗里。政府走的走,来的来,可是你总呆在那阴暗的地方!"

卢肯走远了,街道重又空荡无人了。纳佐的大肥猫一纵身横过马路。皮诺大妈新养的母猫蹲在门廊上面,望着大肥猫流窜。将近中午的时候,过去了一只陌生的狗。整个一下午,除了一只母鸡,再也没有见到一个活物。

第二天早晨,铁窗之友卢肯,再次骂骂咧咧从监狱回来,肩头始终搭着他那条毯子,手里拎着用手帕包着的冷餐。大家见了都确信,他们进入了没有任何形式的权力管辖的时期。

有几户人家率先将大门打开一条缝儿。渐渐地,街道又开始热闹起来。有些人甚至走到中心区。亚的斯亚贝巴咖啡馆重又开业了。在广场上,风吹着撕碎的报纸乱飞乱舞。各处散乱丢弃着空罐头盒。市政厅的楼房，门窗都封死了，彰显一副凄惨的样子。一些闲人围着丢弃的弹药箱子打转转，看到上面印有罗马或者希腊的文字。在城里唯一石碑的座石上，并排贴着意大利卫戍司令和希腊卫戍司令的告示。告示被撕得残缺不全。有个人细心收集几片碎纸：XAKIS、KAT、NX。他的衣领竖着，经常摇头，显然挺恼火，拼不全那些词。冷风从他手中夺走那些告示的碎片。

这些被风雨撕烂的告示，是近来惶恐所仅留的标志。从此往后，这座城市逃脱了任何管辖了，在不确定的期限，摆脱了飞机、高射炮、警报、窖子、探照灯和修女。

这座城市一时受了冒险的吸引，沉醉其中，喜欢上天空和从别处来的威胁，随后，它就蜷缩在古老石头之下了。它同天空彻底断绝了联系。现在风雨交加，极力麻痹它的敏感神经。它好像已经痴呆了。外国飞机在它上空飞行，根本不认得它了，或者佯装视而不见。它们飞得很高，仅仅在身后拖着鄙夷的嗡嗡声响。

一天早晨，皮诺大妈仔细关好大门之后，沿街走了。

"你去哪儿呀，皮诺大妈？"比多·舍里夫的妻子从窗口问道。

"去办婚礼。"

"婚礼？现在这种时候，谁还想到结婚啊？"

"要结婚就结婚。什么时候都可以办喜事儿！"

皮诺大妈去参加婚礼，这件事就是个信号，这城市完全适应了没有当局的状况。然而，跟任何过渡时期一样，这个时期也无法确定。生活的规则完全乱了套。法庭不审案子了。报纸不出版了。在市政厅的墙上，不见了布告、海报，也不见了法令。国内或国外的消息，现在仅凭着口头传播了。消息的主要来源，是此前鲜为人知的一位老婆婆，在这种不见其人的日子里，她的名字很快就传开了。她名叫索斯，而大部分人叫她绰号："老新闻。"

街上游荡着从监狱里出来的惯犯、几个可疑的山民，以及一些从未见过的面孔。一切都难以捉摸，模糊不清。广场、小巷、电线杆子，都严守各自的秘密。各家门户明显都有防范。这些日子既寒冷又反复无常。只有烟囱还生意盎然。

正是在这种时候，杰乔又到我们家来了。她那一声声敲门，就好像一锤锤敲在我的脑袋上。我真想躲起来，从家里消失，但这是不可能的。她登上楼梯，像拉风箱一般喘息着。惶恐不安、流言蜚语、各种消息，像小黑猫似的跑在她前头。无法逃避。

"你来了，杰乔！"祖母打招呼。

"来了，杰乔！"母亲也打招呼。

"你身体怎么样？"父亲也冲她说道，"好些日子了，你去哪儿啦？"

杰乔并不搭理。她一如往常，跟祖母说话：

"你看到了吧，谢尔菲杰，你看到了上帝给我们派来什么了吧？我早就跟你说过，地里要冒出黑水。黑水这不冒出来了？你们在哈兹穆拉特街，还在梅西特街、帕洛托街，都看见弹坑了吧？现在到处是黑水。"

"那黑水是怎么回事儿？"我小声问母亲。

"炸弹在地上炸出弹坑了，坑里就积满了脏水。"

"可是，这里的人还一意孤行，"杰乔接着说道，嘶哑的嗓音充满威胁，"你们看到了吧？有人还把英国人的断臂展示在那个……博……怎么说来着？"

"博物馆。"父亲给说全了。

"他们在那里展示，我的谢尔菲杰！一点不差。"

"他们是谁呀？要干吗呀？"母亲问道。

"我心里也纳闷呢，"杰乔呻吟道，"因为他们中了魔，我的美人。因为，现在是恶魔在统治，什么都颠倒了。上帝给我们抛来英国人的一条断臂吧？现在你们就瞧着看吧，还会有德国人的胡须、犹太人的指甲、阿拉伯人的鼻子落到我们的头上……"

杰乔说呀，说个没完。我躲到一旁，侧耳细听，竭力想象指甲、

106

毛发、胡须和鼻子，如何像暴雨似的降落。等杰乔走了，我就问问祖母。

马克苏特上了街，他胳臂下夹着一个脑袋，我觉得认出来了。我很久没见到他那美丽妻子了。要一直等到春天，才能看见她重新出现在自家门口。现在他们家里，砍下的头大概堆积成金字塔，就像成吉思汗指挥建起来的那样。天晓得制造什么……岗亭？（他那外表、面孔、姓名都砍了头，好似被老鼠啃了的一个大圆面包。）

杰乔走了。关于英国人的断臂被偷走一事，首先怀疑夸尼·克克兹，随后又怀疑编年史作者兹沃·加沃。另一些人则猜疑瓦诺什街区的一个不正当的商人，传闻他将那条断臂卖给了坐落在另一侧山麓的一座修道院。

城里关心的全是些鸡毛蒜皮的琐事。拉姆·斯皮里这个无赖，醉醺醺的，在街上闲逛，为窑子连声哀叹：

"关张了，给关张了！"他带着哭腔哀吟道，"我的舒适的避难所，我的柔软的小窝！让人给关闭了！我这不幸的人，该怎么办啊？冬天这些夜晚，我到哪儿去栖身啊？"

卢肯·布尔戈马迪不时也随声附和：

"我的舒适的避难所，我的柔软的小窝！"他机械地重复道。

"你们从这里滚开！你们不感到羞耻吗？"老太太们冲他们嚷道。

"我失去的小窝哟！*我的太阳！* ①"拉姆·斯皮里失态地哼唱，同时用手夸张地向她们送去飞吻。

"滚蛋，流氓！让天雷把你从大地轰掉！"

"怀疑星辰的火光！怀疑太阳会死亡！"

"怀疑太阳会死亡！"卢肯跟着重复。

"但愿老天把你们俩碎尸万段！"

这的确是个麻木不仁的时期，给人的印象就是人跟物一样都在爬

---

① 原文为意大利语。

行。奶牛重又开始在机场上吃草。迪诺·齐索中止了他的研究，他的想象力枯竭了。

正是在这种浑浑噩噩的阶段，这座城市再次试图恢复同外界的联系，并通过城堡炮台的老炮联系外界。

大炮安置在堡垒的西塔楼上，自君主制时期起，从城市的四角都能望见。长长的炮筒略显疲惫，但始终指向天空。大炮是全城居民熟识的、钟爱的一件物品，能与之相提并论的，也只有栖息在相邻塔楼上的那口古老大钟。然而，岁月如梭，大家几乎忘却，那安装在炮座上的长长炮身和操纵杆、手轮和齿轮系统究竟有何用途。这座大炮，自从落成典礼之后，还没有发射过一次。（那次典礼，老年人还记忆犹新：那是市政府组织的，有爱国的演讲，军乐队奏乐，痛饮一瓶瓶啤酒；还记得那个波希米亚人拉姆切，喝起酒来不要命，结果从壁垒上摔下去，摔死在大路上。）

空袭的第一天，居民都躲进地窖里，他们第一阵恐惧过去之后，这门大炮的记忆就在他们头脑里微微闪亮。他们重又想起，那个配有操纵杆和手轮的金属的长家伙，人称"防空炮"，恰恰是为了这种情况而设计制造的。大家好像豁然开朗，于是开始发问：

"我们的'防空炮'呢？为什么不行动起来呢？"

我们的防空烂到如此地步，由此引起的最初的失望，很不是滋味。空袭后，大家又来到街上，目光不约而同转向西塔楼：我们的大炮在那里，炮筒指向天空，总是那副倦怠而镇定的样子。

"多丢脸啊！"这种话，挂在所有人的嘴边，最初是在亚的斯亚贝巴咖啡馆里嚷出来的，但是在我的思想里，通常是冲女人讲的，肯定从来没有针对一件武器。

丢脸，这门浪得虚名的大炮没有发出声音。……再说了，如果是一支蹩脚的步枪，或者随便一件个人武器，就像装备步兵部队的那种枪支，面对敌机轰炸，因畏惧而惊慌失措，那也是万般无奈，似乎还情有可原；然而，这样一个长长的大家伙，恰恰是为了对付可能出现的这种局面而设计建造的，它这种软弱退缩的表现，就不可以宽恕了。

显而易见，尤其不可原谅的是，大炮炮筒那么长。我用祖母的观剧镜观察，有时觉得读懂了大炮的想法。指责一个人干了坏事，通常说：他缩回自己的洞里了，或者，他蜷缩成一小团儿了。可是，这门不幸的大炮，既不可能隐藏起来，也不可能缩成一团，整个儿挺立在那里，受所有人的品评。

有些人似乎跟我一样，不免心生怜悯，在一定程度上尽量为大炮开脱。据传闻，其实真正有罪的是从前的市长，举行了大炮落成典礼的那位。据说，他卖掉了这件武器的一个关键构件——瞄准器，用这笔生意的钱，带着一名马其顿妓女，到斯科普里的赌场花天酒地一番。他就这样丢下不管，让没有瞄准器的可怜大炮去面对凶险的天空，这就等于弄瞎了一个人的眼睛。

不知不觉中，丢脸的感觉也传染给了这座城市。在这期间，另一些居民，即城市的荣誉受到质疑的时候，绝不允许任何人讲任何坏话的那些人（阿尔吉·阿尔吉里就是这种情况），重又镇定下来。大炮固然有缺陷，但是，这种缺陷同盗卖资产或嫖妓的故事毫无关系，杜撰这样一种恶行再平常不过了，世界上任何军队的物资都可能遭遇这类诟病。不过，交战的双方军队的军官，不是察看了这门大炮吗？他们那种怀疑的微笑，就是不信它可能有的威力，且不说他们还会讲更阴损的话，嘲笑这门大炮呢。可是前面那些人却反驳道：就让他们洋洋得意吧！军人不是有这种习惯，总贬损敌军的装备，以便炫耀自己的武器吗？不错，军队自有本身的问题，这座城市也有自身的问题。其他人用各自选择的武装相互残杀，那就随他们便吧。这座城市，照理要以自己的手段自卫。如果本城迫不得已，要用长枪搏斗，那又怎样，即便持一根中世纪的长枪，也照样战斗！归根结底，那是有关荣誉的大事……

经过一整天闪烁其词之后，大炮应该修复的舆论终于占了上风。

一些人就这样向塔楼集中了，有城中最有名的两位钟表匠，由市政一名机械师陪同，后面跟着另一位编年史作者克西沃·加兹沃、老炮兵阿夫道·巴巴拉莫，一位两周前还俗的教士，只因他自称在第一次世界大战期间，当过副机枪手，甚至击落过一架土耳其飞机，此外，还跟着夸尼·克克兹，而著名的迪诺·齐索一见克克兹在场，最后一刻改了主意，没有加入这一群人。

全城人都在焦急地等待。妇女们从窗口不断地询问：

"修好了吗？"

"还没有呢。"

"主啊上帝！"

这类话奔跑在所有人的嘴唇上，从上午到下午，尤其是傍晚。据说大炮损毁严重，是重病号了。恰好这时候，新的防空炮队开来了，并且打下来头一架英国飞机。两天之后，炮台上的大炮破天荒第一次打响了。所有居民，尤其是孩子们，那种欢喜劲儿难以描摹。与炮队的齐放不同，老防空炮独自鸣放，声震山川。这尊大炮身上，确实有一股王气。

然而，那天，以及随后的日子，老炮未能击落一架飞机。我们又在地窖里相见的时候，伊利尔悄悄对我说："它真棒，今天一定能打下来一架！"可是，空欢喜一场！每天，我们从地窖出来，都特别伤心。我们凑到大人跟前，听他们讲些什么。我们听到的话让人痛心，都信不过老炮。每次轰炸之后，总是恼恨地重复这些话：

"它太旧了，打不下来现代飞机。"

最后那几周，城市数次易手，我们的大炮失去了所有靶子。城池被意大利人占领的时候，大炮瞄准英国飞机放炮。后来，希腊人入主的时候，大炮就瞄准四次飞来轰炸我们的意大利飞机。交战各方，谁也没有动这门大炮。匆忙撤退，一片混乱，放弃城池的人似乎认为，堡垒塔楼顶上的沉重大炮，要拆卸太复杂了。也许在大溃退中，他们甚至把它忘记了，或者佯装没有想到，确信他们再打回来时，这尊老炮还在原地安然无恙。

在城池无主的那几个阶段,有一次天空出现一架陌生的飞机,从此前未曾见过的方向飞来。也许还是一周前那个粗心大意的飞行员,在这座城市上空撒下《告汉堡公民书》的德文传单!

近一段时间,迷航的飞机出现在我们上空,已是常见的现象。它们在一场战斗之后,大概飞错了路线,或者飞往敌区的途中佯装迷失了方向。它们一有机会,尤其是天气不佳的时候,就偏离指定的航线,离开它们的旅伴,开始在空中毫无目的地兜圈子,持续到相当于它们完成使命的时间。它们这种行为跟我们差不多:有时早晨我们逃学了,就等到吃午饭的时候回家。

那架陌生的飞机缓慢地飞行,一副怏怏不快而疲惫不堪的样子。估计它刚参加了一场战斗,尽管飞来的方向颇为反常。后来大家试图解释,为什么那个冒失的飞行员突然朝我们丢下一颗炸弹,猜测他发觉还剩下一颗炸弹(迷航的飞行员一般将炸弹丢弃到密林中或者山峰上),在我们上空飞行的时候不免想道:"这颗炸弹,就扔给我连名字都不知道的这座城市怎么样?"于是他丢下炸弹。

然而这回,这座城池不能容忍了。防空炮的长长炮筒呆立了这么多日子,也激发起它的想象力。再次参与天空事务的渴望,在它身上沉睡多时,就要醒来了。当外国飞机飞来盘旋时,这座城市要向这些不速之客发炮的欲望就特别强烈。

这也是难得的一天,我们出门到街上玩耍了。我们跑出相当远,一直到堡垒脚下在那旁边矗立着的老炮兵阿夫道·巴巴拉莫的房子。在地窖里或咖啡馆里,阿夫道老爹经常讲述战争故事。如果说我们看到他手上拿的,只有南瓜和黄瓜,从来没有圆炮弹,也没有长炮弹,但是他照样赢得所有人的赞赏。

我们正在他的门前玩耍,忽然听见飞机的嗡鸣。有几个行人停下脚步,用手遮在前额上,举目寻找飞机。

"在那儿呢,在那儿呢!"其中一人嚷道。

"好像是意大利飞机。"

阿夫道老爹和他妻子出现在他们家窗口。一些闲人站在原地不动，抬头观望。

那架飞机航速很慢，那嗡鸣声一阵一阵传到我们耳畔，既有力又孤独。街上的人都敛声屏息。继而，突然间，有人扭头朝阿夫道·巴巴拉莫的窗户望去，招呼他：

"喂，阿夫道老爹，我们上面那门大炮，你干吗不去放一放呢？你去放一炮，打那个到我们头上来兜圈子的混蛋！"

这小群人议论起来。至于我们这些孩子，我们的心高兴得狂跳起来。

"对，打那家伙，阿夫道老爹！"两三个声音说道。

"理它干什么呀？"阿夫道老爹从窗口以说教的口气回答，"让它到别处露脸去吧！"

"打它，阿夫道老爹！"这回我们齐声嚷道。

"你们住口，一群坏蛋！"一个人喊道，"别这样乱嚷啦！"

"干吗让他们住口？他们说得对。"

"干吧，阿夫道，把那飞机打下来！大炮在那上边等着你哪。总得让它发挥点儿作用啊！"

"干吗跟这架飞机过不去呀？"站在人群中间的哈里拉·卢卡说道，"最好让它飞走算了。咱们可别把它惹火了，那样它就会把咱们炸成肉酱。"

"小子，我们已经受够啦！"

开始，阿夫道·巴巴拉莫的脸色阴沉下来，继而，又渐渐发起烧来。他的脑门儿突起一根细细的青筋。他点着了一支香烟。

"把它打下来，阿夫道老爹！"伊利尔几乎哭着抛出这句话。

突然，一个深色的物体，从飞机的机身下面脱离，几秒钟之后，传来爆炸声。

于是，我们认为不可能的一种奇妙的情况发生了。这群人几乎异

口同声,同仇敌忾地吼道:

"打它,阿夫道老爹!打这条癞皮狗!"

阿夫道老爹跨出家门。他的眼睛闪闪发亮,口水都流出来了。他老伴出现在他身后,满脸惴惴不安的神情。那架飞机缓慢地在城市上空飞行。阿夫道也一步一步走到一大群人中间,而人群簇拥着他进入上坡通向堡垒的街道。

"放炮,打那家伙!"四面八方都听到这样的话。

安装防空炮的塔楼,在大路旁边居高临下。现在,阿夫道老爹走在护卫队前头,跨进了堡垒的大门。

我们这些孩子,开始乱喊乱叫:

"快呀,阿夫道老爹!快呀,它飞走啦!"

大人不让我们进入堡垒院内。我们停留在外面,焦急地拍着巴掌,只因那架飞机朝山峦方向越飞越远。大家齐声送行:

"它飞走啦,飞走啦!"

不料那飞机突然绕个弯儿,又朝我们飞来。它那样子,的确是漫无目的地飞行。

渐渐远去的喊声突然又传来了:

"他的眼镜,他的眼镜!"

"快去!取他的眼镜!"

"阿夫道老爹的眼镜!"

有个人像发了疯似的,撒腿沿街跑去,不大工夫,他又跑上来了,往返都那么迅猛,手上举着阿夫道老爹的眼镜。

"他要开炮啦!"有个人嚷道。

"飞机靠近啦!"

"飞近了,对,就像羊羔走进屠宰场!"

"动手啊,阿夫道,让大炮响起来!"

老防空炮发射了。我们的喊声的强度不亚于炮声。我们兴高采烈,就感到心都要跳出来了。所有人,甚至那些老婆婆,也都吼叫起来。

大炮又发射第二次。我们期待飞机立即被击落。可是不然，它继续在城市上空盘旋，甚至给人这种印象：驾驶员昏昏欲睡，慢悠悠的一点儿不急。

飞机正巧飞到大广场上空时，第三炮打响了。

"这回不可能打不中了，"一个哑嗓音嚷道，"正好就在眼前了。"

"打这条癞皮狗！"

"打下这个婊子养的！"

可是，飞机没有被打中，现在往北飞去。又打了好几炮，直到飞机完全飞出射程了。

"唉！阿夫道老爹不会摆弄啊。"一个人抛出这句评语。

"这不能怪他。他用惯了从前的迫击炮。"

"用惯了奥斯曼的射石炮吧？"伊利尔问道。

"也许是吧。"

我们都连连叹息，觉得嗓子眼儿发干。

又打了一炮，但是飞机已经飞得太远了。它那飞行的姿态很可恶，显得无所谓。

"狗东西，溜掉啦！"有人骂了一声。

伊利尔满眼泪水，我也同样。大炮射出最后一发炮弹，看热闹的人开始散去的时候，一个小姑娘失声痛哭。

一小伙登上塔楼的人下来了。阿夫道·巴巴拉莫走在前头，他脸色铁青，一只手发抖，用手绢擦拭额头的汗。他那双失神的眼睛扫视周围，却没有注视任何一处。他的老伴劈开人群，迎着他走来。

"回去，亲爱的，"她高声说道，"回去躺一躺，你支撑不住了！心跳都缓慢了，干不了这种事儿了。回去吧！"

阿夫道老爹想说话，但是又说不出来：他的唾液干涸了。他跨进自家的大门之后，才回过头去，挤出个苦笑，艰难地说道：

"这不是命里注定的！"老炮兵重复道，目光扫视在场的人，仿佛在他们离去，丢下他独守失败之前要征求他们的首肯。

"不要担心，阿夫道老爹，"一个小伙子对他说道，"早晚有一天，要由我们放炮。你要确信，我们准能击中！"

阿夫道老爹关上了大门。

那些人也便散去了。

索斯老太太的言论（因缺乏纪事资料）

　　我说话嗓子疼。今年冬季会很艰难。现在有战争，造成大量伤亡，到处都在打仗，甚至连天国里的年轻人都参战了。英国人给各国送钞票和黄金。红胡子斯大林抽着烟斗思考，思考，他说道："你了解底细，英国人，我也跟你同样了解底细。""噢，哈思切大妈，"前天玛依努尔太太对一个穷苦老太太说，"同希腊这场战争什么时候能结束呢？我想吃约阿尼纳湖的鳗鱼，想得要命。""哎哟，贪婪的女人，"对方回敬道，"孩子都要饿死了，而太太还跟我们说约阿尼纳湖的鳗鱼！"于是她们挨了一顿臭骂：叫花子、意大利婆娘、唠叨鬼、长舌妇……市政厅一重新开始办公，阿夫道·巴巴拉莫因没有获得当局允许就私自动用大炮，要交付一笔罚金。据说山头下头一场雪之前，同希腊的战争就将结束。卡拉依家的儿媳又怀了身孕。普斯家的两个儿媳好像商量好了似的，同时怀了孕，进入第九个月了。哈瓦老太太卧床不起了："我熬不过秋天。"她说道。不幸的夸兹梅，灵魂终于升天了。但愿她入土为安！

第十章

次日,下了一整天雨。头一天失败之后,城市也躺倒了,它那些房顶和流水的屋檐仍然一副惊恐的神情。伤心的泪水在石板瓦上流淌。固执保持灰色的城市,色调也不断地翻新,多亏了灰蒙蒙天空的作用。

到了第三天早晨,全城醒来,重又被占领了。希腊人又回来了。这回,他们的骡队、他们的榴弹炮、各类物资到处可见。狱堡顶竖立的铁杆上面,从前挂着意大利的三色旗,现在飘动着希腊国旗。开头,大家还很难辨认是什么旗帜。风不停地刮,但是风向不定,旗帜无法展开。将近中午时分,风向变了,又开始下雨,疲倦的绸缎上终于画出白色大十字。

"我得活相当大岁数,才能熟悉希腊人穿的皮靴!"祖母哀叹道,"去年冬天,我干吗不死了呢?"

客厅里只有我们祖孙俩。我在她眼睛里和整张脸上,从未见过如此绝望的神情。我想不出什么话对她说。我从兜里掏出小镜片,夹在眼睛上。那上面,狱堡顶上,大十字旗乱飘乱舞,一副怒气冲冲的样子。继而,它又傲慢地张扬。不过是一块丝绸上画了一个图形。我心里纳闷,一块布上交叉的两条线,怎么可能让人如此沮丧。在风中飘动的一块布,足以将一座城市投入懊丧的状态。不可思议!

这天晚上,所有人家只谈论希腊人,预见会有可怕的事情发生。在许多年前,还在君主制,甚至在共和制之前,这座城市就被希腊人占领了几个星期。在城里进行了大屠杀。当时和现在一样,都是这种白十字旗升到狱堡的上空。既然这种旗帜卷土重来，那么余下的也要跟随而至。

兹沃·加沃家的小窗户一直亮到深夜。老编年史作者的邻居估计，他正忙着描述希腊人的入驻。然而后来才得知，他在编年史中，仅仅用简单一句话概括了这个事件："十一月十八日，希人进入本城。"谁也无法解释如此简洁的词语，怎么能表达这样一场灾难，且不说他只用一个"希"字来表示希腊人的大队人马。

早晨，十字旗一直在那上边飘扬，俯瞰全城。恶的象征，既已打出旗号，那么就该预料最糟的局面。

身穿黄褐色军装的希腊人，开始遛大街了。由卡坦查基斯签署的公告，重又出现在中心广场。咖啡馆里充斥着希腊语音，听来纤细、尖利，锋利如剃刀的"s"和"th"音频率很高。士兵们人人都佩戴着匕首。空气中弥漫着阴谋恶毒的意向。可以预料会有一场杀戮。然后再喷水冲洗全城。不过，现在正下雨，也许用不着冲洗了。

头一天，他们并没有动手屠杀。第二天也没有动静。他们在广场的一面墙壁上，张贴了一大张告示，上面写有"Vorio Epire"的字样。司令员卡坦查基斯应邀，去好几个富有的基督教家庭用午餐和晚餐。

一名希腊中士放了好几枪，但是没有打中任何人，仅仅击中城里唯一雕像的大腿。那是一尊高大的铜像，从前在君主政体时期立在中心广场中央。在那之前，全城从来就没有一尊雕像。表现人的唯一造型，也只是吓唬鸟雀的草人，插在河对岸的大片田地里。当初安装防空大炮的时候，许多狂热的市民都欢欣鼓舞，可是听到宣布要竖立一尊雕像，就都撇嘴了：一个金属造的人？这样一种创新有必要吗？雕像会不会起坏作用，引起动乱呢？就在所有人遵循造物主的命令，躺下睡觉的时刻，雕像却依然伫立在那里。无论昼夜，无论冬夏，总是那一种姿势。人要欢笑，哭泣，叫喊并最终死亡；可是雕像，人的这些行为统统谈不上。它只管呆在那里，默默无语。众所周知，沉默多么值得怀疑。

从地拉那来的那位雕塑家，要察看准备安置雕像基座的地方，他就险些被打成重伤。一场激烈的论战，在当地的报纸上展开了。在大多数居民的坚持下，反对的人最终只好接受了雕像。一辆覆盖着防雨布的平板大卡车将雕像运来。正值冬季，连夜安装，将雕像立在了中心广场上。至于落成典礼，也就免了，以防引起冲突。观赏的人都很惊奇，只见这尊游击队员铜像拿着手枪，目光严厉地注视着广场，仿佛在质问："为什么你们不接受我呢？"

一天夜里，有人给铜人的肩头披上一条毯子。从那之后，全城人对它就亲热了。

希腊中士击中的正是这尊铜像。居民向市中心聚拢来，要瞧一瞧铜像被子弹打穿的洞。有些人眼神忧郁，就感觉自己腿瘸了。另一些人干脆走路瘸腿了，就好像完全是他们的大腿挨了枪子儿。广场上笼罩着恐慌的气氛。后来，大家突然看到卡坦查基斯来了。他由几个人护卫，走对角线穿过广场，闯进市府大楼，希腊军司令部就设在那里。

一小时之后，在专门张贴公告的地方，贴出了囚禁枪击雕像的那名中士的命令。命令由卡坦查基斯签署，并撰写成希腊文和阿尔巴尼亚文。

下午，我们接待了来串门儿的杰乔。

"唔，我可怜的女友，你们知道我们出了什么事儿吧？"她刚进屋就高声说道，"瓦西利基好像回来了。"

"瓦西利基？"母亲重复道，声调那么惊恐。

父亲闻声也突然进来：

"你说什么，瓦西利基回来啦？"

一时冷场，只听见杰乔粗重的喘息声。

"去年冬天我怎么不死了呢？"祖母呻吟道，"我再也看不了那种事情了。"

"当然了,那时候死了倒是造化了!"杰乔赞同道。

"什么我都能料到,除了再见到瓦西利基。"祖母又说道。现在她的声调里透出一种惊人的隐忍。

父亲绞着他那有力的长手指,弄得骨节咯咯响。

"据说,她比从前还要凶残,"杰乔补充道,"那情况会很可怕。"

"我们太不幸啦!"母亲哀叹道。

"现在她在哪儿呢?什么时候能见到她?"父亲问道。

"她关在帕夏·吉亚乌尔的宅子里,就等着放她出来的那一天。"

又有人敲门。我看见鱼贯进来比多·舍里夫的妻子、皮诺大妈、纳佐的美丽儿媳(在所有这些狰狞的面孔中间,她显得特别美!),以及手拉着伊利尔的马恩·沃索的妻子。

"瓦西利基?"

"真的,她又回来啦?"

"太可怕啦!"

所有老太太的脸因肌肉抽搐而变形,她们的皱纹剧烈地波动,仿佛就要脱落下来。我已经感觉被皱纹绊住,好似隐入网中。

"对,是这样,谢尔菲杰。"杰乔双手交叉放在胸前,肯定地说道。

"你给我们带来多么可怖的消息呀,杰乔!"

"太可怕啦!"

我已经听人说过瓦西利基。这个女人在二十多年前,将这座城市投入恐怖之中,在我的思想里,她的名字就等同于"鼠疫"、"霍乱"、"灾难"这些词,而这些词则出现在人们彼此放狠的大多数诅咒中。在多少年间,他们感到这个名字如同一种持续的威胁,悬浮在他们的头顶。现在,这个名字又脱离了词语王国,向我们扑来,途中逐渐具象,显出一个穿着黑衣裙女人的身形、眼睛、头发和嘴巴。

二十多年前,这个女人随同希腊占领军一起进驻这座城市。她开始巡视我们的街道,而护卫她的一小队希腊警察,个个手指都扣着枪的扳机。她对警察说:"那边,那个男的,是个危险分子,抓住他!"那些警察立刻扑过去。"那个男孩样子可疑,他肯定不喜爱基督,抓住他,把他大卸八块,丢进河中!"

她跑遍全城,突然闯进咖啡馆里,停在中心广场检查行人。希腊人把她视为女圣徒。很快,大街小巷都空荡荡的了。有两次,她遭暗枪射击,但是没有打中。由她下令,一百多名男人被屠杀了。后来,忽然有一天,她跟队伍离去,前往她所来的南方。

这座城市忘不了她。她的名字离开了现实世界,便进入语言的抽象王国。"但愿瓦西利基的眼神射中你!"这类话成为老婆婆们口诛的诅咒用语。她渐行渐远,直到跟鼠疫(须知从前鼠疫也曾逼近此地)同样遥远了,甚至可以说,跟死亡同样遥远了。不料,她突然卷土重来,因久违而更加狠毒了。

夜幕降临。帕夏·吉亚乌尔宅子的窗户上都挂着厚厚的窗帘。"为什么不让她露面呢?还等什么呢?"

全城人夜不能寐,都在想着瓦西利基。

第二天,将近中午时分,杰乔又出现了。

"街道空荡荡的,"她说道,"我只见到了杰尔格·普拉,他往市中心走。你们知道吗?他好像又改名换姓了。"

"叫什么呀?"祖母问道。

"乔尔戈·普洛斯。"

"这个坏蛋!"

他居住的街区与我们的相邻。意大利人初次占领这座城市时,他就让人叫他乔尔乔·普洛①。

有人敲门。是比多·舍里夫的妻子和纳佐的儿媳来了。

"我们看见杰乔进来了。有什么新闻吗?"

---

① 乔尔乔·普洛迎合意大利人的姓名,而乔尔戈·普洛斯则迎合希腊人的姓名习惯。

"噢！听到这种事情，还不如死了吧！"杰乔感叹道，"你们知道有人是怎么讲布夫·哈桑的吗？"

祖母朝我扭过头来。我假装没有听她们说话。每次提到布夫·哈桑这个姓名，祖母总是特意让我离开。

"他交上……一个希腊士兵！"

"他不觉得羞耻？"

"他妻子简直发疯了。可怜的女人哀叹：我还以为得救了呢，意大利人离开了，那个二十步开外就能闻得到发蜡味儿的该死的佩普，也跟着滚蛋了，可是现在，我这下流的丈夫，又跟一个什么斯皮罗普洛斯勾搭上了。一个希腊人，我的老姐妹，一个希腊人啊！"

纳佐儿媳的杏眼更加聚精会神了。比多·舍里夫的妻子挤眉弄眼，脸颊留下面粉道子。

"他也太冒失了，说每一支军队进城，他都要找一个情人。如果是德国军队，那就找一个德国人；如果是日本军队，那就找一个日本人……"

"那个瓦西利基呢？"

杰乔从鼻子里哼出来：

"还关着呢。你们去了解一下；他们还等什么呢？"

下午，伊利尔又来了。

"伊萨和雅维尔有手枪，"伊利尔悄悄告诉我，"是我亲眼看见的。"

"手枪？"

"对，谁也不能告诉啊。"

"他们用手枪干什么？"

"打死人呗。我瞧见他们了，从门锁眼里偷看，他们正争论第一个干掉谁。他们列了一个名单。这会儿他们还在那儿呢。在伊萨的房间里争论。"

"他们想要谁的命？"

"首先是瓦西利基,只要她出来。接着,雅维尔想要干掉的第二个人,就是杰尔格·普拉,可是伊萨不同意。"

"真怪!"

"咱们到他们门外听一听……"

"好吧。"

"你去哪儿啊?"母亲问道,"别跑远了。不知道会出什么事儿:瓦西利基可能出来!"

伊萨和雅维尔半掩着房门。我们进去了。他们不再争论了。雅维尔甚至哼唱着歌曲。看来他们协商一致了。在我看来,伊萨那副眼镜显得比平时大了,镜片的反光晃花眼睛。两个人都朝我们转过身来。他们身上带着死神的名单。这一点,从他们的神态就能看出来。

"我们能到外边去玩玩吗?"伊利尔问道,"不会撞到瓦西利基吧?"

伊萨面无表情打量我们,雅维尔皱了皱眉头。

"我想他们不会让她出来的,"雅维尔随口说道,"她的时代过去了。"

许久谁也没有说话。从窗口望出去,能看见大道,再远一点儿,能看见一部分机场。奶牛又在那场地上吃草了。我隐约又想起那架大飞机,这种记忆断断续续,类似情况已经出现过多次。关于瓦西利基和布夫·哈桑的无耻行为的谈话,实在枯燥乏味,可是突然在这种谈话上面,我那明亮的铝制大飞机开始闪闪发光,那么远却能晃花眼睛。真的,它在哪里呢?翅膀收缩在身上的那只死鸟的形象,此刻在我的头脑里,同苏珊娜几乎透明的纤细肢体相混淆,就好像那架大飞机、那只死鸟和苏珊娜这三者的血肉、硬铝和羽毛、生命和死亡相交融,育出独一无二的生命体,完全独特——"异乎寻常"。

"她的时代过去了,"雅维尔重复道,"你们无须害怕,可以随便在街上溜达。"

我们出门了。街上并不像杰乔所说的空荡无人。切曹·卡依尔和阿基夫·卡沙赫，脚步重重地走在铺石路上。卡侬尔的红头发在风中好似摇曳的火焰。近来一段时间，经常能看见他们俩在一起。二人都在女儿的问题上受到打击，自然同病相怜。伊利尔有一天听妇女们说，做父亲的，有个被男孩吻过的女儿，或者长出胡须的女儿，这完全是一码事儿。

这两个男人都是丧气样。玛依努尔太太俯在窗口，手里拿着一枝墨角兰。从她家排下去的几位太太的住宅，窗户都紧紧关闭。卡尔拉赫家也静悄悄的，他那铁门很高大（敲门锤呈人手状，让我联想到英国飞行员的断臂）。

"咱们去广场，瞧瞧铜像的枪伤好吗？"伊利尔提议。

"好哇。"

"咦，希腊人！"

几名士兵站到电影广告牌前，他们的头发都是深褐色。

"希腊人属于茨冈人吗？"我小声问伊利尔。

"我可一点儿也不了解。不过，我认为不是：他们谁也没拿小提琴，也没有单簧管。"

"嘿，瓦西利基就关在那儿。"伊利尔说着，指给我看帕夏·吉亚乌尔赭色墙壁的房子，只见那门前有几名警察在站岗。

"不要用手去指。"我悄声提醒他。

"没事儿，"伊利尔反驳说，"她的时代过去了。"

亚的斯亚贝巴咖啡馆关门休业。理发铺也都关了门。再走几米，我们就可以穿越广场。铜像脚下由风撕了的告示，远远就引起注意。嗡嗡嗡—嗞嗞嗞。我停下脚步。

"你听。"我说道。

伊利尔半张着嘴，竖起耳朵。

很远处传来低沉的嗡鸣。人行道上一个行人抬头，仰望天空。一名希腊士兵则用手搭凉棚。

"几架飞机。"伊利尔说明一句。

我们正停在广场中央。轰鸣声越发响亮。突然间，广场好像扩大了。那名希腊士兵叫了一声，撒腿便跑。天空震颤得非常厉害，我就觉得要破裂成碎片掉下来。

对，是它。它的声响！它的轰鸣！

"快呀！"伊利尔拉住我的衣袖，"快跑！"

然而，我已经惊呆了。

"那架大飞机！"我声音微弱，喃喃说道。

"你们快点儿趴下！"一个严厉的声音嚷道。

轰鸣声越来越响，响彻整个天空，同时伴随着老炮的咚咚声，炮弹一发发射空。

"你趴……趴……趴……下！"

喊声受遏制，片段传到我的耳畔。我忽然望见三架轰炸机从房顶后面出现，高速飞到我们头顶的上空。它就在它们中间。对，正是它！庞大，展开宽宽的灰翅膀，因战争而又盲目又凶残，它丢下炸弹：一颗、两颗、三颗……天和地相互残杀。我感到被一种盲目的力量按倒在地。它这是干什么呀？它这是干什么呀？我耳朵疼痛。够啦！我眼睛什么也看不见了。无论眼睛还是耳朵，都不听使唤了。我肯定死了。

等平静下来之后，我听见哑声哑气的哭泣。正是我在抽噎……我站起身来。怪事，广场依然这么平坦，而刚才那会儿，简直天翻地覆，永远面目全非了。伊利尔仰面摔在离我几步远的地方。我走过去，抓住他的肩膀摇晃，他的脑门和双手都蹭破了皮。我也流血了。我们俩一句话不说，放声痛哭，快步但是沮丧地往家里走。我们走到市场街，就撞见迎着我们跑来、面无血色的伊萨和雅维尔。他们一看见我们俩，便欢叫一声，把我们抱起来，掉头又飞快地朝我们家跑去。

意大利人又返回城里来了。一天早晨，大路满是骡队、炮队、望不见尾的士兵队列。希腊的白十字旗押送到狱堡收监了，让位给了意大利三色旗。

这回让人明显感到，不是暂时回来一下。在队伍中，又陆续出现了警报器、探照灯、防空炮队、修女和妓女。唯独机场依然空荡荡的。在原先停靠军事飞机的地方，仅仅停了一架橙黄色奇怪的飞机，样子非常丑陋，一副扁嘴，胳臂很短，让人起名叫"哈巴狗"。孤零零在机场上，真像个孤儿。

第十一章

　　希腊被击垮了。下雪了。窗户玻璃上结满了霜。我愣愣地观看大路上密密麻麻逃难的人。穿着破衣烂衫。雪花和破衣裳。就好像满世界都是逃难者。在那边，某个地方，希腊被肢解，而冬天的寒风劲吹，现在这片绒毛和破布片被刮得像幽灵似的到处飘荡。

　　逃难者沿着城里街道过也过不完。又饿又冷，士兵、平民、抱着摇篮的妇女、老人、没有军衔的军官，一个个神色慌张，敲门讨块面包吃。

　　"*面包！面包！*"①

　　这座城市，高傲地打量战败者。一扇扇大门很高，一扇扇窗户也高不可攀。哀求之声从下面升上来，好似对着死亡嗥叫。

　　"面包！"

　　一个国家溃败就是这种景象。在地窖里展开了争论，我还记得直到那时候，在我们通过邮票所认识的国家中，只有法国和波兰战败了。可以肯定，那两个国家也到处是破衣烂衫的人，到处是"面包"这个词（伊利尔向我指出，法国人和波兰人不可能管面包叫"面包"，可是我固执地认为，所有战败国都这么讲）。

　　雪逐渐覆盖了万物。天气寒冷。烟囱冒的烟不知所措。在沉重的房顶下面，生活受到近来局势变化的干扰之后，重又恢复平静的常规。卡尔拉什家族同安戈尼家族所打的官司，重又开始审理了。铁窗

---

①　原文为希腊语。

之友卢肯,背上搭着他那条毛毯,手里拿着手绢包的一大块面包,穿过这个街区,不断跟左右两侧的人打招呼,朝监狱走去。拉姆·斯皮里,他也重又放肆起来。皮诺大妈应邀参加杜纳瓦特那边的婚礼。纳佐那只母猫不见了。

可以说,生活又恢复了常态。修女们走在雪地上,身形显得尤其黑了。探照灯的光束异常明亮。唯独机场仍然空荡荡的,什么也没有了,甚至奶牛也不见了,只有茫茫一片雪。于是我开始酝酿,要派去我的十字军(同逃难者相混杂),紧接着再派去跛足独行客。然而那一天,按照古代的规范,刚刚调整好世间的景象,似乎恰巧这时候,敌机又来空袭了。

地窖,暂时被遗弃,现在又挤满了人。时值冬季,地窖里很暖和。

"咱们又聚在一起了,就好像鸡崽儿围到母鸡身边。"妇女们相互打着招呼说道。她们忙着放好床垫的铺盖,几乎很欢快。我们这个小圈子全齐了:皮诺大妈、比多·舍里夫的妻子、伊利尔的母亲、玛依努尔太太(总好紧鼻子),以及纳佐和她那美丽的儿媳。只差杰乔了,她又踪影全无。切曹·卡依尔,他也总是不到。至于阿基夫·卡沙赫,他只派来两个儿子了,而比多·舍里夫以恐惧的神情注视他们,你们了解一下为什么吧。阿基夫本人、他耳聋的母亲、他妻子和女儿都留在家中。

现在,由于下了雪,飞机的嗡鸣和防空炮的轰击,声响传到我们耳畔就减弱了。老防空炮发射的咚咚声,始终与其他炮声有别。但是,再也没人期待什么了。大家想到老防空炮,就把它看成一个失明的老人:老人受淘气鬼们的戏弄,便抛石子儿反击,从来打不着目标。

英国飞机每天都按时来光顾我们。它们几乎定时出现,可以说在一定程度上,我们已经习惯投掷炸弹了,挨过这凶险的一刻钟:"明天,轰炸之后,咖啡馆见……明天,我打算天一亮就起床,我认为在轰炸之前,能够打扫完房子……好了,咱们下地窖去吧,快到时间了……"

但是,谁也没有料到,躲进地窖的日子不长了。"它的时期过去了"。

始作俑者,身披黑斗篷,走下楼梯。

"他是谁呀?"

"这个人来寻找什么?"

"给他让路。他是外国工程师,要检查一下地窖。"

"工程师?"

翻译走在前头开路,从躺着病人和孕妇的铺盖和床垫之间走进去。身披黑斗篷的外国人跟在后面。他要用一张凳子。

"上帝啊,这家伙是从哪儿来的?"

"你们可别这样看他呀!"

"他手上拿着这把刀,是要搞什么名堂啊。天哪!"

身披黑斗篷的男人登上给他搬来的凳子。他从公文皮包里掏出另一把刀,比头一把细多了,还掏出一把漂亮的小锤。他将公文包递给翻译,抬起右手,用小锤在顶棚多点敲击好几下。然后,他把锤子递给翻译,握紧他的一把刀,猛然抬起手臂,动作突然,几乎出人意料,将刀子插进拱顶的覆盖层里。所有人都屏住了呼吸。那人缓慢地拔出刀子。碎石渣儿落到地上,发出沉闷的声响。刀尖略微发白了。他下来,把凳子往远处推了推,又登上去,同样操作一番,不过这次是用两把刀子。这样一来,两把刀锋都变成白色了。外国工程师又从凳子上下来,对着翻译的耳朵说了几句话。

"这间地窖不符合要求,不能用来躲避空袭,"译者高声翻译,语气中不带一点儿个人感情,"谁是这房子的主人?"

有人叫来父亲。

"您这间地窖不适于当作防空洞了。"工程师面部同样毫无表情,对父亲重复道,他的眼睛望向父亲的头上面的墙壁,就好像是念着那上面的文字。

父亲耸了耸肩。

"工程师先生说，人立即撤出地窖，留在这里很危险。"

大家都沉默无语。工程师的刀子插进棚顶，同样捅破了在场的人身上的皮肉，看看他们的皱纹先是拧巴，接着收紧的痛苦状，就能猜出这一点。

身披黑斗篷的男人大步流星走向出口，他又登上楼梯，斗篷在身后鼓起来，一时遮住了从外面透进来的微光。

"上帝啊！"一个患风湿病的女邻居说道，"现在让我们躲到哪儿去呀？"

几个女人哭起来。

"对，到哪儿去躲避呀？"

"够啦！"比多·舍里夫高声说道，"我们总能找到另一个地方躲藏。不要哭哭啼啼的了！"

"对，肯定能找到另一个藏身之所。"

"据说，堡垒要向老百姓开放了。"

"堡垒？"

"干吗不行啊？很有可能。好了，走吧，收拾好咱们的铺盖。"比多·舍里夫率先对他妻子说。

大家一个一个开始离去，地窖逐渐人去室空。在整个下午，病人和孕妇最后撤离。房门吱咯响个不停。只剩下我们自家人了。

现在笼罩着死一般的寂静。我到楼上去，听见蛀虫啃木头的声音。幽静得能听见蛀虫……我久久倾听这单调细微的声响，却无法准确判定发自何处。我心中暗道，蛀虫的时刻终于来临。

我注意到在这个世界上，只要显得低下了眉头，谁都焦急地等待自己的声音被听见的一刻。蛀虫的合唱……我挺喜欢这种说法，在心里一再重复。

我又下楼。楼道空无一人。那儿的油灯还在；小油灯也一样，发黑的灯捻儿悲伤地耷拉着头。我点亮小油灯，小心翼翼地举着，到了地窖的楼梯，往下走的时候感到散发出来的一股人的霉味。摇曳的灯光鞭笞着发白的四壁。身披斗篷的男人用刀在顶棚上所留的小伤痕，还清晰可见。

这些日子，大家开口闭口，就议论那位身披黑斗篷的工程师了。他到处检查，到处声明地窖不适于避难。就像在我们家这样，先要一张凳子，接着，猛然一个动作，几乎是偷袭，给古老的拱顶致命的一击。一百七十三间地窖，无论大小，四天时间就这样撤光了。第五天头上，工程师返回地拉那之前，喝了雷基烧酒，趁酒意上车的时候坦言，他很遗憾丢下一座注定要毁坏的城市。他无能为力，尽了自己所能；这几天对他来说也很痛心，不过他也声称，归根结底，谁也不能起来对抗命运，总有那么一天，不仅仅是城市，就连王国和帝国，也都会看到自己的末日。

好像为了证实工程师的言论，英国人突然加强了轰炸。四天之间，就总共炸死了四十九人。市政府一直在开会，要做出决定，堡垒是否对民众开放，已经讨论了七十二小时。杜纳瓦特街区的居民也不等市政府的决定了，冲破了堡垒的西大门。同一天，朝向老市场街区的大门也被居民冲开了。

那一天很特别，从早到晚，只见长长的队列，往堡垒迁徙。

在我们这条街上，大门噼噼啪啪响了一整夜。

"你们去了吗？"

"去了，你们家呢？"

"我们家今天晚上决定。"

"只怕所有人都去了，就装不下了。"

"我看不会。堡垒的地下设施大得很。"

皮诺大妈来同我们商量。

"咱们怎么办啊？全完了！"

"明天再看看吧。"父亲回答。

过了一会儿，比多·舍里夫又来了。

"明天吧。"父亲重复。"你到马恩·沃索家去，"父亲吩咐我，"问问他们打算怎么办？"

我走在街上遇见了马恩，他正巧要来我们家。

稍晚一点儿，纳佐及其儿媳也来敲我们家门了。

"这么说，瞧明天的啦？"

"对，明天，天亮之前。"

这是我一生中最幸福的夜晚之一。门噼啪响个不停。谁也不想睡觉了。东西都打成大捆，搬到地下室，以防火灾。比多·舍里夫、纳佐、皮诺大妈、马恩·沃索，也都纷纷拿来大包小裹。从此往后，地窖还有点儿用途。

"去睡觉吧。"祖母催了我两三次。

我不可能睡着觉。第二天，我们就进入堡垒了。我们就要离开我们家的楼梯、房门、窗户了，全家人的全部谈话，都是为了踏上一个陌生的世界。那里，一切都会是那么美妙，那么可怕，那么非比寻常。那正是麦克白居住过的地方。

天亮了，外面下着小雨，阴冷阴冷的。有人敲门了。

"怎么样，你们准备好了吗？"比多·舍里夫还在街上就问道。

"好了。"父亲回答。

"去吧，过来，让我亲亲你！"祖母对我说道。

我目瞪口呆。

"为什么，你不跟我们去吗？"

祖母摩挲我的头。

"我留在这儿。"

"不，不！"

"闭嘴！"父亲发命令。

"别哭，我的小宝贝，我什么事儿也不会出。"

"不，不！"

又有人敲门。

"你们快点儿，"父亲说道，"人家等我们呢。"

"为什么你们让祖母一个人留在这儿？"我高声地反对。

"根本没法儿说服她，"父亲回答我，"我劝了一个通宵，但是她就是一个心眼儿。我最后劝你一次，"他对祖母说，"跟我们走吧！"

"我不能把这个家单独留下，"祖母声音极其平静地反驳道，"我这一辈子就是在这儿度过的，死也要死在这儿。"

又有人敲门。

"一路顺利！"祖母祝愿道，并且挨个儿亲我们所有人。

大门重又关闭。我们来到街上，雨还一直淅淅沥沥下着。我们上路了。途中还有其他一些居民加入我们的小队。雾气弥漫，堡垒的高墙依稀可辨。在西大门前，排队的人长达数百米，都带着包裹、铺盖、大小手提箱、书籍、平底锅、椅子、跪垫、各种盆、水罐、摇篮、乳钵、大碗。他们往前移几步，停下来，好半天一动不动，继而又动起来。大门还离得很远。什么都被雨浇湿了。排队的人连声咳嗽，踮起脚眺望队列前头的情况，不住地询问："为什么停下来了？"然后又咳嗽起来。

将近中午时分，我们终于接近了通向地道的暗门。两边高耸的古老墙壁淋着雨水。暗门很高，但是很狭窄。我们一走进去（我的欢快现已消失），就完全陷入黑暗中。脚步的回音十分吓人。孩子们开始惊叫起来。几乎什么也看不见，我们就像瞎子一般往前赶。有人吼叫了一声。猛然间，前方有一处豁口，露出一角天空。我们朝那边走去。豁口越来越大，我们重又感到雨点儿落到头上。

"走这边，从这边过去！"一个烦躁的声音嚷道。

我们登上几个台阶，又穿过一片相对平整的空场，便进入一条上有拱顶的长廊，通到一个狭小的平台。

"走这边！"

我们又被带进另一条黑洞洞的长廊。上坡的路面很陡峭，我们身子站不稳，走得很吃力。接着，黑暗中露出一角天空。这回，我们踏上一座露天的大平台，正如我们能清楚地看到，四面围着筑有雉堞的高墙。狱堡矗立在我们面前，直冲上去，仿佛要啃噬天空。

"走这边！"

我们穿过这座平台，又钻进另一条拱顶下的长廊。我们计算了一下，估计我们正置身于狱堡底下。从我们前方什么地方，传上来一种名副其实的喧闹声。

最终映入我们眼帘的，真是一种奇特的景象：宏伟的拱梁滴着水，在高高的拱顶下只见货箱、铺盖、摇篮、各种各样稀奇古怪的物品到处皆是；数千人聚在这中间，有的活跃，有的安静，有的吵闹，有的沉默，咳嗽声、吐痰声、哭声响成一片。

在这乱哄哄的人群和一堆堆行李中间，我们游荡了许久，想找一个落脚的地方。我们的耳朵回响由高高拱顶扩大了的喧嚣。没有一处地方没被人占用了。有个人建议我们去第二条长廊看看，并且指示了方向。我们到了那里一看，跟第一个场地一样人满为患。最后，还是马恩·沃索带着我们几个人，找到一个小地方，大概由于墙壁有裂缝，吹进来寒风而一直空着。我们放下包裹，铺开席子和大毛毯。从墙缝儿里能望见一部分城区。城池卧在那里，在低处，非常低，沉没在一片灰蒙之中，显得那么庄严而无视一切。

"花生米！花生米！"

一个男孩干脆卖起花生米。继而，又出现一些流动商贩，他们从人群中间拐来拐去，声嘶力竭地吆喝："色利普粉糕①，热乎的！"或者："香烟喽！"叫卖报纸的人也跑来了。

头一个夜晚又寒冷又折腾。数千人的咳嗽声，在巨大的石头拱梁下起伏回荡。铺盖骚动，摇篮咯咯作响，一切都在哀吟、摩擦或者碰撞。身边总能听到有人来回走动。我们身子蜷缩成一团，挤在一起，

---

① 原料为某种兰科植物的块茎制作的淀粉，这种淀粉可食用，旧时亦作药用。

水滴落到我们头上。

刚好午夜,我醒来了,听见一个嘶哑嗓音在嘟嘟囔囔:

"都出去吧……我们这是掉进了一个陷阱里……等哪天夜里,人家把门一堵,就可以像宰羊一样屠杀我们了。必须出去……不惜一切代价从这里出去,但愿还不算太迟……不管怎么说,这是一座狱堡……这是中世纪啊,我的话你们明白吗?……黑暗,就像退到一千零几年……什么也没有改变。想想就是这样,而且事实上,什么也没有解决……"

"噢,是谁呀,这么哇啦哇啦叫?"比多·舍里夫刚被吵醒,说了一句。

"滚开吧你,反基督分子!"皮诺大妈抱怨了一句。

那声音沉默了。

拂晓之前,一次空袭,密集轰炸。

天亮之后,又是阴沉的天。曙光很难从狭小枪眼儿和墙体裂缝照进来。将近七点钟,堡垒里开始活跃起来。大家重又在长廊、通道、地道里走动。认识的人遇见的越来越多。人人都神色惶遽。全城人都麇集在这里;醒来发现同居一室。这家人同那家人紧挨着,根本顾不上规矩了。街区和住宅的规模及其在空间的布局,现在完全乱了套。那些似乎永远也不应该聚在一起的男人和女人:卡尔拉什和安戈尼、伊斯兰教教徒和基督教教徒、修女和妓女、大家庭的子弟、马路清洁工和波希米亚人,居然相聚在这共同的房顶下。

不过,还有一定数量的人家,没有到堡垒来避难。主要是有丧事的家庭,或者宅子里藏有私密的人家。老婆婆们也同样,没有一个肯离开家一步。

第二天,在第一条长廊那边,我们在茨冈人中间遇见了姥爷和两个舅舅。姥爷躺在同他的衣物一起搬来的长椅上,正看一本土耳其语书,不大理会周围人的愁苦与悲痛。至于苏珊娜,在哪儿我也没有看见她。

"'中世纪'是怎么回事儿?"伊利尔问我。

"我根本不懂。你也听到啦,昨天半夜里那个疯子讲的话?"

"听到了。"

"咱们问问雅维尔吧。"

雅维尔由伊萨陪同,不时从眼前消失。我们终于又找见他了。

"中世纪么,"雅维尔回答,"是人类经历的最黑暗的时期。你在那本旧书里读到的麦克白的故事,就发生在那个时期……"

在一些人的谈话中,这座堡垒越发常同中世纪联系起来了。事实上,这座堡垒很古老,是它孕育出这座城市。而我们的房屋也同它类似,有点儿像孩子随母亲的长相。几个世纪以来,城池大大扩张了。尽管堡垒还屹立在那里,但是谁也不会以为,真到了危难的那天,它还有力量保护它的后代,这座城市。城市由它来保护,这无异于一种惊人的倒退,就好像一个人又回到自己的娘胎里了。不过,这已是既成事实了,那就等待其结果吧。市民一旦接受了堡垒的招待,那就必须承受由此产生的后果。可能发生中世纪的疾病。非常古老的罪恶也有重新萌发的危险。杀人和鼠疫已经来充实兹沃·加沃的编年史了。

一天早晨——这是进入堡垒的第五天了——伊利尔和我漫无目的,在乱哄哄的人群中间游荡。已经有好几回,我们试图离开这些长廊,去看看堡垒其他地方。但是我们心生畏惧,也就作罢了。据说那里边有许多神秘的场所、地牢和迷宫,误闯进去就永远也出不来了。我们隔着一段距离看到,有些幽暗的入口前站着一些人,他们似乎根本不注意我们,但是走近前才发现,他们是在那儿站岗。

我们在头一条长廊里溜达,突然在一片混乱的人群中,听见了片段的几句话。说话的是两个中年男子,身材瘦长,面色苍白,脖子围着披巾。他们的声音异常单调。我们把什么都置于脑后,开始乖乖地追随他们了,成了他们的俘虏。他们的谈话好似锁链,在我们的手腕和脚腕子上哗啦哗啦响。

"处死的敕令,这么说星期一就会送达?"

"不,上星期六就送达了。星期一执刑。砍下的头装进口袋里,至于尸体,就从西塔楼顶上抛下去。当天夜晚,堡垒军官就动身,将头颅送往首都。"

"砍头的时候,给他下过毒了吗?"

"不会,只是喝醉了。按照习俗,他的头送到伊斯坦布尔,放在耻辱笼里示众……"

"那种笼子,我见过……"

"脑袋挂在那里示众十一天,然后取出,再放进卡拉·拉兹的头颅。要知道,依照习惯,笼子里只能放一个脑袋……"

他们继续闲聊。我跟随他们,离开了长廊,走到平台上。还在下雨,平台湿漉漉的,没有一个人。他们又走进一条狭窄的通道,下了几个台阶,又登上一些台阶,取道一条改变了用途的长廊。我们像落水狗一般浑身发抖。

长廊顶极低,我们的脚步声不是在脚下,而是在我们的头顶啪啪作响。有一阵,他们的谈话开始扭曲,声响不是无限扩大,就是无限缩小,我们什么也听不明白了。这种情况一直持续到我们抵达长廊的尽头。出了长廊,眼前是一个覆盖着拱顶的大坑。那两个人这时才回过头来,瞧见我们,瞪着灰眼睛打量我们许久,我们不住地哆嗦。他们又转过头去,其中一人指着挂在墙壁上的锁链,说道:

"克尔·切尔契兹就是锁在这里。就是这些铁链子,从右边数第三条。他死后还锁在这里好长时间。他的尸体要抬走的时候,已经被老鼠啃噬一半了。"

"那么卡拉菲尔呢?我原以为他同切尔契兹关押在一起呢。"

"是关在一起,卡拉菲尔锁在这条铁链上,是第五条铁链。他一直活到苏丹赦免他的敕令到达的时刻。有人带他上了堡垒的顶端,一直到一个没有护墙的平台。他像痴呆了似的往前走去,大家以为他一定是沉醉在喜悦中。他朝围墙边缘走,有个人提醒说他好像失明了,但是没人注意这句话。他接近了围墙边缘,眼看着要一脚踏空的时候,他非但没有站住,欣赏从那上面发现的景色,非但没有发表一个简短声明,或者颂扬一下特赦他的苏丹,反而又往前迈了一步,滑落到深涧了。众人这才明白,他双眼完全瞎了。"

现在,我们登上几级台阶,脚下的石阶很滑。

"胡尔希德帕夏的头颅,就是沿着这道扶梯滚落的,在滚落中右眼珠碰破,而送头颅进京的军官还受到了惩罚:他被指责在旅途中,没有看护好头颅,也没有严格遵照规则给头颅撒盐渍上。"

"如果我没有记错的话,这些规则是由主任医师布格拉罕首先提出来的,那是在围绕着提穆尔塔什的头颅而产生的疑虑之后。我说得对吗?"

"不对,那种疑虑是由维勒德莱姆的头颅引起的。在砍下来之后,那颗脑袋变得太厉害,甚至有人开始怀疑,那是否真是他的头。正是在这种情况下,这些规则才制订出来。"

他们谈论脑袋谈了很久。我们也紧紧追随,跟定他们了。他们的脖颈儿用黑披巾紧紧缠住。一时间我就感觉,这两条围巾只是为了固定他们的头颅(早已砍断),以免掉下去。

我真想呕吐。他们又登上去了。空气更加清爽了。我们走到空气流通的地方。

"花生米!花生米!"

我们终于得救了!我们飞快地跑进挤满几条长廊的人群中,寻找我们的父母。

"你们跑哪儿去啦?脸色怎么这样苍白?"我们的母亲几乎异口同声地问道。

"你们怎么啦,哆嗦得这么厉害?"

"我们冷了……"

母亲用一块大毛毯将我们裹住。伊利尔的母亲为我们每人做了一张果酱饼。在这里,在活生生的人中间,感觉真好。父亲和比多·舍里夫正在聚精会神地交谈。纳佐的儿媳手掌托着下颏儿,忧伤地凝望着前方。皮诺大妈围着她装有用具的黄袋子忙碌。到处还总有举办婚礼的人家,一直到世界的末日,在向堡垒大迁徙的头一天,有人问她为什么还带着这只袋子,她就是这样回答的。纳佐的儿媳叹了口气。不错,在世人中间,生活是美好的!

整个下午和第二天,伊利尔和我就没有动地方。我们呆在原地,听那些来看我们母亲的女人讲述些什么。我们害怕再次撞上那两个围着黑披巾的男人。我们发过誓,万一在人群中再次遇见他们,我们就立刻堵住耳朵,绝不听他们的谈话。否则的话,他们的话语一旦让我们听见了,又会把我们引向他们,我们控制不住,只得跟他们走了。

夜间,又是一轮疯狂的轰炸。我总是想祖母。在大房子里,现在一定只回荡着她一个人的脚步声响:上下楼梯、木头和老年的呻吟。"撑破你的肚皮!"这句话,她抛向交战国,抛向那些国家的飞机和政府。

伊利尔和我蜷缩在角落里,开始昏昏睡去。猛然间,疾如闪电——好似一条蛇,溜到你的脚下而你没有发觉——"逮捕"一词传到我们的耳畔。伸长脖子,目光窥伺着。有什么东西逼近你,伴随着皮靴的喀哒、喀哒声。"逮捕。"一名宪兵从口袋里掏出一副手铐。高个子男人就看着另一个人给他戴上手铐。

"你瞧见了。手铐给他锁上了。"伊利尔对我说。

"瞧见了。"

一个女人,看来是被逮捕的那人的妻子,发出一声尖叫。

"你不要担心。"丈夫对妻子说道。

一名宪兵抓住那人的臂肘,一小队宪兵簇拥他而去。

"肮脏的法西斯分子!"一个声音嚷道。

聚到一起的人默默地散开。将近中午,又是一轮轰炸。

第二天,居民不断从我们面前走过,我看到其中一张面孔,觉得似曾相识。他也盯着看我。那头黄发、那双神色不安的眼睛,我已经见过,终于想起来了:正是这个小伙子,在我家地窖躲避轰炸时,曾经拥抱亲吻过阿基夫·卡沙赫的女儿。

他在我们周围转悠一会儿之后,向我招了招手。我耸了耸肩膀。他又做了个手势,邀我跟他走,看样子他不愿意靠过来。于是,我起身跟着他走去。我们从地道出来,走上大平台。这里有点儿凉。

"你叫什么名字?"他终于问我。

我告诉他了。我们走到一个雉堞的洞前站住,而寒风刺痛人的脸。俯瞰深涧,城池便呈现在眼前。

"你认出我来了?"他又问道。

"对。"

"很好,整件事正是发生在你家的地窖里。出了什么事儿,你都知道了吧?"他抓住我的肩膀猛力摇晃,"说呀!你都知道,对不对?"

"对。"

他深深吸了一口气。

"这么说,你又见到她啦?"

"没有。"

他咬紧牙关。

"在这座城市里,爱情是禁物,"他压低嗓门儿说,"等你长大了,总有一天会有体验的……"

他用皮鞋头不断踢雉堞墙壁。

"听着,"他说道,"我担心他们害死她了。你呢,这事儿你怎么看?"

我耸了耸肩膀。

"在这座城市,让怀孕的姑娘消失,有两种办法:一是用鸭绒被和垫子捂死,二是投进水井里淹死。你以为会用什么办法?"

我又耸了耸肩膀。天气越来越冷了。

"这么说,你在本街区,哪儿也没有见到她啦?"

"哪儿也没有见到。"

"谁也没有看见她啦?"

"谁也没有看见。"

"你们周围有许多水井吗?"

"有几眼。"

他开始咬噬指甲。

"她的遗体,一旦让我找到……"他声音低沉,放出这句话。

风越刮越大。我身子冻僵了。

"我会到处找她的。"他又说道。

他的手指特别长。他望了一会儿灰蒙蒙的天空。在霏霏细雨中,难以分辨全城数不清的房顶。

他又喃喃说道:

"如果在人间找不到她,我就下地狱去寻找。"

这话是什么意思,我本想问问他,却又不敢。

他再也没有说什么,快步穿过平台走开了。

它们展开翅膀,缓慢地飞行,一时间给我的印象,就好像要降落在废弃的机场,不料一打弯儿,便直奔城池飞去。在太阳的照耀下,它们的翅膀闪闪发亮,要逞凶似的。现在几乎飞到我们头顶正上方,恰好是它们通常俯冲的高度。它们飞完最后一圈,便一只接着一只,差不多垂直扎向城池。

春天来了。我站在三楼的窗口,观看飞到的鹳群。它们绕着清真寺的塔尖和高高的烟囱盘旋,寻觅它们的旧巢;从它们在空中画出的椭圆不难猜出,它们多么悲伤和惊讶,看到自己的巢被轰炸的冲击波,被刚刚过去的冬季的风雨毁坏成如此模样。我观察鹳群,心想它们不可能想象出,它们冬季离开的这段时间,一座城市会遭遇什么劫难。

第十二章

正值星期天。从下面传来铁镐刨土声,那是我们邻居,干了半个月了,他要按照玛依努尔太太宅内刚刚挖成的那样,在自己的院里挖一个最新式样的防空洞。从开春以来,轰炸就停止了。我们回到老宅已有一段时间了。卡尔拉什一家和安戈尼一家,率先离开了堡垒,自建现代的避难所。接着轮到修女和妓女,她们的防空洞由军队给修建。随后,比较富裕的家庭也都陆续离去,建造自家的避难所。然而,我们大部分居民,要等到英国飞机空袭次数减少了,才离开堡垒。我们回到家时,让我惊讶的头一件事,就是那块写着"防空点,可容纳九十人"的铁皮牌子不见了。一定是有人在我们离家时给摘掉了,在墙壁上留下一个长方形的印迹,每次见到,都让人感到心里一阵失落。

邻居的镐声,节奏十分单调。

星期天清一色在城市上空铺展开来。可以说太阳普照大地,驾驶光芒周游了四面八方,无论街道上、玻璃窗上、房顶上还是水洼里,全是散落下来的潮湿阳光。我不由得想起久远的一天,祖母收拾一条大鱼,小臂沾满了鱼鳞,给我的印象她周身就是个星期天。父亲则相反,一发起火来,就成了个星期二了。

祖母和杰莫大婶说话的声音,从隔壁传到我的耳畔,她们继续聊同样的话题。街区的妇女上午出出进进,带来一条比一条令人惊讶的消息,然后她们就得回家做午饭。可是,祖母和杰莫大婶却延续她们上星期天的谈话。我感到她们所讲的事儿,全是从前谈话的内容,而从前的谈话，也是更为久远的交谈的继续。我还注意到，当时的新闻无权进入她们的谈论的范围。那些新奇的事儿在周围绕来绕去，像苍蝇一样嗡嗡叫，但是逾越不了她们漠不关心的围墙。设想最好的情况，至少也得两三周时间，才可能受到她们的垂青，不过，大部分新鲜事儿都得不到这种惠顾。

整个一上午，本街区的妇女议论最近发生的一个事件，提出了一大堆假设。母亲给祖母和杰莫大婶送咖啡时，问她们两三回："你们知道外边的传闻了吗？"可是，祖母她们二人就是那么固执，硬是装作没听见，还继续老话重提，谈论的不知道是什么时候的事儿了，恐怕是君主制元年，或者更早一点儿，一九〇一年的事儿。

我本人就坐在她们身旁，怎么也等不来她们稍微说明一下这件社会新闻，心里不免有些恼火，我很少这样怪她们。真是老犟驴。她们是否明白这个事件值得她们侧耳细听，还是利用别人等待她们发表看法，就故意让别人冒火呢？

刚刚发生的一件事，搅得我心神不宁。昨天夜晚，有人下到我们的蓄水池。好几处都留下湿脚印。那个男人从蓄水池里出来，连盖子都没有顾得上盖好。在一只桶底发现灰烬，还散发着煤油味。看样子，那个闯入者拿这只桶当作灯用，好照亮蓄水池里面。

已经有一阵子了，传闻有个家伙，抑或一个幽灵，夜间下到本街区的水井里。"你们的街区有多少口水井？"……开头，老婆婆们曾怀疑一个名叫朱阿诺的人，说他在争夺财产中被杀害之后，便化为鬼魂回来寻找他藏匿的黄金。然而，阿基夫·卡沙赫的母亲，耳朵聋，又患失眠症，发誓在天亮之前不久，亲眼看见那人从他们家水井里出来。"如果在人间找不到她，我就下地狱去寻找……"老婆婆还跟他说了话，瞧见他嘴唇动弹回答了，只因她耳聋，一点儿也没有弄明白。

难道是他？

在阳光照耀下，房顶仿佛喝醉了酒。我走近一大堆床上用品。床垫、棉被、靠垫、镶有花边的床罩,整个儿一大堆,人称尤克的又软又白的东西,像陷阱一样沉默。"在这座城市,让怀孕的姑娘消失,有两种办法:一是用鸭绒被和垫子捂死,二是投进水井里淹死……"

难道是他?

我也有两三次凑到衣柜镜子前,哈上水汽之后,嘴唇便贴上冰凉的镜面。我亲吻的印迹留在上面,冷冰冰的,毫无乐趣,散发着死亡的气息。

我极力想象那天在堡垒顶上,我所见到的那个小伙子的容貌。我尤其尽量回想,他那副嘴唇:那两片已经亲吻过的、特殊的嘴唇,那天比任何别的部位都更加引起我的注意。

日子一天一天过去,没有什么引人注目的事件。一个人寻找他从前拥抱过的一个姑娘的遗体。事情在地下深处什么地方进行。在地面上,什么都一如既往。日复一日,沉甸甸的,好似一摊摊水洼。每一天都那么相像,差一点点就可以摆脱区分它们的最后标志,它们名称的外壳:星期一、星期三、星期四……

没有任何事值得一提。星期三和星期四就这样过去。接着就是星期五六日。日子黏黏糊糊,如同黏黏的面团。星期二这天,终于发生一个特别情况,显得突出了。雨停了,天空出现一道小彩虹。在我们这座城市,春意不是发自土壤,而是降自天空,只因春本身也受石头控制,而石头可不会区分四季。看见云团缩小,鸟儿出现了,以及难得一见的彩虹,就能猜出春天临近了。彩虹就架在城市上空。真是奇事,彩虹一头撑在妓院上,另一头坐落在杰莫大婶家的房顶,殊不知这座房子自诩全城最受人敬重的人家之一。

"喂!皮诺大妈,出去看看呀!"比多·舍里夫的妻子冲她嚷道。

"全完了!"皮诺大妈哀叹道。

"谢尔菲杰,出来瞧一眼,你倒是出来呀!"

祖母连连点头,出来瞧了。

这道彩虹之后,一个星期流逝,没有发生一件特别的事儿。

"伊萨和雅维尔要有行动了。"有一天,伊利尔悄悄告诉我。

"干什么?"

"不知道。我只是听见雅维尔说:'我们得打破这种小资……资……的平静……'这个词我想不起来。"

"不会是小自私吧?"

"不是,不是,根本不是!"

"你又瞎说,我不相信。"

"干吗不信?"

"你还记得他们要处死的人的名单吧?你给我解释解释,为什么他们没有干掉一个人呢?"

"去打听一下嘛,情况到底怎么样!"

"现在,他们什么也不会干。"

"我呢,确信他们会有行动。"

"乔尔戈·普洛斯又改名叫乔尔乔了。他们怎么不把他撂倒呢?"

"准会发生点儿什么事儿,这回你敢赌一把吗?"

"赌一把就赌一把。"

"我用一张法国邮票和两张瑞士邮票,跟你赌一张马达加斯加。"

"好吧。"

三天之后,我输掉了一张法国票和两张瑞士票。果然出了严重事件:市政厅失火了。清晨,很早的时候,就听见着火的劈剥声响,街上有人喊起来:"市政厅着火啦!市政厅着火啦!"于是,百叶窗板噼噼啪啪响成一片。脑袋、手、胳臂纷纷探出来,仿佛要更好地抓住这条新闻。这是千真万确的:市政厅火光熊熊。巨大的建筑上面浓烟滚滚,好似一群黑马被风驱散。有几处伸出火舌,在黑暗的背景上映出红色。街道上响起脚步声,接着,一个沙哑的嗓门儿喊道:

"财产证书焚毁啦!"

"证书?"一个女人从窗口高声说道。

那副沙哑的嗓门儿不停地重复:

"起来，公民！证书焚毁啦！"

"证书是怎么回事儿啊？"我高声问道。

没有回答我。

街上的脚步汇成一片喧声，我就乘乱出门。马恩·沃索家离我们家不远，伊利尔给我开了门：

"你是给我送法国票和两张瑞士票来的吧？"他一看见是我就问道。

"别担心，会给你的。先得问一声，出什么事儿啦？"

"市政厅烧了。全烧毁了。"

"是他们干的吗？"

"当然了。还有谁呢？"

"他们在哪儿呢？"

"在房间呢。他们见到一点儿不知情的人，还装作很惊讶呢。"

"证书是什么呀？"

"我也不知道。"

"你们回屋吧，关上门！"伊利尔的母亲在楼上喊道。

我们登上楼梯。伊利尔敲他哥哥房间的门。

"能进去一会儿吗？"伊利尔问道。

伊利尔头一个走进去，我紧随其后。

雅维尔也在。他们站在窗前，观望火势，用外语交谈了几句。

"怪事儿！"雅维尔说道，"天晓得是谁放的火呢？你们家的人，有什么看法？"他朝我转过身来问道。

"是啊，实在太怪了。"伊萨又添油加醋。

"我正做着美梦，"雅维尔又说道，"却被一阵枪声惊醒了。"

"我也做梦了，梦见鲜花……"

在下面街道上，吵嚷声变本加厉。

"证书，是什么意思呀？"这回伊利尔问道。

"哦，'证书'啊！……"雅维尔回答，"你们听见他们哭得多厉害吧？证书，就是证明拥有的财产权；证书明确指出，房屋、院子、土地是属于谁的。你们应当明白。"

不，这太难理解了。两个人还是尽量向我们解释：

"就是文书，上面记录了财产的各种标志：财产的范围、一代一代财产的拥有者。你们开窍了吗，讨厌的坏学童？全部登记在上面：蓄水池、院子里长的无花果树，还有你父亲的借据，以及你本人……"

街上的喧嚣不断地增强。

"他们又哭又闹，你们听见了吧？"伊萨提醒注意，"有人触碰财产权的祸根！"

在嘈杂声中，突起一阵刺耳的号叫。

"咦！玛依努尔太太！"雅维尔欢叫一声，他立刻探出头去，要看个清楚。

玛依努尔太太出门，没戴帽子就跑到街上。她那黑头巾没包住，披散出来的几绺花白头发看着吓人。她断断续续地叫骂，用唾沫润泽自己模糊的话：

"这些穷鬼……对，就是这些欠债的人，放火烧了财产证书……是共产主义分子……十恶不赦的坏蛋！……"

"叫嚷吧，巫婆！叫嚷吧，老狗！"雅维尔咬牙切齿。

我的脸几乎贴在玻璃窗上，眼睛凝望乱哄哄的街头。玻璃不时附上水汽。土地和房屋，都脱离了证书的支配，开始逃逸，失去控制，分散瓦解了。墙壁倾向于离开地基：下面固定墙壁的百年挂钩，已经断裂了。石头房舍在移动中，往往相互靠拢，发生危险。时刻有可能相互撞击，像发生地震那样坍毁。

"证书焚毁啦！证书焚毁啦！"

街道是属于所有人的，在这场喧闹中，唯独街道极力保持平静。

喧嚷的声浪还持续了一段时间。失火大楼顶上，冒起的烟越来越平缓了。不久前从窗户蹿出的烈焰，已经开始变黑了。

"*德国国会*①也烧掉了。"雅维尔朗声说道，并且用手指推了一下身边的地球仪。

"是谁放的火？"伊利尔问道。

"谁？就是纵火的人呗……"雅维尔回答。

"这个世界上，每座城市都有一栋大楼，应该放火烧毁。"伊萨宣布。

雅维尔微微一笑。过了一会儿，他就一个劲打呵欠，简直下巴都要掉下来。他那双眼睛下方显出黑眼圈儿。他们二人谁也没有打算掩饰通宵未合眼。我确信，如果靠近他们，就可能闻出一股煤油味儿。

次日夜晚，我们这条街就成了一次抓捕的场所。重重的敲门声异乎寻常，惊醒了一部分街区的居民。

"把谁带走了？"祖母打开临街的百叶窗板，问道。

"还一点儿不知道呢，"有人小声对她说，"估计是梅赞的一个儿子。"

第二天才得知，全城都抓人了。在大广场贴出悬赏告示：谁协助发现纵火犯，保证获得四万列克奖赏。

第三天夜晚，警察抓住一个陌生人。他们跟踪了一段路，才把他逮捕。那人走路神态不对，手上拎着一只煤油瓶（从远处就能闻到气味）。当时已近午夜。毫无疑问，他就是纵火犯。从他兜里搜出一盒火柴和一只装满圣灰②的小口袋。

第二天就传开了：曾经拥抱阿基夫·卡沙赫的女儿的那个青年被捕了。尽管去年冬天（"噢！但愿不要再见到这样的冬天！"老婆婆都这样说），这座城市屡遭不幸的打击，它并没有忘掉那个黄头发青年。现在除了他，不是别人了。祖母和杰莫大婶交谈的过程中，尽管

---

① 原文为德语，这里指德国法西斯炮制的国会纵火案，借以迫害德国共产党。
② 基督教、犹太教拿灰当作肉体腐败的象征，神甫在封斋节第一日，用圣灰在信徒额头画十字，让人牢记肉体回归尘土。

老大不情愿,又极为简短,最终还是不得不提到这件事。别人都热议这个话题:"拥抱阿基夫女儿的那个小伙子,在审问时讲了什么,你们知道吗?""什么?市政厅是他放的火?""不,不是他!从他身上搜出的煤油和灰烬,完全是派别的用场。""真的吗?""夜间他下到水井里,寻找那姑娘。""夜间,下到水井里?主啊,爱情能把人拖到什么地步?""按照那青年的说法,姑娘很可能被她家人杀害了。今天,将近中午,预审法官到了卡沙赫家,要求跟他们女儿谈谈。姑娘不在家。小伙子坚持说她被杀害了。""对了,现在提起这事儿,我才想到,打那次亲吻之后,我就再也没有见过那姑娘。""我不是跟你说过么?不光是你,谁也没有见过她。" "你说得对,接着讲……""讲到哪儿啦?哦,对,阿基夫·卡沙赫表示,他把女儿打发到远方表兄弟那里去住了。""哼!表兄弟……"

"你脸色这么难看,"祖母对我说,"你应该去你姥爷那儿住几天。"

这个提议正合我心意。

纪事

从此显而易见,一帮恐怖分子,眼下正在城中行动。警察在半夜抓住那个身带煤油和绳子的青年,大家听到这个消息,心想终于逮住了我们城市的尼禄①。然而随后发现他并不是尼禄,而是到我们院子的井里寻他的欧律狄刻的俄耳甫斯②。诉讼。执行措施。由于地籍焚毁,暂停有关土地产权的一切诉讼。在今天的报纸上,朱尔·阔斯亚刊登一则辟谣:谣传他要去萨洛尼卡就医,看他的胡子不肯生长的毛病。他向记者声明:"我一如往年,去那里是要购买葡萄。"明日电影:《大饭店》,由格雷塔·嘉宝主演。我决定晚九点至凌晨四点禁行,只有助产士例外。本地司令官布鲁诺·阿尔西沃卡尔。奖项……

---

① 尼禄(37—68),罗马皇帝(54—68在位),历史上著名的暴君。
② 俄耳甫斯:希腊神话中人物,色雷斯的诗人和歌手,善弹竖琴,琴声能使猛兽俯首、顽石点头。妻子欧律狄刻死后,他追到阴间,冥后珀耳塞福涅被他的琴声打动,允许他把欧律狄刻带回人间,但途中不得回顾。快走到地面时,他忍不住回头看了看,结果欧律狄刻又返回阴间。

第十三章

姥爷房子周围的地形,如同每年一样,又发生了新变化。乍一看,还以为是原来的景物,但是稍微留心察看,就会发现有些路径消失了,另一些也快要一命呜呼;不过,在荒草和尘土之间,又显现新的小道,还很纤细,但是特别执着。

姥爷还一如既往,躺在长椅上看书。姥姥搭晒刚洗的床单。清风徐吹,白色大床单保持鼓动的状态。周围灌木丛生。由于春季频频轰炸,灌木便乘荒疏之机,向房舍发起了猛攻。

晾在铁丝上的白床单,以千重波纹对抗风,呈现一种完全静谧的景象。应当说风并无恶意,只是轻抓轻搔床单。

风向不变,刮个不停,也许会把苏珊娜吹回来吧?

姥姥晾晒完了床单。

"怎么样,你爸妈身体都好吧?谢尔菲杰呢?"姥姥一边问我,一边固定好最后几只夹子。

"大家都挺好的。"

透过风吹被单发出的啪啪声音,我辨别出另一种响动。

"你脑袋瓜儿好像没有长在肩膀上,"姥姥指出,"我也理解,孩子:扔下那么多炸弹,飞来那些飞机……"

一个年轻的美女发出了警报……是她在飞旋。她的白色翅膀在阳光里闪闪发亮。她在一瞬间现身,仿佛云开从天而降,随即又消失了。

我走出院子。她果然在那儿,微微歪着头,身穿一条铝灰色的浅灰衣裙。

"苏珊娜！"

她扭过头来。

"哦！你回来啦？"

"对。"

她长个儿了。

"什么时候回来的？"

"今天。"

她的双腿越发修长而纤细了。

"轰炸这段时间，你们躲在哪儿啊？"我问她。

"那边，钻进那个岩洞里。"

"我们登上了堡垒。有一天，我还在那儿找你来着。"

"真的吗？我还以为你想不起我了。"

"嗳，我没有忘记你。"

她低下头，正了正头发中的小软帽。

"真了不起呀，你没有把我忘掉！"她猛然抛出这么一句，撒腿跑掉。

我再次看见她那铝灰色衣裙，在通往她家路上的树木之间闪现。继而，她跑到细谷边缘，便抹斜过去，临近恶影①，放慢了轻盈的飞步，掉了个头，又朝我回来。

"这么说，你要给我讲一讲啦？"她声调近乎严肃地问道。

"对，我要讲给你听。"

她那双眼睛亮起来。

"你有很多事儿要告诉我吧？"

"多得很。"

---

① 原作自选词，由"mal"（恶）与"ombre"（影）两部分组成，权且译为"恶影"。

"开始吧,快点儿说!"她高声说道。

我们坐到路边的青草上,我就开始讲述了。这再容易不过了,要讲的事情太多了,涌现在我的脑海里,形成一种真正混乱的场景。她听我讲,注意力特别集中,睁大了眼睛,每次我混淆了事件、日期,或者某些事件,我没有像她那样给予足够的重视,她就皱起眉头,颇似痛苦状。我向她叙述阿基夫·卡沙赫的行为就是如此,说他不时用牙齿咬那个英国飞行员的断臂,而且每咬一口,群众就爆发一阵欢呼。苏珊娜极其用心,记取这一切。不过,我讲到一个名叫麦克白的人,邀请一个人吃饭,砍下客人的头,这才发觉自己不知道用盐渍断头的方法,苏珊娜听到这里,用手捂住嘴,恳求道:

"给我讲讲不这么血腥的事儿吧,好吗?"

于是,我就给她讲述,纵火烧掉市政厅那天,玛依努尔太太到大街上如何大喊大闹,讲到瓦西利基,祖母听到这个巫婆回来消息的那天,后悔没有早死了。我还向她叙述了杰莫大婶最后那次登门来访,以及希腊大溃退,当时我听见大舅妈呼唤我吃午饭的喊声。

全家人都已经上桌了。一场争吵的迹象显而易见。小姨在赌气。

"我再也不想在这里见到那个无赖了,我这话你明白吧?"姥姥一边给我们餐盘盛满,一边说道。

"那是个同学,人家借给我书看。"小姨固执地反驳。

"借给你书看!真不知道害臊。那些爱情故事,对,就是要搞昏你们的头脑!"

"首先,这些书讲的不是爱情,而是政治。"

"那更糟!总有一天,你要给咱们家招来警察。"

"别说啦!"姥爷发话了。

大家都静默了,但是持续时间不长。

"现在,你可是个大姑娘了,"姥姥又说道,"你的那些女友,成天绣花,头也不抬一抬。过两天你就走,到你丈夫家去。"

小姨吐了吐舌头,每次向她提起婚姻,她就是这种反应。

第二天，我又见到了苏珊娜。她好像有心事儿。

"那只戒指，那个英国手指上戴的戒指，怎么样啊？"苏珊娜问我。

"美极了。在太阳下闪闪发亮。"

"依你看，那能是谁给他的呢？"

我耸了耸肩膀：

"我怎么知道？"

苏珊娜盯着看我，就好像要从我的眼神里逐出另一双眼睛。

"也许是他的未婚妻吧？"她提示说。

"很有可能。"

她抓住我的胳臂。

"听着，"她凑近我的耳朵说道，"你给我讲述的全算上，最打动我的就是阿基夫·卡沙赫女儿的遭遇。你能再给我讲一遍吗？"

我点了点头。

"不过，求求你了，你好好回忆一下，要全想出来。"

我思考了一下。

"先别急，"她对我说，"你要尽量回忆。"

我装出聚精会神的样子，好让她相信我在极力回想那些细枝末节，而其实，我不由自主，脑海里浮现出一些事件的片断，相互毫无关联。

"现在，你就讲吧！"她做出决定。

她全身准备聆听。她的眼睛、头发、纤弱的胳臂，全身各个部位都凝注倾听。

等我叙述完了，她长叹了一声：

"这世间出了多少怪事啊！"

"我的一个朋友有一个纸板的小世界，用手指头一推就能转动。"

她不再听我说话了，心思已经飞走了。

"咱们去岩洞看看好吗？"

我不怎么特别想看，实在厌腻了地窖和潮湿的地方；但是不管怎样，我不愿意拂她的意。

岩洞里很清凉。我们坐到两块大石头上，呆在那儿一言不发。

"你知道怎么做吧？"她突然说道，"咱们就假装飞机来了，往下扔炸弹。你听到了吧？飞来一大群飞机。警报器尖叫，飞机俯冲了，炸弹就丢在咱们附近。油灯是什么时候震灭的？"

"正是这会儿。"

她伸出手臂，搂住我的脖子。她的光滑脸蛋儿贴到我的脸蛋儿上。

"就是这样吗？"她问道。

"对。"

她的胳臂跟铝制的一样冰凉。她的脖颈儿散发一股好闻的香皂味。

"有人又点亮了油灯，"过了半晌她又说道，"别人就瞧见我们啦！"

我的脖颈儿一直僵硬。苏珊娜一下子放开了我。

"现在，我被人揪着头发拖走，瞧见了吧？你怎么办呢？"

"我就下地狱去寻找。"我憋粗了嗓门儿回答。

她咯咯大笑。

这天以及第二天，这场小游戏我们排练了好几回。此后我就喜欢上了，一动不动地呆着，由她的长胳臂搂着。她的颈项的香皂味总散发着花香。我从未体会过的一种倦怠，让我时而感到萎靡不振，时而又感到一种翱翔的醉意。

我还等待她再次问我：你会讲下流话吗？可是，她一声不吭，眯缝着眼睛。看起来，保持这种状态，她才可能更深入地思考阿基夫·卡沙赫女儿的遭遇。

我很想对她说"不要想那个姑娘了，兴许她已经死了"，但又害怕这样会吓着她。在棚屋住过的一个茨冈女人曾向我讲述，所有女孩子都特别赞赏我在玛格丽特脸上见到的那颗黑痣子。在我看来,那是女孩子最终堕落的无可置疑的标志。

一天(在这里,跟我们街区一样,既没有星期二,也没有星期四,只有早晨、下午和夜晚之分),我们正这样搂在一起,数着像雨点儿似的越来越疯狂投下的炸弹,忽然岩洞口出现一个身影。我先看见的,但是阻止不了发生的事情。

"苏珊娜!"她母亲喊道。

苏珊娜猛地从我的脖子上抽回手臂,一时惊呆了。由于逆光,我看不清走过来的女人。

"原来你整天就躲在这儿啊。"她低声说道,但是口气不容争辩。(我还记得很清楚,阿基夫·卡沙赫,他却一句话未讲。)现在,短不了要揪住头发把她拖走。"起来!"那女人吼道,同时抓住我女友的胳臂。她那手掌非常粗大,像一把钳子夹住苏珊娜的胳臂,几乎要掐断了。

那女人猛力一推,苏珊娜的身体似乎脱节了,整个上半身朝前抛去,脑袋一时落在后面,而她的双眼赶忙找回平衡。

"真可以说,你开始够早的!"那女人咕哝道。继而,她要走出岩洞时,又回过头来,冲我说道,"你这小崽子,你最好先学会怎么擤鼻涕吧……"

她还一连串骂了我好几句,都同样尖刻,用一些尾音刺耳的词,在我听来全是刺儿。

她们母女走远了。现在会出什么事儿呢?我也得下到一口口水井去寻找吗?

外面阳光灿烂,一片静谧。一只鸟儿在空中飞舞。愤怒和刺耳的肮脏话,停留在岩洞的幽暗中。

"我被人揪着头发拖走。现在,你怎么办呢?……"我慢步走着,就觉得头脑完全麻木了。在我家蓄水池边放下去的那条湿绳子,一直烦扰着我的记忆。水桶里黑乎乎的灰,还能闻到一股燃烧过的煤油气味。"这就是偷情所留下来的一切后果,姥姥曾大加评论。噢,我的好谢尔菲杰,如今这年月,就差这一点了!这种爱情,死了倒干净。上帝保佑我们!"

"……揪着头发拖走。你怎么办呢?"

我爬上房顶。从房顶望过去,能看见苏珊娜家的房子。外面晾着白床单、罩单和枕套……

我躺在暖融融的石板瓦上,观望着天空。一小朵云彩往北飘移,不断地变换着形状。

"很多事情都可以容忍,我的谢尔菲杰,但是上帝保佑,这种爱可别有一天泛滥了!宁可闹瘟疫!"

当时,祖母小心翼翼地拾起水桶,全倒干净。她久久地察看湿了的黑灰,然后摇了摇头。当时我就想问她,为什么这样摇头,但是那一把黑灰完全打消了我说话的念头。

那小朵云彩继续在天空飘荡,仿佛微有醉意。它伸长了,变细了。夏季天空的生活,估计也挺无聊的。极少出现什么状况。小朵云彩穿越天空,好似一个人正午走过一座无人的广场,没等到达北方就得风流云散。我早已注意到,乌云很快就会陨灭,其遗体随后要在天空游荡很久。不难分辨死去的还是活着的乌云。

出乎我的意料,第二天就又见到苏珊娜了。她由众亲陪伴,从我家门前走过。她就好像已经长成大姑娘,挽着她父亲的胳臂,甚至不屑扭头瞧我一眼,给我的印象完全是个陌生女孩了。傍晚时分,她又从我们家门前经过。这回,她一瞧见我站在门口,就高高扬起额头,更加靠紧她父亲。她父亲斜瞟了我一眼。真是个长得很帅的男人。

随后几天,苏珊娜出门又由她母亲陪同,她挎着母亲的胳臂,一副小姐的神气。她母亲瞧我,就像看到一条疯狗。这个巫婆,天晓得她会讲多少这类尖酸恶毒的话!

整个夏天和初秋,我都是在姥爷这里度过的。这是我一生最长的一个夏天。我陷入一种迟钝的状态。一天接着一天过去,没有发生任何大事，甚至都不知道是星期几。将白天和夜晚的时辰消磨掉，堆起一大堆，就可以将那些星期三、星期日和星期五全当作用过的柳条筐，通通丢到废品堆里了。

夏天拖拉漫长。接着，天气转凉了。隐约听见天边什么地方响起头几声雷鸣。屋子里变得昏暗了。姥姥和小姨拌嘴越来越频繁了。小姨还挺欢快，走来走去，不大在乎她母亲，哼唱着一支似乎刚刚问世的歌曲：

挨饿又赤贫
农民和市民……

姥姥听着，连连摇头，若有所思的样子，分明表示：这个丫头，撕碎我的心！

下了第一场雨。我回家的日子到了。乌云满天，风从北面山口刮来。我一路小跑，穿过堡垒街，跨过争执桥。现在，我缓步走进中心街区，重又置身于左右矗立的灰色石头墙壁之间，不禁感到万分惊讶。街道异常，空荡荡的。只是靠近市场的一座小广场上，才有一小堆人在听一个人发表演说。我走到近前，不认得那个演讲的人。那人中等身材，花白头发，在演说的过程中，不时举起双臂。

"在这种动乱时期，我们要尽量维护相互的爱。爱能够保护我们。我们在一场残杀中能赢得什么呢？子女起来反对父亲，兄弟之间争斗，鲜血流成河。将内战从我们的城市驱逐出去！不要让死亡插足进来。阿尔巴尼亚，这个不幸的国家，几个世纪以来，就背负着沉重的武器奔跑。其他国家人民想着温饱，而我们呢，一心想着相互争斗。兄弟们，丢掉这些武器吧：武器招来不和。我们需要团结。兄弟相残……"

我们街区的街道空无一人，各家大门都是一副斜视的样子。我加快了脚步。人都到哪里去了？我几乎跑起来，踏在铺石街道的脚步响得吓人。眼前全是紧闭的大门,金属的敲门锤呈现人手状……真够人受的!……还好,我们家的大门却虚掩着,正等着我。我推门走进去。

"你就不能挑个好日子回来?"母亲冲我说了一句。

"干吗这么说?"

她也不向我解释。祖母和父亲先后亲了我。

"为什么母亲对我说,我回家挑的日子不好哇?"我又问祖母。

"有人开枪了,打伤了一个人。"

"打伤谁了?"

"杰尔格·普拉。"

"啊!那是谁朝他开的枪?"

"闹不清楚。警察局正调查呢。"

"阿基夫·卡沙赫的女儿呢,找到了吗?"

"你干吗还想着阿基夫·卡沙赫的丫头?"祖母说,口气近乎责备,"她去看望表兄弟了。"

一名游击队员。中心街区的一个小伙子，钻进了丛林①。一周之前，他还是个跟其他所有人一样的青年（他有居所，有一扇别人可以敲的房门，睡觉之前也打呵欠，他是比多·舍里夫最年少的侄儿）。突然间，他就变成了游击队员。眼下，他在山上。他在行进。冬天的浓雾罩住山峰，像梦境一般往深涧流泻。游击队员在那山顶。其他所有人都在这里。他独自一人在山顶。

"为什么说'钻进了丛林'呢？"

"噢！别拿你那些问题来烦我。"

初冬。我观赏覆盖世界的头一场霜冻，心里一直琢磨这冬季的寒风是从哪个国家刮来的，把这些薄薄的冰片一直驱逐到我们这里。

---

① 法语"钻进了丛林"，即"参加了游击队"之意。

第十四章

　　今天下午，两辆卡车准备启程，满载着押往集中营的人。中心广场黑压压全是人。警察在人群中穿来穿去。要被送走的人都挤在卡车后面，他们全拉起了旧大衣的领子。许多人手上拎着小包。另一些人什么也没有拿。几乎所有人都沉默无语。周围的人群汇成低沉的嗡嗡声。一些妇女在哭泣。另一些人，尤其是年纪最长者，谆谆嘱咐自家人。男人说话都压低声音。要被押往集中营的人则一声不吭。
　　"他们干什么啦？为什么要把他们押走？"有个人问道。
　　"他们有反对言论。"
　　"什么？"
　　"他们有反对言论。"
　　"这话什么意思？怎么会这样，反对？"
　　"跟你再说一遍：他们有反对言论。"
　　询问的人掉头走开。
　　"为什么把他们押走呢？他们干了什么？"又有人问道。
　　"他们有反对言论。"
　　卫戍司令由一小组军官扈从，穿过广场。市政厅要召开会议。
　　卡车早就发动起来了，单调的隆隆声忽然更响了。第一辆车启动了。在低沉的嗡嗡声中，突显一些高声说的话、呼号、吼叫。第二辆卡车也开动了。被流放的人挥手告别。他们当中一个人喊道：
　　"阿尔巴尼亚万岁！"
　　整个广场骚动起来。卡车终于闯开围堵的人群，快速驶远了。

广场上人群散去。市政厅会议显然开始了。人行道上布置了许多哨兵，街道变得空荡荡的。

夜幕降临，这座城市不见了持反对言论的人。然而也怪，在夜间，又散发了新的传单。玛依努尔太太天亮前就出门去报警。

下午，伊利尔来找我。

"咱们偏说反对的话，好吗？"他向我提议。

"好哇。"

"还得小心奸细。"停了一下，他又说道。

"咱们上哪儿去？"

"上房顶。"

我们到了伊利尔家，趁没人注意爬上房顶。从上面一看，景色很壮观。数千座房顶无限延展，一片灰色，一面面倾斜，就好像睡不安稳，几度辗转反侧。

我从兜里掏出镜片，夹在眼睛上。

"特拉达达，特拉达达！"我说道。

"拉巴拉马，巴拉马拉！"伊利尔回应。

我们思索了片刻。

"阿尔巴尼亚万岁！"伊利尔说道。

"打倒意大利！"

"阿尔巴尼亚人民万岁！"

"打倒意大利人民！"

我们住了口。伊利尔似乎想了想。

"嗳，这样不对，"他又说道，"伊萨说意大利人民并不凶。"

"他还要往哪儿想啊？"

"对呀，就是这样。"

"不对！"我坚持己见，"既然他们的飞机很凶，他们的人民怎么可能和善呢？人能比飞机好到哪儿去吗？"

伊利尔似乎动摇了，好像改变了看法，然而，他就要改变看法的

当儿,却固执地反驳道:

"不对!"

"你是个叛徒!"我冲他嚷道,"打倒叛徒!"

"打倒自相残杀!"伊利尔回击,他握紧拳头,准备扑向我。

我们不由自主,环顾一下周围。我们真的闹起来就很危险,可能从房顶滚下去。

我们再没多说一句话,先后下去,随后气哼哼地分手了。

这些日子,大家净谈论那些进入丛林的人了。不同的街区都有人去:帕洛托、乔贝克、瓦诺什和特斯诺卡街区,城中心街道和城郊街道都一样。不过,哈兹穆拉特街区,只有一个年轻姑娘上了山。

有人带回消息,打死了头一个游击队员,是阿夫道·巴巴拉莫的小儿子。不知道他在什么地点,又是如何丧命的。没有找到他的尸首。

阿夫道·巴巴拉莫夫妇好几天闭门不出。接着,阿夫道凑了点儿钱,挑了一匹骡子,租下三个月,便进山寻找他儿子。眼下,他正在山上到处寻找。

有一天,我去开大门,停在门口目瞪口呆,是姥姥站在我面前。姥姥一年难得来看我们一次,她不大出门,身体太胖,走不了远路。而且,只有春天她才走动走动,天气不冷不热,路上不那么受罪。她忽然出现在门口,那张苍白的大脸一副惊愕的神色。

"姥姥来啦!"我在楼下喊道。

母亲急步走下楼梯,那样子担心得要死。

"出什么事儿啦?"母亲慌忙问道。

姥姥缓慢地摇头。

"你们就放心吧,谁也没有归天。"

祖母出现在楼梯上面,像一尊雕像似的呆立不动。

"欢迎你。"祖母声调沉稳地说道。

"谢谢,谢谢,谢尔菲杰。看到你们大伙都这么健康,我真高兴。"

姥姥上楼梯，喘得厉害，讲这句话就格外吃力。

全家人在等待。

两位祖母亲走进大客厅，面对面坐下。

"女儿啊，"来客说道，声音因抽泣而断断续续，"我最小的女儿跑去当游击队员了……"

母亲叹了一口气，跌坐到长沙发上。祖母的灰眼睛眨也没眨。

"我还以为出了更糟的事儿呢。"母亲低声说了一句。

姥姥热泪滚滚，还哭个不停。

"我正打算把她嫁出去，我这丫头偏偏走了。嫁妆我都给她准备好了，她却一走了之，把什么都丢下了。大冬天的，独自一个人跑到山里！才十七岁！她那些绣花的活儿，全丢下不管，满屋子乱扔。我的上帝啊！"

"好了，冷静下来！"祖母劝道，"刚才我还想：'去打听一下情况怎么样！'可是，归根结底，她是跟伙伴在一起。她走就走呗，你哭又哭不回来。但愿她回来的那天，身体很健康。"

姥姥那张大胖脸，还满是泪水，显得更加滑稽了。

"还有什么门庭的荣耀啦，那些闲话呢，谢尔菲杰？"

"她那荣耀的命运，也会跟她的伙伴们一样，"祖母解释，"去给我们烧咖啡呀，我的女儿。"

母亲将咖啡坐到火上。我抑制不住心头的喜悦，便趁家里混乱，三步并作两步冲下楼梯，跑到伊利尔家。我已经完全忘掉我们反目的事儿了。他好像还在赌气。

"伊利尔，听着，我姨她参加游击队了！"

伊利尔一下子愣在了原地。

"真的吗？"

我把刚刚听到的全讲述给他听了。足有半晌，他陷入了思索。

"那么伊萨呢，他也应该去，怎么不走呢？"他仿佛带着气儿，终于憋出一句话。

我不知道如何回答。

"他同雅维尔一起,就在他的房间呢,"伊利尔又说道,"一整天,他们就在那儿用手指推着地球仪转。"

我们上了楼。伊萨房间的门虚掩着。伊利尔和我一前一后走进去。他们佯装没有注意到我们。伊萨坐在椅子上,用拳头托着下巴,那样子很不爽。

"比起我们来,他们能做出更好的判断。"雅维尔说道,"既然命令我们留在当地,那就表明有这种必要。"

伊萨默不作声。

"斗争阵线扩大到各地,"停了片刻,雅维尔又说道,"留在本地,也许还更有作用呢。"

重又冷场了。我们一动不动站在原地。他们两个一直假装没有注意到我们。这时,伊利尔却高声问道:

"你们两个,为什么没有进丛林呢?"

雅维尔扭过头来。一瞬间,伊萨仿佛呆若木鸡。接着,他猛地站起身,原地转了半圈儿,扬手扇了他弟弟一个耳光。

伊利尔用手捂住脸,他的两眼放光,但是没有哭。我们挨个儿走出房间,觉得受到了极大侮辱。我们默默下了楼梯,来到院子。我们头顶正对着他们房间的窗户。我们抬起愤怒的眼睛,随即就开始高喊:

"打倒叛徒!"

"打倒骨肉相残的战争!"

楼上,房门啪的一声响。我们赶紧撒丫子,又跑到街上。

等我回到家时,姥姥已经走了。

那些日子,一开口就谈论新参加的游击队员。每天早晨,妇女们一打开百叶窗板,就交流最新消息。

"比多·舍里夫的另一个侄儿也进了丛林。"

"哦,是吗?关于科科博博那姑娘,你什么也没有听说吗?"

"她好像也走了。"

"据说,她被伊萨·托斯卡的人杀害了。"

"一点儿情况我也不了解。阿夫道·巴巴拉莫,他还没有回来。他一直在寻找他那不幸的儿子的尸首。"

"可怜的老人!在这样寒冷的冬天,跑到山里奔波!"

祖母、皮诺大妈和比多·舍里夫的妻子,都坐在沙发上。小口呷着咖啡,忽然有人敲门。令大家惊诧的是,玛依努尔太太走了进来。

"你们怎么样啊?我想上来一会儿,看看你们。说起来,自从轰炸之后,我们就再也没有见过面……"

"欢迎您,玛依努尔·哈努姆。"母亲说道。

玛依努尔太太在祖母身边坐下。

"你们遭遇的不幸,我听说了,"玛依努尔太太边说边摇头,"受到这样一次打击,可怜的谢尔菲杰!"

"对,生活就是重重磨难。"

"是这样,谢尔菲杰,千真万确。"

母亲起身去给客人沏咖啡,玛依努尔太太目送她直到门口,然后从牙齿缝里蹦出这句话:

"这些母狗,她们也上山啦!"

谁也没有应声。

母亲端上咖啡。

"在山上,"玛依努尔太太接着说道,"小伙子和姑娘们可不管那一套,都睡在一起。你们就等着瞧吧,她们怀里会抱着小杂种,回到你们身边。"

母亲面无血色。玛依努尔太太的话恶毒起来。她嘴里右边那颗金牙,仿佛代替其余牙齿在讪笑。

"可是现在呢,要一批一批把他们全抓住了,"她接着又说道,"他们已经无路可走。没有粮食吃,也没有衣服保暖。在这大冬天,周围又尽是狼群。而且，据说她们当中许多人也很难转移。她们怀了孕，看样子显然快要临产了……"

"好了，玛依努尔太太，"祖母说道，"这些话，也许完全是诽谤。"

这句话说罢，便一阵冷场，气氛沉闷。

母亲扭过头去，以免让人看见自己在流泪，转身到隔壁房间去了。

"您说话也太狠了。"祖母又说道。

玛依努尔太太那双无神的眼睛，又企图透出讪笑的神色，不料，在这节骨眼上，比多·舍里夫的妻子霍地站起身：

"讨厌的泼妇！"她发作了，来了一句，随即到隔壁找母亲去了。

"全完了！"皮诺大妈说这句话，没有任何特定的对象。

玛依努尔太太站起身，气得满脸通红。

祖母坐在那儿一动不动，她望了望外面被寒冬扫荡的大地。

"一些小伙子和姑娘聚在地窖里,高唱禁歌。他们要推翻旧世界,创建新世界,他们如是说。"

"新世界?会是什么样子啊,哪个新世界?"

"只有他们自己知道,我的老姐妹。不过,凑到跟前来,听我透露点儿。据说,那个新世界,必须流血才能创建起来。"

"这我相信。如果说建一座桥梁,还要宰一头牲口祭献呢,那么创建一个新世界,谁知道祭献多少啊!"

"一场百牛大祭。"

"主啊!你说的这是什么话?"

纪事

　　根据1187号公报。难以计数的苏联士兵和坦克，被德国猛烈的炮火摧毁。大规模毁灭性的战役。一百四十年来未遇的寒冬，墨索里尼声称只有德国和意大利军队能够度过去。铁木辛格①满身血迹，在变成屠宰场的俄罗斯大草原上游荡。诉讼。执行措施。财产权。卡尔拉什家族提供的新事实。吉列牌刮胡刀片。注册商标，再也不会刮伤皮肤了。我禁止在街道、广场上或房屋里的一切集会。我命令暂时停止举办婚礼和丧事。本地驻军司令官布鲁诺·阿尔西沃卡尔……

---

　　① 铁木辛格（1895—1970）：苏联将军，曾参加第一次世界大战和俄国内战，后任军区司令，1940年受命重整濒临溃败的苏联军队，战胜芬兰，同年5月晋升为元帅。在第二次世界大战期间，他指挥过一系列重要战役，立下卓卓战功。

第十五章

在一座倒塌的房子的一面断壁上张贴着一份公告。我们每天都来到这片废墟上玩耍。房舍遭难,一片狼藉,废墟对我们却很慷慨。我们想拿什么就拿什么,拆毁墙壁的碎块,移动一些石头,并没有怎么改变这片瓦砾的面貌。当时房屋熊熊大火,烧了几小时,现在已经面目全非,这种废墟状态,就能经得住任何损害了。断壁支出几根铁条,让人联想到一只手僵硬的指头。那张公告正好挂在铁条上。两位老人停下来阅读。公告是打印的,用阿尔巴尼亚语和意大利语两种语言:

现正在搜捕危险的共产党人物恩维尔·霍查:三十岁左右,高个头儿,戴一副太阳镜。提供消息协助抓捕他的有功者,可获一万五千列克赏金。谁能亲手抓住他,可获三万赏金。

本地驻军司令官:布鲁诺·阿尔西沃卡尔

伊利尔扯了扯我的衣袖。
"这就是他的房子。"他对着我的耳朵小声说道。
"恩维尔·霍查的?"
"对。"
"你是怎么知道的?"
"有一天,父亲对伊萨讲的。"
"现在他在哪儿呢,那个恩维尔·霍查?"

"很远的地方,在地拉那一带。"

"他一直到了地拉那?"

"当然了。"

"离这儿远吗,地拉那?"

"非常远。等咱们长大了,也许咱们也会去呢。"

另一个人站到公告前面,我们便走开了。

我回到家里,看见杰乔和皮诺大妈来了。她们由祖母作陪,正在喝咖啡。杰乔小心翼翼地转动着杯子。

"看来,现在又打起了一场新型战争,"她断言,"我还说不准怎么称呼,这叫作阶级斗争或者阶级之间的斗争。作为战争,这肯定是一场,我的好谢尔菲杰。不过,又不像其他战争。兄弟之间相互残杀,儿子打倒父亲。而这种事,就发生在他家里,在饭桌上。儿子盯着父亲的眼睛,凝视了一会儿,然后对他说,不再认他这个父亲了,就冲他脑袋开了一枪。"

"全完了!"皮诺大妈哀叹。

"好像乔贝克街区,有个名叫博尔·巴洛马的人,他走在大街上就大喊大叫:'那个马克·卡尔拉什,我非得活活剥了他的皮!我要亲手在我的厂里制革,做成轻便皮鞋,穿着去跳舞!'"

"这种话全让人听到啦!"母亲气愤地说道。

"就是嘛,我亲爱的谢尔菲杰,"杰乔下结论,"我们原以为,所有这些战乱算是结束了,可是,又要来最艰难的动乱。那个恩维尔·霍查的儿子,你还记得吗?"

"就是去法兰克那个国家学习的青年吧?我怎么能不记得呢?"

"我也记得。"皮诺大妈说道。

"嘿,据说,正是他现在指挥战斗。好像也是他,发起了我刚跟你提的这种新型战争。"

"我简直难以相信,"祖母提出异议,"那个小伙子很有教养。"

"对呀,很有教养。谢尔菲杰,可是据说,现在,他戴上一副太阳镜，以免被人认出来，他正打一场战争。"

"又是战争？"皮诺大妈叹道。

"毫无办法，"祖母大发议论，"应当相信，这个世界离不开战争。我活到这么大年岁了，还从未看到哪怕一天真正的和平。"

母亲不由得叹了口气。

"卡尔拉什那姑娘，听说从意大利回来了，"杰乔打破沉默，也说道，"上帝啊，太丢人啦！穿的短裙露出双膝，衣裙料子特别薄，就跟蛇皮似的，该看的和不该看的，全透出来了。她成天涂脂抹粉，染黄头发，吸烟，讲意大利话。'母亲，这是多么令人讨厌的地方！'她总抱怨，'什么，父亲，你怎么能让我回到这个洞里呢？'她从早到晚这么哀怨。就是这样，我的谢尔菲杰。"

"毫无办法，"祖母重复道，"姑娘一离开家，也就随着变化。"

"哦，是啊，是啊，"皮诺大妈赞同，"这是颠倒的世界！"

第二天，伊利尔对我说，就好像他听到了杰乔的言论：

"走，去瞧瞧卡尔拉什家姑娘，她从意大利回来了。"

"她美丽吗？"

"非常美。她的头发是阳光色。她呆在窗前遐想，她的头发随风飘动。"

我急忙跟他走了。我们穿过小丑巷，到卡尔拉什家门前站住。果然，那姑娘臂肘支在窗台上，真可以说，她的头发阳光灿烂。我从未见过城里任何别的女人有这样的头发，只有一名妓女例外，而那名妓女去年被拉米兹·库尔提杀害，结果妓院停业了半年。

我们在卡尔拉什家门前停留好半天。两位老婆婆擦身而过，其中一位背完全驼了。接着，杰尔格·普拉走过去。他脸色发青，仿佛直接从医院里出来的。我们还和他相互打量了一下。随后，又走过去马克苏特，腋下夹着一颗断头。这时，卡尔拉什家姑娘离开了窗口。我们还等着她重新露面，可惜没等来。现在我们不知道去哪儿好。街上空荡荡的。比多·舍里夫的妻子出现在她家窗口，抖了抖双手，继而消失了。等马克苏特一进去,纳佐就悄无声息,将家门重又关上了。

突然,传来几声枪响。一下短促的咔嚓声。接着又是一声。随后,枪声零星响起。一些人从市场街跑过来,其中就有哈里拉·卢卡。

"你们赶紧跑开,躲起来!有人被打死啦!"哈里拉·卢卡嚷道。

伊利尔的母亲出现在门口。

"伊利尔,快回来!"她喊自己的儿子。

我也听见有人叫我了。各户人家的院门都噼噼啪啪地关闭。接着,枪声又起。

消息像闪电一般传开:有人打死了本地驻军司令布鲁诺·阿尔西沃卡尔。

深夜,一阵敲门声打破了寂静。

"是马恩·沃索家。"祖母说道,她走过去打开窗户。

从外面传来沉重的脚步、意大利话,以及呼喊声:"我的孩子!我的孩子!"继而,又复归寂静。有人被逮捕了。

祖母又关上窗户。

"他们刚把伊萨带走。"祖母说道。

阿尔西沃卡尔的葬礼非常隆重。在中心广场上宣读悼词,然后在军乐声中,送殡队伍动起来,开向墓地。闪闪发亮的军号,从百合花形的喇叭口吐出哀乐。高大的法西斯军官神情严肃,从头到脚一身黑打扮。步伐缓慢地行进。接着走过来教士们,随后便是修女队列。……装着阿尔西沃卡尔遗体的棺材轻轻摇摆。数千户人家的窗口,纷纷探出头来,有年少和年老的妇女,还有孩子。这座城市在观看死去的司令官走了。墙壁上还留有被风撕碎的公告和法令的残片;他的名字的部分字母,还会沙沙响一阵:R、C、I、V;A、R.C,O.C,L;一下雨就会彻底冲掉。在公告专栏处还会张贴别的公告,由一个新任的司令官签署。

一连下了四天雨。这是一场均匀的、持续非常久的雨。("有一天，人世间下起一场雨，连续下三千年。"兹沃·加沃在他的纪事导言中这样写道。）正是在这场雨中，绞死了伊萨。拂晓在市中心行刑。居民三五成群去观看。还有两个年轻姑娘，与伊萨同时处以同样刑罚。他们的头发往下淌水。伊萨只剩下一条腿了，那样子很可怕，好似倒立的圆锥体。他那张肿胀的脸上，唯独他那副眼镜似乎还有活气。处死者的胸前贴着一块白布，上面写着他们的名字。民族阵线①的头子，阿泽姆·库尔提，雅维尔的叔父，同马克·卡尔拉什的儿子一起，参加了杀害伊萨的行动，他用手杖撩起两个绞死的姑娘的衣裙。她们洁白的细腿摇晃了一会儿，才重新静止不动了。伊萨的母亲挣脱力图拉住她的人，像发了疯似的跑在街上，一边嚎叫："我的儿子！我的儿子！"她冲向绞刑架，用双臂和头发紧紧搂住她的孩子仅存的一条腿。"我的儿子，我的孩子，他们把你怎么啦！"圆锥体抖动了一下，那副眼镜失落。母亲拾起打破的镜片，紧紧贴在胸口，"我的孩子，我的孩子。"

当局也在到处寻找雅维尔，当天晚上，他就去他久未登门的叔父阿泽姆·库尔提家里。

"有人在找我，叔叔，"他对阿泽姆说，"可是，我已经悔改了。"

"你悔改啦？那好哇，侄儿。过来让我拥抱你！我就知道会有这么一天。是怎么处置你那朋友的，你看到了吧？"

"看到了。"雅维尔说道。

"给我们拿雷基酒上来，还要填饱肚子的东西，"阿泽姆向家中的女人发话，"我们要庆祝这次和解。"

叔侄二人上了桌，这时，雅维尔问他叔父：

"现在，叔叔，你给我讲一讲伊萨案件发生的情况。"

阿泽姆给他讲述了事情的经过。他一边喝酒吃菜，一边向雅维尔描绘屠杀的过程。雅维尔静静听着。

---

① 类似中国抗战时期的汉奸组织。

"咦，你怎么啦？脸色这么苍白！"他叔父指出。

"有可能，也确实如此。"

"是书本给你的脑子掺了水！你的手指头也都瘦了。"

雅维尔瞧了瞧他的手指，接着，他十分冷静，从兜里掏出手枪。他叔父瞪大了眼睛。雅维尔将枪管插进阿泽姆的嘴里，金属碰撞牙齿发出咯咯声响。接着，一颗子弹接着一颗子弹，打烂他的腮帮、面颊和脑壳。刚咀嚼的肉块掺着脑浆，重又落到矮桌上。

雅维尔在他堂妹和堂弟们的嚎叫声中走出去。第二天，"斗牛狗"飞机在城市上空盘旋，撒下花花绿绿的传单，只见传单上印着："共党分子雅维尔·库尔提，在家庭餐桌上杀害了他叔父。父亲母亲们，你们自己判断一下共党分子是什么东西！"

晚上，在大广场上放了六具尸体，是在狱堡里枪毙的人，胡乱摆在那儿，以便示众。在一条白布上，用大写字母写了这样一句话："**我们就是这样回答红色恐怖。**"

雨早已停了。夜晚特别寒冷。到了拂晓，被枪决者的尸体上了一层霜。第二天早晨，在广场的另一头，发现了另一些尸体。在一块白布条上写了下面一句话："**这就是我们如何回敬白色恐怖。**"

警察急忙来收尸，但是这样还不算完事儿，他们接到特别命令，必须事先找到恐怖分子的踪迹。昨天夜晚，那个岗哨也没有看出疑点，只是快到午夜时分，那辆修路和清理垃圾的大车，由全城都认识的巴拉什的那匹瘦马拉着驶到广场。大车还像往常那样，覆盖着黑色防雨布。快要天亮时，有人从大车旁边经过，仿佛无意中掀开防雨布，这才发现车上放着几具尸体，胡乱堆放在一起。

从市中心回来的人，一个个都惊慌失色。

"去瞧瞧吧！"

"去广场瞧瞧吧。一场名副其实的屠杀！"

"管住孩子，都叫他们回来！"

祖母摇着头，一副若有所思的样子。

"什么时代啊！"

城池浸在血泊中。被处决的人的尸体仍堆在广场上。两堆尸体又都盖上了雨布。下午，二十九年足不出户的汉科，高寿的老婆婆，竟然出了家门，走向市中心。所到之处，大家都十分惊诧，纷纷给她让路。她那茫然的目光没有注视任何事物，却似乎什么都看得见。

"这是什么人，站在这块石头上？"她举起拐杖问道。

"这是一尊雕像，汉科婆婆。它是铁铸的。"

"我把它当成了奥梅尔的儿子。"

"正是他，汉科婆婆。他死去很久了。"

接着，她又要求看看死人。她走向这一堆，又走向那一堆，掀开冻硬的雨布，久久观看那些尸体。

"这些人是哪个国家的？"她指着那堆意大利人尸体问道。

"意大利。"

"外国人？"她又问。

"对，外国人。"

她双手挨个抚摸，检查那些死者。

"这些人呢？"

"这是我们城里的人。这个是托罗家的，那个是儒拉家的，另外那个是安戈尼家的，还有那个，是马拉家的，最后那个，是科科博博家的。"

汉科婆婆用那双蜷曲的手，又把后面这堆尸体盖好，这才走开。

"为什么要流这么多血，你什么也不能告诉我们吗？"一个哭泣的女人问道。

百岁老人扭过头去，但她似乎已经忘记问话的声音是从哪儿来的了。

"这世界在换血，"她明确说，但是没有面对任何个人，"人每四五年换一遍血，世界每四五百年换一遍血。这是换血的冬天。"

说罢，她又走回家。她已经一百三十二岁了。

冬季。白色恐怖。这种词到处传播。如同霜冻。有一天，我早早醒来，起床到大房间，几块稠密的乌云，好似吸饱了泥水的海绵，压在城市上空。天空漆黑如黑豆。只有一道缝隙，泻下一道超自然的光亮。这道光亮沿着灰色房顶滑动，绊到一座全白的房子。那是全街区唯一的白色建筑。此前我没有怎么注意。在这清晨时刻，它在一片灰房子中间，显出一股阴森之气。

"那是什么房子？怎么冒出来的？这些日子所发生的事情，为什么称作白色恐怖呢？为什么不叫蓝色恐怖，或者绿色恐怖呢？"

白色越来越引起我的恐惧。我想起了白玫瑰，还有大客厅的窗纱帘、祖母的洁白睡衣，无不隐含着"恐怖"的词义。

纪事

命令。凡是确认与恐怖分子有关系者均应处死。从下午四点至早晨六点,禁止任何人通行。本地驻军司令官:埃米利奥·菲奥里。已经发给本城助产士的夜间通行证一律作废。按照我的命令,必须经过清查……

第十六章

　　大道,河上的桥梁,接着还是扎利大道,密密麻麻全是人、骡子、卡车,缓慢地向北行进。意大利已经投降。士兵长长的队伍进了城,肩上都扛着铺盖卷。他们当中一部分人还带着武器,其他人不是把武器丢掉,就是卖掉了。铺石街道被他们高帮军鞋沾的泥给弄脏了。街道回荡着喧嚷和意大利语的谩骂声。部队乱哄哄的,不断瓦解。这些人有一部分很快又走了,继续往北赶路,同时又有新的部队,从南面到达这座城市,带来的泥土越来越多,所有人都被雨淋透,多日未刮胡子,疲惫不堪,全都拖着步子,沿扎利大道北上;他们抬起头,呆滞的目光望着高大的石头房子。

　　色彩黯淡的冬城,鄙夷地打量这些战败者。用不了多久,他们就会像幽灵一样,在雪地上游荡,嘴里咕哝着:"面包,面包!"

　　铁窗之友卢肯,背上搭着他的毛毯,又从堡垒街走下来。

　　"所有人都跑掉了!"他边走边嚷,"监狱里,连只猫都没有了。想想真叫人伤心落泪!"

　　修女们也离开了。妓女们上了一辆卡车,当卡车开动之后,拉姆·卡雷科·斯皮里,冒雨追了好一阵。他浑身溅满汽车轮子卷起的泥水,像个疯子似的奔跑,挥手向妓女告别,妓女们挤在车后身,被风吹打着,挥手回应他的惜别。终于,他越落越远,于是又返回市中心,一副垂头丧气的样子,不住嘴地咕咕哝哝:"没有了她们,我该怎么办啊?"

　　大路上继续涌现长长的队列,好像永无休止。全城到处是脏泥。

"这种骇人的景象,究竟怎么回事儿啊,我的好谢尔菲杰?"在那些日子,杰莫大婶有一天来看我们,不由得感叹道,"整个世界完全成了泥水坑。"

"君主制度就是这样退场。"

"他们退场了,"杰莫大婶指出,"让位给另外一些人,身后只留下污泥和瓦砾。"

城市确实戴上了丑陋的面具。泥土的红褐色配不上城市庄严的灰色。意大利在溃退,就像运走妓女的那辆卡车的后轮,将什么都溅上了泥水。

我伫立在三楼的窗口,观赏着溃退的军队。希腊的碎片,当初被冬季的寒风刮走;如今意大利,则沉入泥沼里。

祖母和杰莫大婶正了正架在鼻梁上的老式眼镜,也观望全是士兵的大路,而她们那种圆框老式眼镜,镜片都破了,让我觉得特别可笑。

"现在,轮到意大利溃败了,"杰莫大婶说道,"天晓得意大利是否弄得我们很烦……"

"总不能说忍受他们很容易。"祖母指出。

"这么冷的天,又缺衣少食,那些可怜的小伙子能去哪儿呢?"杰莫大婶问道。

"就是走在大路上呗,"祖母回答,"他们还能去哪儿呢?"

"可怜的母亲还等待他们呢!"

"冬天失败的国家就是这样。"祖母断言。

杰莫大婶叹了口气。

"被子,还是被子。"过了片刻,她喃喃说道。

部队连续过了一整夜。第二天早晨,看到大路上拉开长长的队列,就觉得那还是头一天的队伍。

这不安的一夜过后,满是污泥的城市醒来,情绪更糟了。伊萨·托斯卡的匪帮高唱老歌曲,夜间进了城。天快亮时,他们曾被一些合作分子跟踪。到了早晨，这些人混进意大利疲惫不堪的队伍里，几乎同意大利军人并肩走过十字街头和广场，彼此装作视而不见。在合作分子的巡逻队和伊萨·托斯卡的匪帮之间，时而还发生几次摩擦。

几个意大利军官企图乘飞机走，摆弄那架被遗弃很久、停在机场上的"飞机"。可怜的机械在嗝逆和呻吟中，勉强飞起几米高，笨头笨脑支撑了一会儿，终于扎到几百米开外的一片耕地里，以这既短促又可耻的最后飞行，终结了这座军用机场的历史。

真正的战斗，伊利尔和我一直认为必定会在争执桥上打响，确信天晓得几十年来，这座桥就在等待，以便证实它的称谓。然而，事实上，这场战斗却在格里霍特兵营周围，在意大利人和合作者之间展开了。合作部队趁意大利部队慌乱和疲惫之机，先是靠劝说，接着靠武力，企图解除意大利部队的武装。机枪嗒嗒声不断，响了一整天。正是这时，我看见父亲头一回用祖母的小望远镜，观望远处所发生的情况。

争执桥给我造成的失望，让我彻底相信，存在物远不符合各自的称号或者神圣命名所表明的特征和责任，一般总是反其道而行之。很久以前，伊利尔和我就注意到这种现象，尤其从那一天起，当时我们看见一伙茨冈人，头戴灯芯草花冠，在周围冷漠的目光中，穿过我们认为只能由一定身份的女人走的贵妇广场。

这一切难免让我心生隐忧，不过听祖母的说法，我也就放下心来：祖母强调这个时期，不满的事由太多了，难说哪一种位居第一。

紧接着，格里霍特就发生了流血冲突。游击队的第一支队伍穿过机场，突然出现在大路上。细长的队列，由红旗打头，冲开意大利士兵的混乱队列，取道扎利大道朝城市进发。第二支游击队队伍则从北山下来。

远远响起拉长声的喊叫："游击队！游击队！"

我想看清楚些，便三步并作两步跑上三楼。游击队的队伍，我倒觉得单薄，本来期待会看到一些巨人挥舞着耀眼的武器，却只是很普通的两支分队，完全普通，队前打一杆红旗。他们是去哪里？他们知道愤怒之城武装到了牙齿吗？恐怕他们一无所知，还继续快速朝市中心挺进。第三支分队出现了，人数还要单薄，他们也一样，由一杆红旗带队，在意大利士兵中间穿越河桥。

他们数量为什么不那么众多呢？为什么没有卡车、迫击炮、防空大炮、军乐队，而只有一杆打头的红旗、几匹驮着弹药或伤员的骡子呢？

从北山又下来第四支分队，而第一支分队已经冲上瓦诺什街。居民拥到窗前，高声欢呼，挥动手绢。有个人还拉起了手风琴。

我急忙下楼，跑到街上。他们走近了，一个个脸色苍白，身体消瘦，穿的衣服不是过于肥大，就是太瘦小。我用目光搜寻我那小姨。咦，那儿有一位姑娘。接着又有一位，跟我小姨一样满头金发。不是她。又有一位。不对，还不是她。我也没有瞧见雅维尔。一个人我也不认识。现在，他们往市中心行进。我想也未想，就开始同一群孩童在两侧护送。始终不见我小姨。也许她在另一支队伍里吧？居民站在楼上窗前，继续欢呼。一群妇女沿着队列奔跑，缠着游击队员问个没完。有时，她们当中一个人拥抱一个出列的小伙子。

玛依努尔太太和其他阔太太家的窗户都紧紧关闭。某种不安的情绪侵扰着我。我担心那边，再往远走，有人会设下陷阱，就感觉队伍离陷阱越走越近了。城里还布满敌对分子，有可怕的伊萨·托斯卡匪帮，还有身穿宽袖长袍、头戴绣金鹰的白色无边圆帽、蓄留黑胡子的合作分子，他们因意大利失败而陷入绝望，但是还拿着武器，在我看来，他们全等着这支单薄的部队，企图一口吞掉。

果然，在前面，在头几排里，似乎出了情况。有人高声说：

"有情况……"

"对，在清真寺的尖塔上！"

"尖塔上有什么情况？"

"眼睛！"

"什么,眼睛?"

"还有一个圆钉,一个圆钉!"

"快让孩子们回家!"

"将小孩带走!"

我们不愿意回家,已经有好一阵了,我们越来越经常听到这种老生常谈:靠后点儿,小孩子!这话不但重复,还特别严厉,不禁让我想到,这座城市尤其害怕的,就是我们小孩子的目光。总有一天,他们会最终弄瞎我们的眼睛!伊利尔甚至还加了这样一句。至少他们要像海盗那样,给我们绑上黑色蒙眼布吧?

他们最终还是把我们赶回去。

确实发生了可怖的事情。就在游击队的队伍接近市中心时,酋长易卜拉辛登上清真寺尖塔,要更清楚地看看游击队开到的情景;他突然从兜里掏出一根大钉子,想要刺瞎自己的眼睛。几个过路人急忙登上塔顶,同酋长撕扯起来,要从他手中夺过带血的钉子。他们还力图拉他下去,但是,他怒不可遏,劲头突增十倍,挣扎着夺回钉子,同时声嘶力竭地吼叫:"我不愿意看见共产主义!"想要控制住他,把他拉下来的人,看看白费力气,他们本人都有失足跌落的危险,只好下了尖塔,让酋长独自留在上面。酋长胸脯抵在石头护栏上,双手耷拉在外面,他唱起一首古老的圣歌,那声音让人听着心里发颤。

到了晚上,这座城市壅塞了合作分子、游击队员、伊萨·托斯卡匪徒,以及一大批意大利士兵。这是一个难过的夜晚,充斥着命令和喊话、口令、马蹄铁的喀哒声和脚步的声响:"站住!……什么人?……消灭法西斯!……争取人民自由!……站住!……*不是扰乱者*①!不要打扰我……我们是伊萨·托斯卡的小伙子……站住!……站住!口令?*不是扰乱者,我走丢了*②!消灭叛徒!阿尔巴尼亚属于阿尔巴尼亚人民!退后,退后!消灭法西斯!不要开枪!站住!快退回去!处死异

---

①② 原文为意大利语。

教徒！站住！"

这座城市气喘吁吁，说胡话，好像在做噩梦。不祥的传闻在呼唤死亡。

拂晓，又恢复平静了。雨也停了。天空灰蒙蒙的，但是呈现一种特别明亮的灰色。比多·舍里夫的妻子溜出门，一直走到小巷。

"阿基夫·卡沙赫又穿上了合作分子的军装，"她抖着沾在手上的面粉说道，"那条狗，是我亲眼看见的，身上挂满了子弹带。"

"他最好把命丢了。"祖母来了一句。

院门开了，是皮诺大妈来了。

"出什么事儿啦？一点儿也闹不明白了。"昨晚在我们家过夜的杰莫大婶说道。

"是谁控制城市了？"祖母问道。

"谁也没有控制，"皮诺大妈回答，"全完了。"

事实上，城市掌握在游击队的手中。约莫早晨八点钟，大家就明白了，只见各处都有游击队分队。合作分子收缩到杜纳瓦特街区。伊萨·托斯卡匪帮蜷缩到巴巴·塞利姆的老巢。意大利人占据大路的两端、河床和一部分机场。

全城相安无事。祖母由杰莫大婶陪同，喝着早晨的咖啡。

"据说，游击队将要开设什么共产主义食堂。"杰莫大婶一副沉思的样子，说道。

祖母没有应声。她正了正鼻梁上架的眼镜，往外面张望。

"这么凶，敲谁家门啊？去瞧瞧。想必是敲纳佐家的门吧。"

她猜对了。敲门的是三名游击队员。敲门的那个人用左手，他只有一只手了。另外两个抬眼望窗户。一个窗口出现纳佐及其儿媳。

"这是马克苏特·热加的家吗？"游击队员在下面问道。

"对，正是。"纳佐的儿媳回答。

"告诉马克苏特马上出来！"游击队员高声说道。

"他不在家。"纳佐回答。

"去哪儿啦?"

"去看望他堂兄弟了。"

"开门。我们检查一下。"

一刻钟之后,他们又从纳佐家出来。独臂游击队员从长外套兜里掏出一小张纸,皱着眉头看那纸条。

一分钟之后,他们敲响卡尔拉什家的大门。开头,院里没人应声。他们再次敲门。有个人出现在窗口。

"马克·卡尔拉什住在这里吗?"

"是啊,游击队员先生。"

"让他和他儿子出来!"

脑袋从窗口缩回去。好半天没有动静。另外两名游击队员摘下枪待命。独臂游击队员再次敲门。大铁门,一声声传得很远。

终于,院内有了动静,传来哭泣声、女人的叫声。大门开了一道缝儿,马克·卡尔拉什第一个露头。有人扯他衣袖往后拉。"别去,父亲,别去!"他出来了,只见他眼睛下印出深深的黑眼圈儿。他儿子脸色煞白,跟在后面,穿着一双擦得锃亮的黑皮鞋。"父亲!"他女儿号叫着,揪住他的胳臂不放。门里,一个女人在哭泣。

"你们找我们干什么?"马克·卡尔拉什问道。

他摇着偏斜的脑袋,只因女儿哭号的抖动从一侧传给他的身体。

"马克·卡尔拉什,还有你,他的儿子,你们作为人民的敌人,要受到惩处。"那游击队员宣布,他用唯一的一只手握住挎在肩上的冲锋枪。

院子里升起了哭号声。

"你们是什么人?"马克·卡尔拉什问道,"我不认识你们。"

"人民法庭!"游击队员呵斥道,随即抬起枪管。

年轻姑娘又号叫起来。

"我不是人民的敌人,我是个普通的皮匠,为老百姓制作皮鞋穿。"

那游击队员瞥了一眼自己磨出许多洞的轻便皮鞋。

"闪开，姑娘！"那人喊了一声，枪口对准了那两个男人。

年轻姑娘尖叫了一声：

"狗东西，枪口放低了！"她天真的声音嚷了一句。

"滚开，婊子！"游击队员喝道，枪口始终对着那两个男人。

"等一下，塔尔。"另外两名游击队员中的一个说道，他想一把拉开那少女，可是已经来不及了。

"消灭共产主义！"马克·卡尔拉什喊了一句。

单只手臂端着的冲锋枪一抖动。马克·卡尔拉什头一个身子弯下去。独臂游击队员也试图避开那少女。可是徒然。那姑娘全身扭曲，贴在她父亲的身上，就好像子弹将她和她父亲的身体穿在一起了。哒哒几声枪响过后，便是一阵聋子般的寂静。几个躯体倒在了一起，还抖动了一小会儿，接着似乎寻到了宁静。从这堆现在已经沉默下来的躯体中，支出了皮匠儿子的锃亮皮鞋。

大门里哭泣声一直未停歇。

"给我卷支烟抽。"独臂游击队员求他的同志。他那张脸已经失态了。

过了一会儿，他们重又把枪挎到肩上，准备走开。这时铺石马路响起沉重的脚步声，来了游击队的一支巡逻队。他们一共三人，全部身材魁伟，穿着钉了掌儿的高帮皮鞋。他们走到近前。

"消灭法西斯！"

"争取人民自由！"

"这里出什么事儿啦？"走在中间的那人询问。

"我们刚刚处决一个人民的敌人。"独臂游击队员回答。

"判决书呢？"巡逻队员声音严厉地问道。

游击队员塔尔从衣兜里掏出那张揉皱的纸。

"好的。"对方说了一句。

那三个人正要走开的当儿，其中一人在最后一刹那，目光落到了那少女的头发上。

"那张纸再给我看看!"他返身说道。

游击队员塔尔直视对方的眼睛,他那只独手臂缓慢地,非常缓慢地,伸出两根指头,滑进他长外套的兜里,夹出那张纸。

对方仔细察看。

"在处决的人中间,我看见一名少女,"他指出,"判决书上哪儿有她的姓名?"

"上面没有她的姓名。"游击队员塔尔回答,他好像受了侮辱,梗起了脖颈儿。

"谁开的枪?"

"是我。"

"你的姓名?"

"塔尔·邦雅库。"

"游击队员塔尔·邦雅库,放下你的武器,"巡逻队队长命令,"你被逮捕了!"

塔尔低下头。

"你的武器!"

塔尔那只手第二次动起来。他耸耸肩,以便让背带滑下来,然后把冲锋枪递过去。

队长扫视周围,目光停留在朱阿诺遗弃的宅院。

"那儿。"他抬手指了指院子。

塔尔朝院子走去。

"你们看住他,直到负责审判他的同志们到来。"队长对另外两名游击队员说道。

"好吧。"

"消灭法西斯!"

"争取人民自由!"

被捕的游击队员颓然坐到一堆石板上,开始观察这座被遗弃的房子渐渐破败的墙壁。

他的两名同志跟他保持一段距离，都沉默不语。从街上传来卡尔拉什家女人的哭号，她们将遗体抬回自家院子。被捕的人又索要一支烟。那两个人给了他一支。

塔尔吸着烟，继而手托着下颏儿呆在那里。另外两个人眼睛注视别处。街上传来脚步声。他们来到了，一共三人。

被捕的人站起身。审理速度很快。

"游击队员塔尔·邦雅库，你被指控枪杀一名少女。这是真的吗？"

"是的。"塔尔回答。

"你有什么话为自己辩护的吗？"

"没有。我只有一只手，右手被人民的敌人剁掉了。我用左手射击把握不住。我未能避开她……"

"我们理解。"

他们简短密谈了一下，然后，其中一人接着说道：

"游击队员塔尔·邦雅库，你要被处死，因为滥用革命暴力，你要被枪毙。"

一阵冷场。刚才说话的人向塔尔的两个同志打了个手势。

"现在吗？"其中一个声音微弱地问道。

"对，就现在。"

他们的额头流下冷汗。被判处的人明白了。他停在墙壁附近，抬眼凝视他们。他们让枪从肩上滑下来。塔尔举起唯一的手，握成拳头高呼：

"共产主义万岁！"

一阵短促的枪响。那名游击队员仰面倒在石板堆上。

他们全走了。塔尔的两个同志殿后。

"因为一个小婊子，我们损失了塔尔。"其中一人咕哝道。

"他们自相残杀啦！他们自相残杀啦！"远处有人嚷道。

玛依努尔太太从窗户探出头，做了个怪相：
"但愿他们之间相互吃光了！"
两名游击队员闻听此言，立刻抬头，可是窗口的人已经不见了。其中一人还是端起冲锋枪，打出一梭子。打碎的窗玻璃噼里啪啦散落在铺石街道上。

索斯老太太的言论（替代纪事）

老书中写道："一个黄头发的民族，企图将这座城市夷为平地。"

第十七章

德国部队越过南方边境线,现在向我们城市挺进,城里居民迅速撤离。在漫长的岁月中,这是第三次弃城而逃。头一次是一千年前,闹起瘟疫,居民纷纷离城。第二次,是四百年前,在伊斯兰扩张的气势下,奥斯曼帝国部队,就在如今德国部队运动的同一地点越过边境。

城市撤空了。可以揣度石头城的极度孤独感。

星期一至星期二的夜间,人声、脚步声、门扇的噼啪声汇成一片。友好家庭结伴,大家准备行囊,锁好沉重的院门,趁深夜上路,撤向城外的小村庄。

我家前厅里聚了几家人:马恩·沃索和比多·舍里夫,带着他们的妻子和孩子,还有纳佐和她的儿媳。马克苏特人消失了。我为祖母伤心:这次,她还是不肯同我们一起走。皮诺大妈也不愿意走,唯恐她离开时会有人结婚,可能需要她帮忙。六十年来,都是她给城里的年轻新娘化妆,现在她不能失职。一个女孩子结婚,化不好妆,是天底下最可怕的事情,那一切都完蛋了,有人劝她离开的时候,她就是这样反驳。不行,绝不行。

我们动身了,路上脚步不稳,犹如喝醉酒的人。在黑暗中,忽而这儿,忽而那儿,听得见别人的脚步声。城里人走空了。出城之后,我们这小伙人落了单儿。比多·舍里夫拿着一根手杖,在前面开路。父亲总是绊到石头上。其他人不住发牢骚,咒骂,咳嗽,踏进辙沟里崴了脚。只有纳佐的儿媳,即使在这种逃难的夜晚,走路的姿势也非常优美,微微扭着屁股。也许走路也不会别种样子。

我们走一大片撂荒地,上了大路的时候,正好月亮也出来了。我从未见过比这条夜色中的大路更凄凉的景象:卡车轮子压出的深深辙沟没有尽头,在月光的照耀下,好似通向死亡的黑色铁轨。

我们穿过横跨河流的桥梁。眼前延展的机场千疮百孔,我们应该穿行过去。我们到达机场。我绝想象不到有一天,我会踏上这片场地。我由衷地感到了一阵心酸。在我们眼里,这片草场有几分神圣,曾经是天空的一种姊妹或者妻子的角色。命运赋予这草场一种公主的身份,现在却一副阴沉而凶狠的样,如同一个遭遗弃的女子,从此与天空分离了。

差不多各处都散发着一种牲口棚的粪肥味,奶牛进行报复,终于把这片场地玷污了。而且,现在我已经确信,控制这片土地的,最终总归是烂泥、奶牛、荒草,绝不会是天空了。

再往远处看,三圣山依稀可见,而那座大山,在后面正对着,显得异常近,黝黑而凶险,那凄黯的庞大躯体,就仿佛猛地矗立起来,要瞧瞧是什么人从这里经过。

皮诺大妈似的月亮尽量美化景色,至少抹些脂粉,稍微掩饰景物的狰狞面目。不过,月光太微弱,很快就被污泥和毛毛雨所搅和,只能照得景物一片模糊。

月亮终于隐没在乌云后面了。

"什么也看不见了。"纳佐的儿媳说道。

所有人都回头望去。果然,城市消隐不见了。

有人轻轻呻吟了一声。

平川、大路、三圣山、无名的一片片雾气,就连高山本身,从此都沉没在黑暗中,都像史前的庞大动物一样,开始搔自己的身躯,笨拙地打鼻息(我们真难以相信是走向一座高山,因为山的轮廓十分模糊,让人以为前面是一片夜色,只不过更为幽暗一点罢了)。我逐渐丧失了任何现实感的概念。我们的行进变成了一种完全盲目的迁徙，一种纯粹的漫步，一种在黑夜腹心的游荡。我感到自己丧失了思索的能力。我思考事情，过分习惯于在一座城市的墙壁之间，在十字街头，或者躲在一间屋里，这些熟悉的地点本身，似乎就能给我的思想理出头绪来，可是现在，远离熟悉的地点，一切变得不仅把握不住了，而且十分残酷了。后面的大山整个山体，这不几乎压在三圣山上，不慌不忙地咬噬它的脖颈儿。三圣山灵魂出壳了。

有人打喷嚏。这种救援的声响，可惜太短促了。

月亮又出来了。雾气立刻攀缘月光，在月光中浸泡雾须，然后任由月光顺其胡须滴到平野的泥土上。由于被当场抓住，大山敏捷地离开三圣山；不过现在，毫不费力就能够看清，三圣山的长颈被深深咬了个缺口。

自从我们上路以来，妇女当中，唯独纳佐的儿媳没有发出一声叹息或呻吟（也许她已经习以为常，总是走在魔幻王国里），她又扭过头去。

"石头城。"她小声说道。

"在哪儿呢？"我低声问道。

"就在那边。"

"那片雾中？"

"对。"

祖母就在那里了。

月亮再度消失，带走了我对祖母的思念。那座大山趁着夜黑，重又俯向三圣山。这一回，大山肯定要把三圣山掐死。

我们摸黑走了很长时间，又开始爬一面陡坡。

"大家不要睡着了！"比多·舍里夫嚷了一句。

伊利尔跟我走在并排。

"刚才我睡着了。"他对我说。

"你怎么睡得着？"

"不知道。"

我们一直上坡。

"天要亮了。"马恩·沃索预告。

的确,天空微露晨曦,开始清亮了,但是我们感到,天气随时都可能变化,重又昏暗起来。

我们走到一个小高冈上,停下喘口气儿。远眺,平野、大路、山峦、那座高山和雾气,都缓慢地从黑夜的控制中解脱出来,已经疲惫不堪,等待黎明,还全是惶恐不安的苍白色。

"瞧,"伊利尔对我说道,"看那边远处。"

在很远处,在曙光和夜色混杂所形成的半明半暗的朦胧中,显现出城郭的轮廓。我这还是第一次,从这么远距离观望我们的城市。我高兴得差点儿欢叫起来,因为在这漫长的夜里,我总觉得这座城市在往下沉,越沉越低,最终会像一只旧船那样,沉没在平野的烂泥中。

浮雕般的城郭,现在彻底摆脱了在它脊背上嬉戏的神灵,从曙光中渐渐突显了。只有纳佐的儿媳灰色的眼睛,还保留着一点儿黑夜魔幻的色彩。

城市仍然在那里,孤零零的,在雾气的嘴巴之间,而咬紧的嘴巴有一些部位笨拙地松开了。在那里,祖母和杰莫大婶,分别伫立在自家窗前,鼻梁上架着镜片破了的圆框眼镜,正窥视黄头发的男人出现。有一段时间,已经注意到一些迹象,现在就再也没有疑问了:祖母和杰莫大婶准备好了,要谋取老婆婆的称号。对她们来说,德国人进犯,应该是最后的考验,如同那些老婆婆从前经受的考验:土耳其人大举入侵、在共和制和君主制的废墟所进行的屠杀,以及持续四十年的饥荒。

"咱们还得走啊,也就剩下一小段路了。"比多·舍里夫发话。

我们都站起身。我几乎边走边打瞌睡。这是一种痛苦的睡眠,断断续续,被辙道传给我身体的惊跳扯碎了。

有人嚷了一声:"咱们到了!"

我睁开眼睛。

"咱们到地方了!"

"到什么地方?"

"到这里。"

我不知道自己身在何处。

"到村子啦?"

"对呀,到村子了。"

"村子在哪儿呢?"

"就在那儿。"

我瞧了瞧,不禁愕然。看来,这就是所谓的村庄!我愣在原地,一句话也说不出来,继而,我突然咯咯大笑。

"你怎么啦?犯什么毛病啦?"

我笑得弯下了腰。

"上帝呀,我这孩子这不疯了吗!"母亲高声说道。

"你到底怎么啦?"父亲口气严厉,责问我。

"怎么……你们还没有看到?……那边……那些房屋……"

"别闹啦!"父亲断喝。

母亲抓住我的肩膀摇晃,然后搂住我的脖子。

我觉得亲眼所见并不真实。这些简陋的小房子,这么低矮,墙壁刷了白灰,在我看来就是给布娃娃住的屋舍。这些房子也不是一间挨一间,排列整齐,组成街道的一侧,而对面也同样矗立着一排房舍,仿佛挑逗似的说道:"也许你要较量较量吧?"街道两侧处于一种几乎持续对立的氛围中。然而这里,完全不一样。为了避免一切争执,小房子彼此都分开,好像各顾自家这一摊。总而言之,各家各户四周都有耕地、养鸡场、草垛和狗舍。

村民看见我们一小伙人穿过一片空场,一个个都目瞪口呆。有两个小孩吓坏了,跑到门后躲起来。一头奶牛开始哞哞叫。又出现几个农民,他们面相和善,头发里有阳光,浑身散发着奶香。还传来铃铛叮当响,升腾起一股饲草味儿。我的眼睛合上了。

我醒来时，下午过半了。我躺在一间光秃秃的屋里。父亲正糊窗户纸，代替打破的玻璃，母亲则打扫被干了的鸡粪弄脏的地板。在我看来，这情景让人泄气。

不大工夫，比多·舍里夫的妻子和纳佐来了：

"你们都安顿好了吧？"

母亲努了努嘴。

"你们怎么样？"

"凑合吧。我们找到一座遗弃的房子。"

比多·舍里夫的妻子叹了口气，听着让人心碎。

"咱们怎么到了这一步呢？"

她们又走了。

我真想哭。我不由自主，思家的情绪突然撞开我的心扉。难道发生了什么无法弥补的事情？

父亲下到地窖，很快又上来。

"你们可得当心，"他对我们说，"不要点火。下面有柴草，那若是点着了，非得把我们像耗子一样烧死不可。"

马恩·沃索来了。自从伊萨被绞死之后，他整个人消瘦得厉害。

"你们有点儿盐吧？"他问道，"我们忘记带了。"

母亲给了他盐。

我们落脚的小房子，也是没有住人。另一间屋破烂不堪。我下到地窖，去看柴草。

"啊呜！"我一进门就呼叫。

没有收到一点儿回声。

让我们不安的干草，散发着一种熏人的气味。我又上去，回到屋子，心想总住在下面埋藏危险的房子里，我们该怎么办呢。在那边，我们城里，地窖是蓄水池；而这里，地窖是火灾的隐患。

一整天，我们都看到逃难的人经过。一些人到了这个村子不走了，他们像我们一样，在遗弃的房舍里安顿下来。大部分人还继续赶路，前往更为偏僻的村落。逃难的人带着大包小包和摇篮，其中我认出了夸尼·克克兹。他们一路丢下了报纸碎片、烟蒂，以及片断的消息。在城里，杰尔格·普拉早就被杀死了。他刚刚又向民政局提交第四份申请，要求更名为朱尔根·普洛。（据说除了乔尔乔和乔尔戈的名字，以及他没有申报成功的朱尔根之外，他还留了一手，一旦遭日本人占领，就改成日本名字约古那。）

逃难的人从这村庄过了一整夜。我没有睡好觉，总有铃铛声、牲口叫声和敲门声打断我的睡眠。

我正睡觉，忽然听见从路上传来杰乔的大嗓门儿：

"你们都在哪儿呢，我的好姐妹儿？我到处找你们，该死的，你们都在哪儿呢？"

她一阵风似的进屋。比多·舍里夫的妻子和伊利尔的母亲，都急忙迎上去。

"怎么样，杰乔，有什么新情况？"

杰乔开始在屋里踱来踱去，接着，她两只手掌捂住面颊。

"我的上帝！这是把我们逼到什么分儿上！我们跟波希米亚人一样了，到处流浪。我们这不跟小鸦似的四分五散，这不就是兔子窝吗？你们住进什么地方啊！真主为什么不把我们的灵魂收回去呢？简直太残忍啦！"

"嗳，好了，我的好杰乔。如果说我们到处跑，我们这也是迫不得已，不是觉得好玩，"比多·舍里夫的妻子说道，"你到底给我们带来什么消息啦？"

"从哪儿跟你们说起呢？你们知道切曹·卡侬尔的女儿出的事儿吗？她跟意大利人跑了。"

"跟意大利人？"

"近来，她的胡须长得太厉害，赛过穆拉·卡塞姆的胡子。理发匠每天都在她家里，挎包里装着各式各样的刮胡刀，包括法兰克人那个国家制造的。实在没有别的办法。不料一天夜晚，她跑掉了。有人断言,一定是那个理发匠搞的鬼。她登上了运走妓女的那辆卡车。"

"打击我们城市的厄运,也许会同她一起飞走了,"杰乔没有把握地说道,"对,对,这个长胡子的姑娘带来灾祸!她滚蛋就太好了!"她一反往常,说出这种抱有希望的话,让每个人都感到惊讶。不过,她这种相对乐观的态度十分短暂。她提高嗓门儿——由于她用鼻子说话,她的声音就带有尖厉的前颚擦音——她几乎是吼叫着,"不,不,这种厄运,并没有离开我们!你们知道别人是怎么讲马克苏特的吗?他是个奸细!对,可怜的姐妹儿,一个奸细!"

"一个奸细?"

"对喽!盘在石头下面的一条蛇。正是这个缘故,他才抛下母亲和妻子,独自溜走了:他太惧怕游击队了。他藏匿在什么地方,据说等德国人来。夜晚,他向德国人提供情报,指示给他们开进来的路线。很可能就是他告发了伊萨。"

伊利尔的母亲号啕大哭:

"噢,狗东西,狗东西!"

杰乔深深叹了一口气。

"阿夫道·巴巴拉莫还没有找到他儿子的尸首,"她的声音又变得平和了,"那个不幸的人,到处奔波。可是,现在,他不是独自一个人了,我们所有人都在大路上游荡……"接着,她提高了声调,"如同犹太人!"

她操着浓重的鼻音,继续这样大喊大叫,继而显然累了,稍微放低了声调:

"我还有什么要对你们讲的呢?我们纷纷离家出走,好像发了疯。男人女人,携带包裹、摇篮、大碗、残疾的猫狗,逃离家园,再也不复返,就像从世间被打入地狱的人……在逃难者中间,就有迪诺·齐索,背着他的飞机。"

"背着他的飞机?"

"我这不是跟你们说了嘛,我的好姐妹儿,背着他的飞机!全家人跟在后面,临行时就都恳求他把机器放在家里,指出他背不动,太重了,路上不得不走走停停……他什么也听不进去。他不惜任何代价,也不能把飞机留给德国人!"

这不禁又让人感到祖母不在身边的缺憾。唯独她还多少能阻遏杰乔的这种激情。面对杰乔滔滔不绝的话,母亲和在场的其他女人,无论说什么都似乎毫无效果。

杰乔意识到这一点,更加喜不自胜:

"我亲爱的女友们,从今往后,厄运就是这样,把我们所有女人和男人席卷而去。现在,你们不能再说杰乔是不祥之兆了。人上飞机的时候,杰乔什么话也没有讲。杰乔闷闷不乐,但是没有张开嘴巴。可是,一架飞机居然爬上一个人的肩头,不,不,绝不,这种事情,我就不能不出面讲话了!"

她受到自己这番话的激励,重又把调门儿提高到极限:

"主啊,我们究竟做了什么,你就这样把我们往死路里逼?你往我们头顶扔炸弹,你让我们女人长出胡子,你让地里冒出黑水……你还有别的什么招儿,留着对付我们呢?"

杰乔一如既往,诅咒到了高潮,比得上一阵旋风。

有生以来,我这是头一回认为她说得对。已有好长一段时间了,我已经觉察到,一切都开始颠倒了。在我们家中,地窖不是奋起,同大客厅相对抗吗?还有胡须,本来应该长在图尔·阔斯脸上,这不是误入歧途,跑去装饰切曹·卡依尔女儿的下颏儿吗?且不说那些卷土重来的奶牛,已经战胜了飞机……

迪诺·齐索背着他的飞机,行走在黑夜里的形象,在我的脑海里挥之不去。也许他和飞机不再默契了。像这人世间其他所有事物一样,这种默契也行不通了。

我冲出房门,希望看见他背负着他那架飞机的情景。外面有点儿凉。逃难的人已经稀稀落落了。他们很吃力地赶路。我认出了我们街道的两个男孩。

"你们住到哪儿啦?"我问他们。

"住进那边那个……"

"你呢?"

"住在这里。"

我们还是无法使用"房屋"这个词。

终于,我又找到了伊利尔。自从伊萨死后,他总是一副惊慌的神色。我向他转述了杰乔对我们讲述的关于马克苏特的事儿。伊利尔的眼里放出仇恨的光芒。

"听着,"他对我说,"等回到城里,我们就宰了马克苏特。赞成吗?"

"赞成。我看见家里有一把老匕首,是我爷爷的。"

"锋利吗?"

"对,刃儿非常快,柄上还刻着土耳其字。"

"夜间,咱们去窥伺,等马克苏特一回家,我就扑上去,搂住他的脖子,你就捅他。"

我考虑了一下。

"咱们最好像麦克白那样,"我说道,"先邀请他用晚餐,然后趁他睡觉时杀死他。咱们再把他的脑袋用盐渍上。"

"咱们还把他的断头从楼梯上滚下去,右眼珠撞爆了,"伊利尔又添油加醋,"哎呀,等一等,咱们怎么邀请他吃晚饭呢?在哪里进行呢?"

我们开始设计一整套方案,几乎觉得相当满意。夸尼·克克兹从我们不远处经过。他那张脸胖乎乎,又红彤彤的,倒显得挺光润,可是走到近前,就能看出有几条新抓伤的道子。

"村子里可怜的雄猫,要受到严厉的责备了。"伊利尔指出。

我笑起来。我很高兴又找回我的朋友,原先觉得自从伊萨死了之后,他突然长大了,把我一个人抛在一边。从此以后,我们重又聚在一起了。

我们边走边定下暗杀计划，不知不觉走出了村子。地面覆盖着白色薄冰。四周望望，尽是我们叫不上名来的树木、我们头一回见到的鸟儿、几堆孤零零的草垛、由犁铧耕过的田地、散布的牛粪，在我们看来，这一切既陌生，又不可思议。村里几个眼神温和的小孩，胆怯地望着我们。我端详伊利尔那张清瘦的脸、荆草一般蓬乱的头发，心想我本人也应该是这副模样。农家小孩开始跟随我们。

"你看到了，咱们多让他们害怕吧？"伊利尔指出，"咱们的样子很吓人。"

"咱们是杀人凶手！"我说道。

我从兜里掏出镜片，夹在眼睛上。

"你不能说是我所为，不要把你血淋淋的卷发甩到我身上！……"我冲着动了一半的草垛朗诵。

"你这背诵的是什么呀？"伊利尔问道。

"就是咱们杀了人之后，等马克苏特的鬼魂出现时，咱们要讲的话。"

"那可**太棒啦**！"伊利尔赞叹道。

跟在我们身后的农家孩子牙齿直打战。我们现在踏上一块耕过的田地。

"这片地，为什么这么松软，这是怎么弄的？"伊利尔问道，那声音想要发火。

我耸了耸肩。

"地球活动呗。"我回答。

"无缘无故就活动。"

"一点儿意义都没有。"

"还是说说咱们的计划吧。"伊利尔说道。

这块高地微微倾斜，很静谧，正迎着冬季的寒风。分散矗立的草垛，又给这里平添几分宁静。我们在草垛之间漫步，讨论着我们实施暗杀的细节。不知不觉中，我们走到了人路。逃难的人鱼贯而过，两侧有几个农民牵着驮行李的骡子。还有些人往相反的方向走。在一头牲口上，勉强坐着一个脸色煞白的女人。

"这附近有一座修道院，能给人治好病。"伊利尔说明情况。

我们又掉头回村子，跟随一小伙逃难者；他们说出于好奇心，去参观了修道院，刚好回来。对面又来了一些人。

"你们去哪儿啊？"我们加入的这伙人里，有个人问他们。

"去修道院，看看那只显灵的手。"

"对呀，非常灵验！我们刚从那里回来。你们知道那是什么吗？就是英国飞行员的那只手！"

"英国人的手？"

"正是，当年手指还戴着那枚戒指。你还记得吗，戒指陈列在博物馆里竟然失窃啦！"

"当然记得。嘿，原来如此啊！"

"你们最好还是原路返回吧……"

那些人便掉转头来。

我们接着往前走，身处这伙喋喋不休的人中间，神思已经飞走了。后来，话逐渐少了。就只听见脚步声了。

"那只断臂，"一个人声音低沉地说道，"就好像抓住我们不放了。"

谁也没有应声。

"可怜的世人！"同样的声音接着说道，"他们若是早知道，他们的头颅和手臂会落到什么下场！"

我们到了村子。

入夜，在推想坐落着我们城市的远方，只见冲起了火光。逃难的人纷纷出来，默默无语地观望那淡淡的火焰。大家在想，那是纵火焚烧游击队员家的房子。那座城透过降临的夜幕和雾障，远远地摇动烈焰的领巾，发出无人能解的信号。

我们这些男孩，爬上一道光秃秃的陡坡，扯着嗓门儿吼叫：

"那座房子，地势高的，那是我们家，我们家着火啦！呜啦！"

"不对，那是我们家！"

"你家人谁参加了游击队？"

"我叔叔。"

"我哥哥也当了游击队员！"

接着，又争起了哪家火烧得更旺，每人都声称自家的火焰比别人家的蹿得更高。

"我们家呢，黑烟冒得那么高！从前有一次，烟囱着了火……"

"黑烟，不算数！"

"你们就等着瞧吧，我家要是着起大火，那会是什么劲头儿！"

"我姥爷的土耳其语书，摞起来比*巴克拉瓦*①三角糕还要厚！"我神气活现地说道，"那要是烧起来……"

"我祖母又肥又胖，全身像个球，她要是烧起来，那才好看呢！"玛依努尔太太的孙子也争着说。

"真丢人！你怎么能说你祖母这种话呢？"

"不过，她要是合作分……"

"伊利尔！伊利尔！"他母亲召唤他。

大家一个一个散了。我也正准备回去，忽然瞧见纳佐的儿媳。她独自一人，坐在一个光秃秃的小丘中间，身穿毛皮领的收腰上衣，非常秀气。月亮正巧出现，照见她那颗由白皮领衬托的俊美的头，仿佛从雾气中探出来。

"晚上好。"她对我说。

"晚上好。"

她抬手放到我的颈后，停了一会儿，手指便插进我很久未剪的头发里。

继而，她突然问我：

---

① 原文为土耳其语，意为用核桃、蜂蜜、黄油制作的东方糕点。

"你听人怎么讲马克苏特的吗?"

我低下头,沉默不语。她的手指在我颈后僵硬了,随后重又柔和起来。

"那儿在燃烧呢,"她目光移向熊熊大火中的城市,说道,"这让你难受吧?"

我不知道说什么好。

"我呢,我倒希望全城烧个**精光**('精光'这个词,从她嘴里说出来,听着非常陌生),只剩下一片废墟!你喜欢灰烬吗?"

我不知所措,脱口说了一句:

"喜欢。"

恰好这一时刻,花月光中,她那双眼睛,在我看来正是两处令人赞叹的遗迹。

你们是什么人啊，怎么连鸟儿、茅草、树木都一无所知呢？你们是从哪儿来的？

我们来自远处的那座城市。因此，我们这些人，我们在城里所熟悉的，就是石头了。石头也跟世人一样，有老有少，有坚硬的，有柔和的，有的光滑，有的粗糙，有的棱角锋利，有的粉红色表层布满微孔，露出一条条青筋，爱搞恶作剧或者显得热情，会绊住你的脚。狡诈的家伙让你身子失去平衡，看到你倒霉就幸灾乐祸，而且数百年来，一直忠于职守，充当地基。有的愚蠢，有的愁苦，有的高傲，幻想着刻上碑文，哪怕是很普通的，忠心耿耿，不图回报，排列在地面上，数也数不清，如同芸芸众生，不知其姓名，不具名称直到时间的终结。

您是认真这样讲，还是说胡话呢？

不过当下，战乱血染了世人，也血染了石头。

主啊，这座城究竟算什么呢？

跟许多其他城市一样的城市。

跟许多其他城市一样？不对，不对，这不是一座城市。这是一种畸变！

陌生人的言论

　　不要跟我提他们的黄头发!谁说得准他们的钢盔下有什么毛发?他们挺进。他们挺进。到处浴血奋战。我们这样在黑暗中,究竟走向哪里呢?我撑不住了。总有一天,一定会阳光灿烂,天空一片澄净。你去哪里?山上正下雪。

第十八章

天亮的时候,远处那边,石头城醒来了,显得孤零零而又灰不溜秋。夜间的大火并没有改变它的面貌。它迷失在远方,但是它的命运取决于山峦、村庄、山谷,整个周围地区的命运。蹿起的火焰,是向全省报警。这座城池半被遗弃,好似一座史前的城,生命早已撤出,几乎只剩下石头空壳,从此等待德国人到来。

要把德国人带来的大路(正如它曾引来其他许多军队那样),现在浑身痉挛,匍匐在城脚下恳求宽恕。然而,这座城始终那么高傲而鄙夷,瞧也不瞧大路一眼,只是从模糊的窗户凝望天边。

德军先头部队抵达城门时,究竟发生了什么情况,起初谁也说不准,后来大家才了解了。迎接德军先头部队的是子弹和手榴弹。命大的摩托兵,像闪电一般撤回去。一时间,大路空荡荡的,沉入一片幽静。城池遵守了传统:现在,它静静地等待敌人的报复。

敌人很快卷土重来。这一次,他们由坦克打头阵。路面黑压压一片。坦克并不长驱直入,而是停在城外路上,仅仅长长的炮筒缓慢转动,指向城里。德国人等了片刻,希望看到举起白旗。然而,始终是一片灰色。

于是,开始猛烈炮击。炮击的咚咚声,听来笨重而单调。钢铁撞击石头的声响充斥山谷。墙壁和房顶的断块、房舍的残体、烟囱的帽子,被炸得四面纷飞。一层灰色的尘埃,又渐渐把一切都覆盖了。两个男人试图在房子的屋脊竖起一杆白旗,却让决心不投降的人射的子弹给报销了。另一个男人拖着一幅白色大床单爬上房顶,正要展开的当儿,却被一枪撂倒了,他从屋脊往下滚,缠上了白床单,就像裹住殓尸布一样,然后摔到地面上。

炮击持续了三个小时。最终,在凄惨的灰色背景下,有人成功地举起某种白色的东西。大家始终不清楚究竟是谁,像幽灵似的立起来,在城市上空对着德国人摇晃那件白色物品,随即就堕入虚无中了。眼下谁也闹不准他摇晃的是什么旗帜、手帕还是普通的方围巾。反之,确凿无疑的是,这件白色东西长期烦扰着人们的头脑。

看样子,德国人肯定对着望远镜观察城里的动静,当即辨明飞灰和废墟上的这个突出白点。炮击停止了。坦克转动炮塔,开始爬向城市。地面震动。履带一声声呻吟,吼叫,将大块铺路石刮掉一层皮,溅起了火星。整个空间弥漫着地狱般的喧嚣。几近被遗弃的城市又被侵占了。

后来听说,坦克爬坡行驶在大路上,像魔鬼一样发出隆隆声响,住在大桥街的杰莫大姊和沙诺老婆婆,在自家的窗口说话:

"他们干吗弄出这么大响动呢?没有这种震耳欲聋的闹腾,他们照样可以进城嘛。"杰莫大姊抗议道。

而对方则回答:

"他们全都一样,进来的时候,总是大张旗鼓,离开的时候,就一点动静也听不到了!"

在千百年的岁月中,这座城市在地图上,先后归属于罗马人、诺曼人、拜占庭、土耳其人、希腊人、意大利人,此刻在暮色苍茫中,它望着夜幕降临,又并入了德意志帝国的版图。城池早已疲惫不堪,又被炮击打蒙了,连一点儿生命迹象都没有了。

夜幕降临了。整个这个地区,一波接着一波的隆隆声响,大地似乎已经震聋了。在恢复的寂静中,数千名逃难者散布在周围的乡间,亲眼亲耳关注着他们的家园所遭的毒手,一个个都呆若木鸡。

此刻,在远处的黑暗中,这座城市同敌人单挑,又该怎么办呢?如果相信预言,这应该是它千年存在的最后一年。黄头发的人终于来了。

我们避难到村子里的人，通宵几乎谁都没有合眼。我们全都呆在外面，一声不响地站在那里。我们当中有一些，但人数极少，回小屋里歇息片刻，很快又披着毯子出来。任何人也不大声说话，所有人的目光都凝望一个方向，他们认为应该是自己的城市所在的地方。城池沉没在幽暗中，坦克的钢爪正掏它的胸膛。一点儿灯火都没有。也没有任何信号，敌人在黑暗中把它掐死了。

可是，天亮了，它依然坐落在那里。一如既往，灰色而庄严。有人失声痛哭。于是，两个词开始跑遍所有人的嘴唇："今儿晚。"我们决定回家。

天要黑时，我们离开了小村子。我们这小伙人还是来时的原班人马，仅仅多了新加入的杰乔。我们默默地行进，沿途将草垛一座座抛在后面。那些草垛似乎有话要对我们说，但是欲言又止：我们毕竟是外乡人。

在这同一时间，逃难者三五成群，又纷纷从四面八方赶回城里。几乎人走光了的巨大空壳，过几小时就会重新充满脚步声、嗡嗡议论、激昂的声明、流言蜚语、希望和忧伤。

我们没有停歇，一直赶路，最后一座草垛已经过去好半天了。

"咱们原路返回，"杰乔一下子站住，突然说道，"我的右耳告诫我。"

谁也没有说话，大家还继续往前走。杰乔又嘟囔了一会儿："倒霉鬼，你们往哪儿跑啊？"她带着哭腔说道，"去送命啊！"这时，汉科尼家的一位老太太冲她来了一句："闭嘴！"杰乔这才不吱声了。

我们继续赶路。也许时近午夜了。周围什么也看不清，仅仅感到有些地点，夜间起大疖子、大瘤子。也许那是陡坡或者岩石。

我们步入平川，肯定是大半夜了。我们又走了很久，穿过想必就是机场的一片场地，旁边突显一个黑色形影："斗牛狗"式飞机的架子。我闻到一股刺鼻的气味：一定有人把它当作厕所了。

"你还记得你那把匕首藏在哪儿吧?"伊利尔问道。

"记得。"我回答。

我们停下来喘口气。伊利尔和我,我们走到那架击落的飞机旁边撒尿。我绝不会相信:曙光升起。城的轮廓,渐渐隐约可见。它就像一团谜,在我们面前挺立。我们还颇为犹豫:要不要进城呢?从幽暗的混沌中,陆续出现烟囱、房顶、窗户。清真寺的尖塔和钟楼尖顶、房子的锌皮屋脊,都好像戴着古代头盔的小丑,在房顶之间溜达。

我们决定前往,穿过跨河桥(关卡已经取消),走上大路。哪儿也没有见到德国人。也许他们蜷缩在堡垒里面吧?

我们在撂荒地里走了一段时间。城池猛然出现在我们面前,一副鄙夷不屑的神态,也许由于被抛弃而有点儿生气。它遭受的创伤随处可见:房舍门脸儿裂开缝子,阳台被掀掉。

在碰到的第一根电线杆子上,我们注意到一个白点,走近前才发现是一张公告。但是天色还太暗,很难辨认字迹:"我命令……逮捕……人……死……三……枪毙……同样……本地驻军司令官:库尔特·沃勒塞。"

我们上坡沿着瓦诺什街走去。编年史作者家的窗户跳动着发白的灯光。突然,我感到一只手搬我的脑袋,按在一个胸口。

"不要看。"

路旁显露一个黝黯的形体,像一个蜷曲的尸体。我看不清楚,却一阵恶心。

再往前走一段路,没人阻止我看了。我们就跟痴呆了似的,看到路上有两具意大利人尸体,接着又有一具。

绞死的人,远远就看得见,就在十字街头。我们已经看到电线杆子上贴的公告,现在一旦走近了,才发现是一个女人。一个老太太。杰乔勉强憋住,轻吼一声。

"皮诺大妈。"伊利尔悄悄说了一句。

正是她。她那纤细的身子在风中摆动。她胸口挂着一块长方形白布,上面用日耳曼化的阿尔巴尼亚文写道:"破坏分子。"

我们加快脚步。前面就是我们的小街了。我们的住宅。母亲已经掏出院门的大钥匙。还有几步路。不料一个躯体倒在街道上。他的脑袋下有一摊血。他的胸脯上放着一张有字迹的纸。纳佐不由得压低嗓音号叫了一声:"马克苏特!"年轻的妻子漠然地瞧了瞧她丈夫的尸首,然后小心翼翼地绕过去,就好像怕沾着血似的。我的目光离不开那张纸,只见上面写道:"这就是奸细的下场。"那种倾斜的字体,就仿佛在风雨中奔跑,我认出来了,那正是雅维尔的笔迹。

"还要发生可怕的事情啊。"杰乔咕哝一声,就消失在小街里。

大家分手了。纳佐和她儿媳开始往家门口拖尸体。

母亲刚把钥匙插进锁孔里,门扇就自动打开了。祖母像个幽灵,出现在眼前。

"进来,进来。"祖母低声说。

我们进了门。

"我就等着你们呢。"祖母又说道。

"马克苏特,在那儿……前面……"

"我知道,他们是昨天夜里杀掉他的。"

"皮诺大妈……"

"我知道,"祖母同样说道,"他们是昨天吊死她的。"

我们上了楼。

"她去给一个新娘化妆打扮,正走在大街上被巡逻队逮捕。"

"这年头还有人结婚?"母亲奇怪地问道。

"不管什么年头,该结婚还是得结婚。"祖母回答。

"发疯!"

"估计是她那些工具引起了怀疑,"祖母解释说,"他们以为那些器具和铁夹子跟地雷有关系,至少有人是这么讲的。"

我从窗户向外张望。外面挺冷。一盏探照灯抛出骇人的光束,然后又熄灭了。

德国占领。阴沉灰暗。条顿人。狱堡塔楼上飘着他们的旗帜。被风吹变了形的两个 S 或者两个 Z。

还听得见外面，纳佐及其儿媳拖马克苏特尸体的声响。

"这将是一场残酷无情的战争。"祖母说道，把手放到我的头上。

从街道传来低沉的脚步声。

很久之后，我又回到这座远古的灰色城市。我小心翼翼，双脚踩上铺石街道的拱起的脊背。城里铺石街道曾是我的载体。石头啊，你们认出我来了。在外国城市，漫步在宽敞明亮的大街上，在任何人都不会失脚的地方，我却经常绊跤。一些行人回过头来，都感到吃惊；可我知道，准是你们搞的鬼：你们猛然从柏油路面露头，随即又深深扎回去。

我的街道、蓄水池。我的老房子。房子的梁木、地板、微微吱咯作响的楼梯，那种响动几乎细微难辨，是一种单调、咯咯的脆响，几乎不间断。你究竟怎么啦？哪儿不舒服呢？我的老房子似乎在抱怨，它生活了数百年的筋骨和肢体疼痛。

祖母谢尔菲杰、杰乔、杰莫大婶、姥姥、皮诺大妈，没有一个人在世了。然而，在街头巷尾，在十字路口，说不准在哪儿，我仿佛看出熟悉的形貌，如同人物素描面颊或者眉弓的影子。她们宛然在那里，已经石化而永生了，带着地震、严冬和人祸给她们留下的创伤。

一九七〇年于地拉那

"蓝色东欧"译丛(部分书目)

第一辑

- **《石头城纪事》**(小说)
  【阿尔巴尼亚】伊斯梅尔·卡达莱 著　李玉民 译

- **《错宴》**(小说)
  【阿尔巴尼亚】伊斯梅尔·卡达莱 著　余中先 译

- **《谁带回了杜伦迪娜》**(小说)
  【阿尔巴尼亚】伊斯梅尔·卡达莱 著　邹琰 译

- **《石头世界》**(小说)
  【波兰】塔杜施·博罗夫斯基 著　杨德友 译

- **《权力之图的绘制者》**(小说)
  【罗马尼亚】加布里埃尔·基富 著　林亭、周关超 译

- **《罗马尼亚当代抒情诗选》**(诗歌)
  【罗马尼亚】卢齐安·布拉加等 著　高兴 译

第二辑

- 《我的疯狂世纪（第一部）》（传记）
  【捷克】伊凡·克里玛 著　刘宏 译

- 《我的疯狂世纪（第二部）》（传记）
  【捷克】伊凡·克里玛 著　袁观 译

- 《我的金饭碗》（小说）
  【捷克】伊凡·克里玛 著　刘星灿 译

- 《一日情人》（小说）
  【捷克】伊凡·克里玛 著　高兴、杜常婧 译

- 《终极亲密》（小说）
  【捷克】伊凡·克里玛 著　徐伟珠 译

- 《等待黑暗，等待光明》（小说）
  【捷克】伊凡·克里玛 著　杜常婧 译

- 《没有圣人，没有天使》（小说）
  【捷克】伊凡·克里玛 著　朱力安 译

- 《花园里的野蛮人》（散文）
  【波兰】兹比格涅夫·赫贝特 著　张振辉 译

- 《带马嚼子的静物画》（散文）
  【波兰】兹比格涅夫·赫贝特 著　易丽君 译

- 《海上迷宫》（散文）
  【波兰】兹比格涅夫·赫贝特 著　赵刚 译

- 《父辈书》（小说）
  【匈牙利】瓦莫什·米克罗什 著　许健 译

第三辑

- 《乌尔罗地》（散文）
  【波兰】切斯瓦夫·米沃什 著　韩新忠、闫文驰 译

- 《路边狗》（散文）
  【波兰】切斯瓦夫·米沃什 著　赵玮婷 译

- 《第二空间——米沃什诗选》（诗歌）
  【波兰】切斯瓦夫·米沃什 著　周伟驰 译

- 《无止境——扎加耶夫斯基诗选》（诗歌）
  【波兰】亚当·扎加耶夫斯基 著　李以亮 译

- 《捍卫热情》（散文）
  【波兰】亚当·扎加耶夫斯基 著　李以亮 译

- 《索拉里斯星》（小说）
  【波兰】斯塔尼斯瓦夫·莱姆 著　赵刚 译

- 《遗忘的梦境——查特·盖佐短篇小说精选》（小说）
  【匈牙利】查特·盖佐 著　舒荪乐 译

- 《流星——卡雷尔·恰佩克哲理小说三部曲》（小说）
  【捷克】卡雷尔·恰佩克 著　舒荪乐、蒋文惠、程淑娟 译

- 《神殿的基石——布拉加箴言录》（箴言）
  【罗马尼亚】卢齐安·布拉加 著　陆象淦 译

- 《十亿个流浪汉，或者虚无——托马斯·萨拉蒙诗选》（诗歌）
  【斯洛文尼亚】托马斯·萨拉蒙 著　高兴 译

第四辑

- **《耻辱龛》**（小说）
  【阿尔巴尼亚】伊斯梅尔·卡达莱 著　吴天楚 译

- **《三孔桥》**（小说）
  【阿尔巴尼亚】伊斯梅尔·卡达莱 著　施雪莹 译

- **《接班人》**（小说）
  【阿尔巴尼亚】伊斯梅尔·卡达莱 著　李玉民 译

- **《绝对恐惧：致杜卞卡》**（小说）
  【捷克】博胡米尔·赫拉巴尔 著　李晖 译

- **《严密监视的列车》**（小说）
  【捷克】博胡米尔·赫拉巴尔 著　徐伟珠 译

- **《雪绒花的庆典》**（小说）
  【捷克】博胡米尔·赫拉巴尔 著　徐伟珠 译

- **《温柔的野蛮人》**（小说）
  【捷克】博胡米尔·赫拉巴尔 著　彭小航 译

- **《无常的夏天》**（小说）
  【捷克】弗拉迪斯拉夫·万楚拉 著　张陟 译

- **《赫贝特诗集（上、下）》**（诗歌）
  【波兰】兹比格涅夫·赫贝特 著　赵刚 译

- **《垃圾日》**（小说）
  【匈牙利】马利亚什·贝拉 著　余泽民 译

第五辑

- 《壁画》（小说）
  【匈牙利】萨博·玛格达 著　舒荪乐 译

- 《鹿》（小说）
  【匈牙利】萨博·玛格达 著　余泽民 译

- 《两座城市：论流亡、历史和想象力》（散文）
  【波兰】亚当·扎加耶夫斯基 著　李以亮 译

- 《另一种美》（散文）
  【波兰】亚当·扎加耶夫斯基 著　李以亮 译

- 《思想的黄昏》（随笔）
  【罗马尼亚】埃米尔·齐奥朗 著　陆象淦 译

- 《着魔的指南》（随笔）
  【罗马尼亚】埃米尔·齐奥朗 著　陆象淦 译

- 《乌村幻影》（小说）
  【罗马尼亚】欧金·乌力卡罗 著　陆象淦 译

- 《裸浴场上的交响音乐会——罗马尼亚20世纪小说精选》（小说）
  【罗马尼亚】诺曼·马内阿等 著　高兴等 译

- 《颠倒的天堂——立陶宛新生代诗选》（诗歌）
  【立陶宛】阿纳斯·阿里舒斯卡斯等 著　远洋 译

- 《魔鬼作坊》（小说）
  【捷克】雅辛·托波尔 著　李晖 译

第 六 辑

- 《简短,但完整的故事》(小说)
  【波兰】斯瓦沃米尔·姆罗热克 著　茅银辉、方晨 译

- 《三个较长的故事》(小说)
  【波兰】斯瓦沃米尔·姆罗热克 著　茅银辉、林歆、张慧玲 译

- 《挑衅以及其他故事》(小说)
  【阿尔巴尼亚】伊斯梅尔·卡达莱 著　李焰明 译

- 《洋偶》(小说)
  【阿尔巴尼亚】伊斯梅尔·卡达莱 著　张雯琴 译　宋学智 审校

- 《天堂超市》(小说)
  【匈牙利】马利亚什·贝拉 著　余泽民 译

- 《墓地情事》(小说)
  【匈牙利】马利亚什·贝拉 著　余泽民 译

- 《蓝色阁楼里的物品》(小说)
  【罗马尼亚】阿德里亚娜·毕特尔 著　陆象淦 译

- 《两天的世界》(小说)
  【罗马尼亚】乔治·伯勒伊泽 著　董希骁、Mara Arion 译

- 《生活边缘的女孩》(小说)
  【罗马尼亚】米尔恰·格尔特雷斯库 著
  张志鹏、林慧芬、陈进、李昕、高兴 译

- 《希特勒金钱》(小说)
  【捷克】拉德卡·德内玛尔科娃 著　姜蔚茜 译

・部分书名为暂定,以出版时为准・